U0936209

Staread
星文文化

我愿做
你的 欢喜

套路
你的 余生

Hope to be your joy
and your remaining life.

雷垒 著

浙江出版联合集团
浙江文艺出版社

图书在版编目（CIP）数据

我愿做你的欢喜，套路你的余生 / 雷垒著 . -- 杭州：浙江文艺出版社，2018.12
ISBN 978-7-5339-5416-1

Ⅰ . ①我… Ⅱ . ①雷… Ⅲ . ①短篇小说－小说集－中国－当代 Ⅳ . ① I247.7

中国版本图书馆 CIP 数据核字（2018）第 226843 号

我愿做你的欢喜，套路你的余生

雷垒 / 著

出版发行　浙江文艺出版社
地　　址　杭州市体育场路 347 号
邮政编码　310006
网　　址　www.zjwycbs.cn

责任编辑　瞿昌林
责任印制　张丽敏
装帧设计　ABOOK 壹书工作室 至微 Design 1736910079
封面插图　花生坚壳

印　　刷　北京盛通印刷股份有限公司
经　　销　浙江省新华书店集团有限公司
开　　本　880 毫米 x 1230 毫米　1/32
字　　数　140 千字
印　　张　8.5
版　　次　2018 年 12 月第 1 版
印　　次　2018 年 12 月第 1 次印刷
书　　号　ISBN 978-7-5339-5416-1
定　　价　42.80 元

目录

Contents…

第一章 晚安先生和睡不着小姐

第二章

你真像我的心上人

第三章

认真爱，然后认真老去

第四章

一辈子那么长，要和值得的人在一起

第一章

晚安先生和睡不着小姐

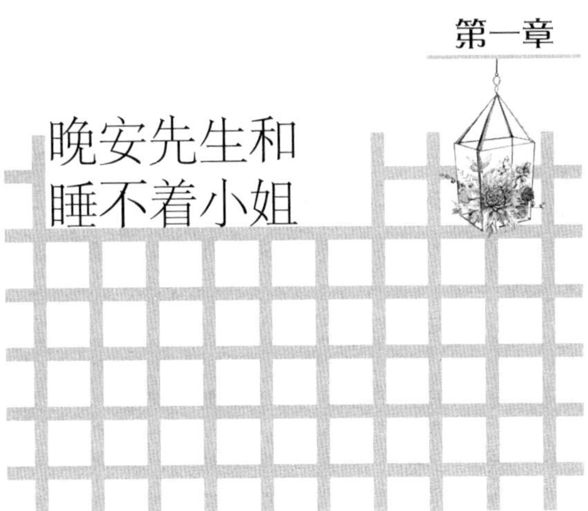

这样看你
用所有眼睛和所有距离
就像风住了，风又起

暗恋这种事，告白成功了，
你锦上添花，告白失败了，
你仍是少年。

暗恋你，“对方正在输入中”知道

微信有两个聊天功能挺神奇的，一个是“对方正在输入”，另外一个是“撤回”。

这两个功能提供便利的同时，又让人抓狂到疯癫。

对方到底在输入什么？

等到手机没电了，以为是纸短情长，结果就两个字“晚安”。

对方究竟撤回了什么？

撤都撤回了，还显示“你撤回了一条消息”，多尴尬，尴尬得像没有穿衣服的雕塑大卫。

木棍就是这样的感觉。木棍本名叫林昆，在新员工入职培训上，人事部的把林昆叫成了木棍，从此“木棍”这个名字一直尾随着林昆。

木棍凭借这个名字认识了人事部的小名，小名就是那次把木棍这个名字无中生有的始作俑者。

木棍一点也不生气，而是脑子里冒出个疑问，为什么她叫小名？难道是没有大名吗？林昆找到了她。

“你大名叫什么？”

“小名。”

“你小名叫什么？”

“大名？”

“我该叫你小名的大名，还是大名的小名？”

“你叫我大名的小名就好。”

那天，木棍和小名交换了微信，就有了简单的联系方式，不过两个人从来没有聊过一句话，木棍天天翻小名的朋友圈，她是个森女系，她的穿着打扮、生活形态十分贴近大自然里的森林，是木棍喜欢的那一款，就是不敢去追她，她身边也从来不缺乏追求者，不过根据木棍的观察，小名都一一拒绝了。

即便是这样，闷骚而腼腆的木棍也不敢造次，他怕自己也成为那里面的 1%。

直到有次公司联谊，木棍和小名坐在一起，同事们非嚷嚷着要玩个什么嘴对嘴撕纸巾，当撕到小名这里的时候，木棍一看，纸巾只有毛线那么点儿，在诸位“中国好同事”的簇拥和哄抬下，木棍当时就脸红了，身体僵硬的小名也很绝望，闭上了眼睛，准备要豁出去了，脸更是红得不要不要的。

只听见一阵咕噜咕噜的喝水声，小名心里暗骂：“色逼。”哪知等小名睁开眼时，木棍把桌上用啤酒、白酒、红酒、鸡尾酒、药酒勾兑而成的不知名的“毒酒”喝得一干二净，小名安全了，木棍晕倒了。

小名急冲冲地冲进就近的一家药店，到了里面居然忘了要买什么药。

“我从事卖药行业已有小二十年，你随便说出一种药的两个或两个以上的名字，我就能知道你要买什么药。”售药的大姐说。

“口服液。”

售药大姐用一脸茫然的苦瓜脸望着小名，就差说门在右边了。

等到小名把解酒灵口服液拿回去的时候，男同事们已经把木棍架回去了。也就是在那晚，小名觉得木棍特别绅士，特别有男人味，至于为什么，小名摸了摸自己的嘴唇，大概因为初吻还在。

当天晚上，小名在通讯录里找了好久才找到木棍，给木棍发了条微信，问木棍还好不好。木棍看见是小名发来的，酒醒了三分之二，第一时间回给了小名，说自己很 OK 的。

木棍问小名还好不好，小名也说自己蛮 OK 的。

说完，木棍就再也没有话和小名互动了，他找不到任何可以进行的话题，木棍本来想对小名说：“你的穿衣风格我好喜欢啊！”

却怕小名觉得自己是个变态。

木棍想问小名：“你是一个人住吗？”

这样也不妥，心想万一小名认为自己是个色狼，对她图谋不轨怎么办？

木棍还想问小名：“你们部门工作平时忙吗？”

这不是废话吗？都在一个公司，同事们的状态都能在公司出了名的八卦大王老张那里听得到，这样问会让小名怀疑自己的智商。

就这样，木棍在那个对话框里一个人重复演员的诞生，反反复复删减增加，上上下下揣摩思量，里里外外斟酌编辑，一看时间都快凌晨一点了，匆匆忙忙回了两个字：“晚安。”

之后，木棍更加关注小名的生活，通过观察，他发现小名最爱吃的美食是毛笔酥，木棍就和自己的厨师朋友学习怎么做毛笔酥，在一堆糟糕的作品中，木棍挑选了最好的、相对见得人的毛笔酥，晒在朋友圈里，等待小名评论，这样就可以和小名说上话了。

小名喜欢蹦极，爱体验那种在空中坠落加速的快感，在朋友圈里经常定位发一些小视频，小名的朋友圈给木棍的感觉就是居高临下的酷感和霸气。木棍依照小名的定位也去尝试了蹦极，由于是第一次，木棍看见大峡谷下面好高，心脏都快萎缩了，工作人员拉他像拉猪都拉不出猪圈一样，最后想劝他放弃，木棍一听到“放弃”这个词，放弃蹦极就等于放弃小名，不知道哪里来的勇气，自己就跳下去了，在空中他大喊：“小名，我喜欢你。”

这样放肆，小名反正也听不见。

结果，兴奋之余，忘了拍视频，又跳了第二次，终于在朋友圈发了段小视频，定了和小名一模一样的位。

小名还是一个文艺女青年，她有一架单反，经常徒步去一些地方拍些很好看的地理照片，选些成熟好看的，配上优美的原创文字上传至朋友圈。木棍不会拍照，但是他把小名拍过的地方都走遍了，上传几张无产阶级式欣赏水平的照片在朋友圈，只对小名可见。

小名似乎都视而不见，每次发完朋友圈，小名都只点赞，不发表评论。这让木棍很是神伤，她是不是不喜欢我？她是不是有男朋友了？她是不是觉得我在偷窥跟踪她？

木棍和小名的交集只有微信，一个月唯一一次的见面机会还是在工资册上签字的时候，签完字刚想说几句，就被后面的同事挤走了，有时下班也能在电梯里遇见，不过木棍是到负一楼，小名是到负二楼，开着自己的甲壳虫回家，木棍变得尿且孬。

有回木棍的工资少发了十块钱，就在微信上问小名是什么原因，其实十块钱对于木棍来说不重要，就是想以十块钱之名和小名聊十块钱的天。

“少十块钱，是因为上次你签字签到我的格子里去了。”回答完毕，小名还回给了木棍一个尴尬而不失礼貌的微笑。

聊天被终结了。

木棍本来很想在小名面前比较体面地聊起来，他这次准备了好多好多的话题，有运动起源的，有中外艺术史的，有国内美食区域分布概况的，反正都是小名喜欢的。

后来也有几次短暂聊天的机会，真的是短而暂，打一个字，说一句话，都要千锤百炼。这种纠结可以追溯到每一个细节，比如每个表情是否应用到位，不能让小名觉得自己是逗逼；每个措辞是否能让小名喜悦，不能让小名觉得自己轻佻；每个问题不能抛得太随便，不能让小名认为自己这个人很随便。

那些不痛不痒看似庄重的话，都不是营养而真心的话，那些遗憾被主观不适而过滤掉的话，往往都是些发自肺腑的真心话。

删删减减的都是真心实意。

这样中规中矩的木棍，还是陷入被动局面，他没有更多持续交流的空间，也没有明显有进步的能力去增进和小名的好感，总是在不咸不淡中完美无瑕地秀着自己最懦弱的一面。

在情人节到来之前，木棍实在忍受不了了，他决定不再低调了，因为木棍又荣获了一个人尽皆知的外号“光棍”。

木棍提前买了两张包厢的电影票，是关于爱情的，还在西餐厅订了一桌烛光晚餐，还准备了一首向小名表白的小提琴乐《Tarantella》。很不凑巧的是，情人节那天木棍要出差，有个技术难题需要他去现场指导攻克，木棍的那颗玻璃心顿时就被千万只草泥马践踏得稀碎。

木棍就在朋友圈里兜售电影票，大家都嘲笑木棍失恋了，本来还想兜售烛光晚餐的，算了，避免轩然大波就偷偷摸摸廉价退了。令木棍没有想到的是小名买了他的票，还要两张。

“锤子。”

“卧槽。”

木棍进行了一系列的胡思乱想，臆测的每个结局都是输，他越想越失落，觉得自己失恋了，还没有开始就结束了的那种。

木棍顾不上什么遣词达意，胡乱打一通字，发过去就问小名：“你要两张电影票干吗？”

“对方正在输入中……”

一秒钟过去了……

两秒钟过去了……

三秒钟过去了……

几分钟过去了，木棍盯着手机屏幕目不转睛，心脏也跳到嗓子眼儿了，木棍心想，你到底在输入什么？难道是要给我来个千字解释书吗？

此刻还是“对方正在输入中……”

此时的“对方正在输入中……”像是小名给木棍的一万点暴击，木棍被小名拿了 first blood.（一血）

Double kill.（双杀）

Triple kill.（三杀）

Quadra kill.（四杀）

Penta kill.（五连杀）

小名终于回复了：“肯定是和别人一起看啊。”

木棍被无情地 ace。

木棍放下手机，走向餐桌，拿起水壶，给自己倒了一杯水，一饮而尽，回来又拿起手机。他准备这次豁出去了，反正已经没有机会了，再不说就更没有机会了，做不了情人，大不了就做陌生人，况且现在和陌生人也没什么两样。

对于空巢年轻人来说，真的很难碰见一个人，让自己心动喜欢，并且是很合适的一个人，有时候坚持一下，或许就会有转机，两个人的关系就会慢慢变亲密。

“我喜欢你，小名。”

“已经很久了。”

两条消息一发完木棍就后悔了，于是全撤回了。

木棍感叹自己的手速，还好撤得快。

小名问木棍：“你撤回了什么见不得人的东西？”

木棍说：“没什么，发错了。”木棍庆幸对方没有看见，放心了。

小名：“哦，好吧！”

木棍还是㞞了，还是不敢和小名说喜欢，道理他都懂，那又如何？

情人节那天，木棍在外地买了两张电影票，一个人在电影院看完整场电影，四面八方都是情侣，木棍被包围了，他决定把朋友圈里发给小名看的动态全都设为私密。

情人节那天，小名哪里也没去，宅在家里，翻看木棍的朋友圈，她发现什么也没有了，就问木棍：“你的朋友圈？”

小名觉得不妥，撤回了。

改成了：“在吗？”

小名也觉得不妥，太不矜持了，又撤回了。

改成了：“你在外地还好吗？”

撤回了。发了好多话，通通都撤回了，小名也不知道自己要问什么。

不一会儿木棍发了一条消息：“？”

“没什么，发错了，不要介意。”小名咬牙切齿地整理这条心不在焉的消息。

“哦。”

“咦，不对啊？屏幕上的刘海处总有‘对方正在输入……’”随后木棍还发了个问号的表情。

“忽略就好了，不要在意。”小名捶胸顿足，口是心非道。

“问你哦，屏幕上的刘海处，你以前也是‘对方正在输入’是怎么回事？”小名决定还是问下木棍。

“忽略就好，可能系统神经。”木棍用超智商负 120 的水平解答了小名的疑问。

没过一会儿，一张截图出现在木棍的聊天界面上。这个截图是上次木棍跟小名告白的那段儿。

“这个也是系统神经吗？”小名问木棍。

“对方正在输入……”木棍在组织语言。

“我不是撤回了吗？”木棍问。

“对方正在输入……”这次换小名目不转睛盯着屏幕。

“因为，因为，因为，‘正在输入中’知道我一直在喜欢你。”木棍终于说出了那句久违的喜欢。

其实，小名对木棍还是有好感的。自从那次公司联谊后。

从好感到喜欢是在后来，会做毛笔酥的木棍在小名的心里加了很多分，小名喜欢吃毛笔酥是因为她爸爸是个行政主厨，还写得一手好字，有点恋父情结，恰好木棍也一样。

小名爱蹦极，朋友圈里看见木棍也喜欢，她觉得木棍是个勇敢的男孩儿，拥有这样的男朋友，很有安全感，况且爱好重叠这么多，能建立起很多的共同语言，后来小名不去了是因为心脏有点问题。

徒步摄影一直是小名小时候的梦想，看见木棍重走自己走过的路，她心里很高兴，小名也想再走一遍，不过木棍总是走在小名的前面，小名永远不知道木棍下一站在哪里，木棍走完那些地方，小名第二遍也走完了。

渐渐地，小名的喜欢就成了爱慕，恰好那次看见来自木棍的告白，幸福只持续了几秒钟，截屏留下，小名把“Yes I Do”都打完要发送的时候，眼睁睁地看见木棍撤回，对方还说了句“发错了”，小名很失望，觉得木棍肯定有了喜欢的人，搞半天喜欢的不是自己，有点自作多情了。

再看见木棍转让电影票，一是断定木棍失恋了，二是帮木棍买下，这样木棍的票不会砸在手里。

只是来自小名的好心恰恰让木棍误会了。

情人节那天，小名看见木棍的朋友圈什么都没有了，鬼使神差地说了和木棍一样的话：发错了。

都没错，仅仅因为是你，又因为道不明说不出的暗恋，而稀里糊涂地坚定喜欢你，我才不知道发什么才是对的，彼此都在线上，故对方正在输入中……

木棍和小名都懂了，暗恋到最后，只要还是你就好。

“对方正在输入中”才知道，守候一个人需要多久。

“对方正在输入中”才知道，那种纠结是多么辛苦。

谢谢你，“对方正在输入中”，让我穿越人海来拥抱你，恰好你也是这么想的。

暗恋这种事，告白成功了，你锦上添花，告白失败了，你仍是少年。

都说暗恋会让人变得很现实，让人变得现实的不是暗恋本身和暗恋的这个人，而是自己的扛不住。暗恋是香的，入鼻前是花香，鼻中是芥末香，鼻后就是檀木香，回味起来是苦是甜，全看什么花带给你的是什么香。

真正有感情的两个人，
是从来不会欠对方一个“晚安”的。

晚安先生和睡不着小姐

晚安先生在他的回忆录中写道：“我和你总要有一个人失眠，不然这个‘晚安’没法儿说。但是看着你的头像，点了又退，‘晚安’输入了又撤销，飘窗上倚坐了一宿，天亮了，决定把‘晚安’换成‘早安’，慢慢地连‘早安’也可有可无了。”

睡不着小姐其实每晚也都没有睡着，“晚安”这个词，就像彼此之间的礼貌用语，用习惯了就只会对特定的那个人产生依赖性，至于睡不睡谁知道呢？反正代表话题的结束。为什么需要一个形同虚设的“晚安”呢？说白了，你还在，我特别安心，你睡去，我才睡得着。

睡不着小姐还是单身的时候，夜晚不长，枕头有梦，早睡早起身体倍儿棒，无外事叨扰，无外人挂念，肤白貌美，印堂雪亮。当她和晚安先生认识了后，却被晚安撬动了古井不波的心，江河湖海，大风大浪都始于晚安先生。

晚安先生是一家离岸公司的中高层管理，他释放压力的方式很特别，喜欢一个人在地下室做木工，有时还烧电焊，一手好活儿源于木匠世家，经常起来“呲呲呲”“哐哐哐”，捣鼓了好多小有名气的艺术工艺品。当他被睡不着小姐惊艳住了后，隔着屏幕，目之所及皆是欢喜，木工活儿皆抛诸脑后。

一个会心动的人和一个会说“晚安”的人自然而然是会在一起的，因为满足了相同磁场异性相吸的引力法则。

有天睡不着小姐问晚安先生：“你是不是会对每个女孩儿都说‘晚安’？”

睡不着小姐这句话是有醋意的。想知道晚安先生身边有没有花蝴蝶，还想知道“晚安”是不是自己的专属名词。

晚安先生的嗅觉也特灵敏，他知道立场的坚定性和用词的归属地之于另一半来说是意味着在乎和踏实，就用特别柔和的声线传递说：“得分人，一般人一般用语是‘我们滚去睡吧’，或者，‘我们睡觉吧’。”

“不要脸！”

晚安先生一时间没有反应过来，心想人困了是要各睡各觉啊？不过仔细一咀嚼，这话有点流氓，好像有点春风十里不如睡你的那种不要脸。

晚安先生那烧火炭一样的脸顿时闷红，渐渐蔓延至脖颈处，灵机一动赶紧讲了一个希腊神话。

故事大概是这样的：据说在宙斯的世界里，“晚安”是一位天使，有爹妈生，没爹妈疼，标准独行侠，没有朋友，拥有的魔法也是二手的，不过晚安天生善良、甜美、仁爱、温柔、宽容。每当夜幕降临，喜欢在天上飞来飞去，倾尽所有的偏爱洒给人间，离开时都会向苍穹下嗜睡的人们道一声“晚安”。

睡不着小姐感慨了下：“好甜，可惜我是个文艺腐女。”

“是文艺女遇上侠客的命。”

“什么叫侠客？什么叫命？”

“就像你和我，小仙女注定只能遇上大侠。”

陷入爱河的热恋中人，如胶似漆，特别黏糊，一会儿亲亲，一会儿抱抱，入夜后总盼着有一个人来哄，不然就睡不着，本应独立坚强，什么事都能搞得定，意愿里展现出弱不禁风的一面，允许另一个人来呵护。

睡不着小姐就是这样的感觉，看似坚强的外表下，不过是柔弱生的茧。睡不着小姐从小就没有父亲，从未体味过一次来自哪怕一个成熟男人的关爱，得不到的永远在骚动。

不过与生俱来的腼腆和含蓄性格，又制约了睡不着小姐内心作祟的欲望，“女文人”的正经没有办法表现得那么风情万种，也就只能由晚安先生先一步润物细无声。

起初晚安先生是乐意的。日子久了晚安先生就发现，每天的“晚安”都特别程式化，固定的点，固定的语句，固定的心情，有点腻，有点烦。为什么呢？有时工作忙忘了，睡不着小姐就问今天怎么不对我说“晚安”？有时不忙说了“晚安”，睡不着小姐半夜睡不着冷不丁发给晚安先生一条消息问：“在干吗？”

能干吗？在睡觉啊！

你在干吗？你不睡觉吗？

顺着大概方位，盲扑下抓到了闹钟，杵近一看还是熟悉的 12:10、

12:35、1:05，有时凌晨 2:00 也这样。

晚安先生时常神经衰弱，顶着黑眼圈暗自苦恼，心想，虽然我叫晚安，但不代表不睡，可为什么你叫睡不着，就真的睡不着。有时怀疑睡不着小姐是不是出生在熬鹰世家，不然一切行为都没法儿做出合理的解释。

冲动之下的晚安先生也做不到德润身、心气和，措辞稍重了些，叫睡不着小姐睡不着的时候不要老找自己，说过了“晚安”就好好睡觉，欠上的“晚安”，也将会以另一种方式补回来，就是不要时时缠着自己，跟个黏人的小妖精一样。

晚安先生说这话时也没有顾及什么后果，高智商男人的情商在后半夜通常都比较虚弱，不在正常水平线上，倒也不是狠心辣手摧花，也没有第三者插足，简单来说，晚安先生想有一个空间，白天太累了，要和身边的牛鬼蛇神斡旋，一不留神就会被踢出局，晚上还要照顾小甜甜，耐心是有限的，被切成若干份后，再被人随意支取，没有保底，无论内心怎么强大的人也有被拖垮的一天。

睡不着小姐听见这话很伤心，但很知趣地含着泪点头答应了，在泪泊中她想起曾问过晚安先生什么叫命，原来自己是小姐的身子，丫鬟的命。

不知多少个夜不能寐的黑夜里，睡不着小姐掖了掖被子，打开床头灯翻翻以前看过的书《分成两半的子爵》《树上的男爵》，反正自己给自己找事做，自己对自己说“晚安”，再也没有打扰过晚安先生，睡不着小姐睡不着的毛病变成了倒床就能睡。

晚安先生这边没有了睡不着小姐要“晚安”，空出很多时间享受独处，不过他经常会在后半夜惊醒，醒了就再难以入睡，时间一长感到特别不适应，因为一个习惯说晚安的人很难骗自己不会再说晚安，就跟喜欢说话的人，很难做到不张口说话一样。

当晚安先生在后半夜去找睡不着小姐的时候，睡不着小姐已梦入他乡，第二天，睡不着小姐给晚安先生问早安，晚安先生不是在呼呼大睡的床上就是在挤地铁的路上，之间的距离就是同在一个时区呼吸，活在了不同的区时。

凭借晚安先生的第六感，觉得这事很不对劲儿，此事必有蹊跷，是的，这就是男人的第六感。

没想到，准了。

不是蹊跷这事被怀疑准了，是晚安先生和睡不着小姐蹊跷地分手了，不明不白。

晚安先生其实还不知道睡不着小姐已经不需要有一个人对她说“晚安”，她也能睡着了，误以为睡不着小姐只是负气话，气过就好了，但真正有那么一刻觉得时光已老，缘分已散，晚安无用，晚安先生就不得不承认这么个事实：不要轻易对一个人说“晚安”，别人会睡不着，一旦别人学会睡着了，自己也就睡不着了。

很多年过去，晚安先生再也没有找到过像睡不着小姐那样对他关爱备至的姑娘，失去了被在乎也就失去了半壁江山，说不出的“晚安”，后来再也没有对任何人说起过。

很多时候，打败我们感情的，并不是那些程序化的晚安，而是我们自己，输给了自己的那些人，不过是在证明一件事，睡不着的时候学会了把责任都推给“晚安”，晚安的时候找不到那个睡不着的人，真正有感情的两个人，是从来不会欠对方一个“晚安”的。

有两段对白挺经典的：

男对女说：

小生不才，未得姑娘青睐，扰姑娘良久，姑娘勿怪，自此所有仰慕之意止于唇齿，掩于岁月，匿于年华，姑娘往北走，小生往南瞧，不再打扰姑娘，今生就此别过，望姑娘日后善其身，遇良人，与君欢喜城，暖色度余生。

女对男说：

小女不才，承蒙公子厚爱，公子之心，我皆明了，公子之苦，我皆尽尝。奈何世事无常，今生与君无缘，不得长相厮守，愿君今后得良人，公子且将付我之心，付与她人，愿君平安喜乐，一生顺缘。

你对我不理不睬，保留三分喜欢、七分尊严，你对我关怀备至，保留七分喜欢、三分尊严。

在爱情里，
大家都是懂套路的骗子。

紫　薇

据说人一生会遇见 2920 万人，两个人相爱的概率是 0.000049。

这个数据把我吓了一跳，平时大门不出二门不迈，点外卖都能碰见同一个骑手，说得最多的一句话就是“给个五星好评哦”。没办法遇见这么多人，刨去同性，异性相吸更属于小概率事件，爱上了就是百年难得一遇的天象级。

所以我不敢奢求太多，从小就比较喜欢宅，宅天宅地宅网剧。美剧、日剧、韩剧、大陆剧，新番特辑翻来覆去看了个遍，不说情节倒背如流，至少也烂熟于心。我不喜欢看书，我认为看书是一件最浪费时间的事，记不住内容，尤其是外国人一长串的名字，还特别绕。也不喜欢谈恋爱，谈恋爱有什么意思，难道女的比电脑好玩？比网剧还好看？

所以直到 25 岁了，我都还没有谈过恋爱。身边的异性都只认为我是挺好的一个人，后来都认为我一个人也挺好的。

中间也被家里拖出去相亲了几次，第一次没说几句就谈崩了，对方嫌我长得不够接地气，就把我撂下径直走了。第二次没谈几句我就把对方撂下走了，对方是个蕾丝边，她说可以三个人一起过，对方心太大，我不敢捡这个便宜。

那时看来，我的情路还算蛮坎坷的，拒绝我的都是看我丑的，我拒绝别人的，算是取向不正常的。换句话说，耽误了最佳谈恋爱的季节，连抔土都没得吃。不过，憋到 26 岁那年终于有了头春。我对一个女孩儿一见钟情，第一次见到她的时候，我就在脑子里擅自和她过完了一生，从打招呼、约会、交往、结婚、生子、生病到老。

那次是在一个朋友的派对上，她一个人晃着酒杯，透过酒杯就注意到了我，我本来在一旁正惬意地偷窥，她走了过来，我有点做贼心虚，把眼神投放在了别处，谁知演技太差被她戳穿，她单手就把我拽了过去，我以为她会当众骂我是个大色狼、偷瞄狂，结果她硬逼我给她讲个笑话，我哪里会讲什么笑话。复制了个别人讲过的笑话："有一天有一个人去店里吃野鸡，就问服务员你们店里是正宗的正经野鸡吗？服务员愣了，回了句，正经不正经我不知道，店里来的野鸡倒是正宗野鸡。"

"你说我是鸡？"

我说没有。

"你说我不正经？"

我也说没有。

我又没带脑仁，不合时宜地补了句："其实你还是挺正经的。"

"那我还是鸡啰？"

面红耳赤的我太不会说话了，在她面前已经不是绅士，流氓气息展露无遗，桌上要有一个烟灰缸，我真想把自己杵在里面，头朝缸，脚朝天，隐匿几分钟。

我赶紧找了个话题岔开：“你叫什么名字？”

“紫薇。”

“呵呵，那我还叫尔康呢。”心里暗念。

“你怎么一个人在这里？”

“我在等我男朋友。”

我眼睛瞪得跟个二筒一样，眼里有些萧瑟的落寞，不过一想，她这么漂亮，单身才天理不容，转瞬陷入了尬聊，冰点袭来。

“骗你的，这你都信。”

“啊？”

接着紫薇又用特神秘的语气跟我说：“其实我是卧底，在执行一项秘密任务，切记要保密，不然你会被灭口。”

彻底被紫薇唬住了，腿直打哆嗦，当时好想趁机找机会离开这个是非之地，慌忙之间又没有找到恰当的理由。

紫薇说：“骗你的，谁让你不会讲笑话。”

“啊？”

“一个人就是一个人，哪里需要那么多为什么？你不也一个人？”

一个人面对另一个人就有了很多聊的内容，那天之后，我们后来又约见了几次，之后我们就在一起了。我记得那天跟紫薇说：“我只喜欢你。”

“Sorry baby，你还会喜欢上你将来的孩子，你要说喜欢我，我信你是诚实的。”

那次可能因为喜欢太过强烈，说出的话有些绝对和肯定，可信度不高，有些骗的成分，但我绝对是真心的，奔着骗一辈子去的，以为骗砸了，有些心灰意冷，紫薇说了句：“我也喜欢你。骗你的，那是不可能的。”

“啊？哦！”

“你哪一句是真的？”

“以后告诉你。”

我不会说谎，紫薇老喜欢说谎从而让我们的关系变得有张力，渐渐地就甘愿活在紫薇的套路里。因为紫薇在我身上发明了一句特别经典的口头禅：“如果我套路了你，着实感到深深抱歉，我是故意的。”

紫薇尤其喜欢护食，跟《老友记》里的 Joey 是一个德行。读书的时候，紫薇能为了一块肉和室友冷战，为了一片儿上校鸡块和小侄子讲佛祖割肉喂鹰的故事，最后小侄子泪流满面实在听不下去了，也就拱手相让了。就这事小侄子总悄悄跟她讲：“姐，这么大个人了，吃块肉都和小孩抢，也是没谁了，砸在你手里，我放心。”

我们在一起涮老北京羊肉火锅的时候，紫薇也跟我讲：“享用美食前双手合十，要虔诚祈祷，感谢上帝赐予我们精美的食材。”

我很诧异：“我又不信教。”

紫薇斜睨我一眼：“但你得信我啊！”

当我再睁开眼睛的时候，羊肉没有了，就剩些青菜大萝卜和涮汤涮锅，我问紫薇：“你肉嘟嘟的身材真的是喝水喝的吗？”

“不然呢？”

“骗子，明明是吃肉吃的。”我心里默念。

正当我气鼓鼓的时候，紫薇也不知道从哪里弄来的一片涮羊肉夹给了我，突如其来的感动融化了我对紫薇护食的偏见。

“你喜欢的食物不是不喜欢和别人分享吗？”

“你又不是别人。”

我们和很多情侣一样，在一起也会吵架闹矛盾，有时紫薇喜欢耍小性子，爱撒娇证明自己的存在，有次我出差去上海一个多星期，她怕我在大上海迷失到失身，中途就打电话跟我说怀上了。一开始我没有明白过来，以为是家里的那只小乌龟怀上了。证实这个消息后，我马不停蹄地赶回了家。

“几个月了？什么时候发现的？男孩女孩儿？我请个保姆照顾你吧！”

紫薇一手把我脖子揽过来，用唇语在耳畔掠过的几个字让我大失所望。

“其实，我没怀，你不要生气，就想你回来陪陪我，一个人在家，怪害怕的。”

我以为接下来就是那句“骗你的”。等了好久也没有动静。我的确是生气了：“胡闹，这事怎么能开玩笑呢？这不是瞎耽误工夫，浪费表情，欺骗感情吗？”

撒开了紫薇的手，只留下紫薇一个人在房间，我独自跑到了楼下，漫无目的地在街上瞎逛，兜里的手机不停地响，我知道是紫薇打过来的，但我就是不想接，就调了静音。我没法儿接受她欺骗上瘾、骗我成性的事实。小事骗骗倒也可以，连这件事都要欺骗我，我突然对未来充满了恐惧。

人一生气，胃里的耗虫蠕动就越快，就特别想吃东西，屁股一坐就坐在了一家叫南京灌汤包的小铺子，那是我和紫薇最爱光顾的地方。当我一个人坐在那个偏北带窗的角落时，心里竟然有一种无法直言陈述的内疚和后悔。也就是在这个位置，对面当时坐的是紫薇，我答应要照顾她一辈子，陪她高兴，陪她失落，就是因为她相信我能陪她，宽慰她，紫薇才答应和我在一起的。假如我食言了，我就是一个彻头彻尾的骗财骗色的大骗子。忽然我意识到在爱情里我们可能都是善良的骗子，骗对方一个承诺，骗对方一颗真心，骗对方一辈子，一直骗到生老病死。

服务员问我小笼包打包还是在这里吃时，我毫不犹豫说：“打包两份，挺急的。”

一边小跑，一边把灌汤包捂在胸口，绕了半条街，买上了紫薇最爱吃的意大利冰激凌，到家时看见紫薇一个人坐在沙发上，披头散发，不停拨打手机，这时我才意识到手机调了静音，拿出来一看 52 个未接电话全是紫薇的，手机烫得都快没电了。

看见我回来，紫薇扔下电话就把我抱住，哭着对我说："以后再也不骗你了，不要离开我。"

梨花带雨的她镇了镇情绪，略有好转后又说了句："你上次问我哪一句是真的，我喜欢你是真的真的真的。"

我忙用袖子轻轻擦了擦她哭花的脸，笃定地对紫薇说："我们结婚吧！"

她没说话，可能以为我在开玩笑，又或者只是一种走心安慰，于是我又放大了分贝："我说我们该结婚了。"

"哼，你以为我是那种几个灌汤包就能搞定的女生？一个意大利冰激凌就能被忽悠住的女生？是不是太便宜你了？"

"啊？"

"骗你的，好吧，我就是这样的女生，便宜你了。"

紫薇打开还热乎乎的小笼包，还是熟悉的味道，她一个人吃了两份，冰激凌一个不剩，紫薇摸了摸滚圆的肚皮，看着我，肉嘟嘟的脸上堆满了笑容，甚是喜气。

其实，在爱情里，大家都是懂套路的骗子，骗你一个微笑，骗你一钵眼泪，骗你一次生气，骗你一个承诺，骗你一辈子。

原来我被骗的不是损失，是一份永久性增值的收益。我经常以为生活的琐碎会屏蔽掉彼此的真心实意，其实不是，只要用心了，对方终将成为自己生命里的归属，还有那句"骗你的"永远都没被骗，足够了。

骗你的，如果是真的，我宁愿它是假的。

骗我的，如果是假的，我宁愿它是真的。

爱情的本质，
其实不是得到，
而是放弃。

执白·流云·屿蓝

执白和流云争先恐后吻住屿蓝的时候，屿蓝是静止的。她从来都没有想过自己会当着这么多同学的面被两个男生轮流强吻，出生以来从没有见过这样疯狂的表白画面。

屿蓝那一刻也搞不清楚是在意被吻这件事，还是在意被谁先吻了的这个人，因为是初吻，所以脑袋里全是浆糊。

等屿蓝反应过来的时候，一个耳光把当时正亲得起劲儿的执白给扇回了现实，甩了句“你们都是占便宜的流氓”就推开二人，匆匆扒开围观的人群夺路而逃了。

流云也冲出去追屿蓝。待人潮散去，执白一屁股坐在了原地。

掸了掸衣领，擦了擦嘴角晕了的口红，抿了抿余温未消的唇吻，再摸了摸肿红肿红的腮帮子。

执白说了句："哎哟喂，卧槽。"

彼时打在脸上，此时疼在了心上。

不清楚是执白亲到最后让屿蓝看见了不放弃精神，还是让屿蓝觉得执白的嘴更适合自己，没过多久，执白和屿蓝就在一起了。

之后，执白逢人就吹，我的女友是亲来的。

执白还做了两件事：第一件事是写了很多浪漫爱情故事发表了，公布了恋情，顺便把流云给挑衅了；另一件事就是带着屿蓝开了几次房，偷尝了几次禁果，每次翻云覆雨到筋疲力尽后才相拥而睡。

两件事做完，两人关系日新月异。经常穿过小树林，跨过小溪沟，还在青青草上滚过床单，两人眼里都是时光温良，岁月静好。反正都觉得每次和对方说一句"我爱你"都需要一辈子的时间，这辈子不和眼前人在一起，老天都不答应。

老天是看不下去了，最终没有让执白和屿蓝在一起，被流云钻了空子。

失去屿蓝的那些日子，流云不是忘不掉屿蓝这个人，忘不掉的是竟然不爱我的羞耻感。流云接受不了这种被抛弃、被遗忘、被鄙视、被忽略、被轻藐的感觉。

流云老想着有一天要从执白的手里夺回屿蓝，改走暖男路子。而执白又犯了爱情里很多男的都会犯的大忌，以为得到了就是终身制，向屿蓝索取太多的形式浪漫，肾比心就多走了几步，忘记了嘘寒问暖，忘记了备胎危机。

被分手后，执白无心学习，一边喝着青岛纯生，一边沉浸在和屿蓝的风花雪月中，还有曾说过的绝对以及肯定的誓言里。对着屿蓝的照片当歌，言人生几何。

执白拿不出更爱屿蓝的证据，但失去已是板上钉钉的事，而思念又不会说谎，深夜里试着联系了几次，所有能联系的渠道，发现都被拉黑了。他私下也找过屿蓝很多次，不过都被流云反手拍回来了。

爱是爱了，爱到最后是被拒绝了。

执白就是个玉面书生，失恋后写了很多感情故事，大多以悲怆、凄美为主基调，文美心细，摄人心魄，在学校的夜读栏目靠实力吸了大批粉。

争着嚷着要做执白女朋友的是一个叫可然的女孩儿，自封头号首席“白粉”，因为文字而喜欢上了执白。

执白没空搭理可然，心里正烦着，装不下任何人。可然就天天缠着执白。

可然觉得自己肤白貌美，五官正，还有大长腿，是接受不了这份挫败的。

所以可然特别能折腾，为了得到执白也算煞费苦心。

跑去给执白洗衣服，把执白最爱的一条秋裤洗丢了。给执白打热水，热水壶的内胆爆了还烫伤了自己的手。替执白带过海鲜，吃完执白全身过敏。

执白觉得可然天生克自己，见一次就躲一次。可然也不是吃素的，有一次很晚了，可然给执白打电话说自己遇到坏人了，执白二话没说身穿 T 恤短裤，脚穿懒人拖就跑出了门，结果是被可然骗了，回来宿舍门也关了。

可然提出开房，执白起初是不答应的。初冬有些寒冷，执白被冻得瑟瑟发抖，意志力有些松懈，加上可然这么一拉就从了。这就中了可然的下怀，开房只开一间，执白不干，可然就说各付各的，执白出门匆忙哪儿有钱，最后也屈服了。

那晚可然多次色诱执白，不过执白一想起屿蓝，到底是把持住了底线。可然睡床，执白睡沙发，脑子里各自思念着不同的人，谁都没睡，直到天亮。

没过多久执白就毕业了，屿蓝和流云也分手了，据传是流云喜欢上了别的人，之后就再也没有任何关于屿蓝的消息。

可然问执白工作签哪里，执白答去大凉山当代课老师。

“那会很辛苦，不然我和你一起吧？”可然试探性地问了问。看执白没反应，可然赶紧补了一句：“看把你吓的，骗你的。”

执白提起行囊离开的时候，满头大汗的可然给执白买了好多零食，快要检票进站了，可然突然跑上前从后面抱住了执白，哭得稀里哗啦，用很大的声音告诉执白：“只要爱你，远一点都没有关系，你最后一定会是我的，爱情这玩意儿比的就是谁更持久。”

执白在大凉山代课两年，山里信号差，接个电话都要跑半个山头。两年里可然都来，一年四次，上半年两次，下半年两次，一次是 48 个小时的绿皮车程，来回共 96 个小时，两年共 768 个小时。下了火车还要走 22 公里多的山路，山坳石路经常有野狗出没，夏季泥泞难行，冬季高寒缺氧。

路上虽极其艰苦，但见到执白后心里是甜甜的。执白多次劝可然放弃，有一次可然急了跳上桌子跟执白说：“趁我现在还稀罕你，哪天要是不稀罕你了，你来找我，本姑娘也都懒得搭理你。”

可然每来一次，把家里都收拾得井井有条，有热饭炒菜吃，有绿植新鲜空气闻，备课有人加外衣，睡前有洗脚水，还有个和自己拌嘴的人。

人心都是肉长的，执白对可然付出的一点一滴都看在眼里放在心上，对她的好感与日俱增。瞬间把这种感觉击碎的是某一天晚上执白意外地接到了屿蓝的电话。

这个久违的声音，让执白快要放下的心又提到了嗓子眼儿。

屿蓝说她很想见执白，不见不散。执白心里的结又未解开，但又不知怎么和可然开口。那一晚执白在院子里坐了一宿，地上堆满了烟蒂，天刚蒙蒙亮就跑去和可然一五一十坦白了。

可然当时出奇地大度，还用左手比了一个加油的手势，把执白送进了站。

执白很快就见到了屿蓝，屿蓝抱得特别紧，她说她后悔了，问可不可以重新开始。

执白心烦意乱，也不知道该不该答应。当屿蓝索吻的那一刻，执白下意识推开了屿蓝，也是在那一刻执白才发现自己心里是爱可然的。

屿蓝效应失效了。

屿蓝问："既然你不喜欢我，为什么微信签名还和我一样？"

执白想了好久，慢吞吞地说："可能是懒，不然还能因为什么？"

不知道是不是因为不甘心，执白最后很爷们。当执白追屿蓝的时候，屿蓝还没有动心，后来屿蓝爱上执白的时候，执白决定要离开。执白知道终究要走，就不要爱了，不然连忘记都会很缓慢。

执白离开前对屿蓝说的最后一句话是："爱情的本质，其实不是得到，而是放弃。"对于可然来说，真正的爱情却是爱上一个人，就等于得到对方的全世界。

所以执白急急忙忙买了回程票就走了，从此再无挂碍。

火车到站后，执白在出口一眼就看到了可然，原来可然一直在这里未离去。

可然看到执白的时候，上前就是一个死抱，跟两年前送执白离去的场景一样。

可然告诉执白，自从执白走后，自己一直在出站口等，她怕执白走后就再也不回来了，她后悔死了自己的假大度。

执白也恨死了自己的懦弱，他决定这一次一定要把心意传达给可然。

他对可然说："让你等太久了，走了很多弯路，受委屈了，做我女朋友好吗？"

可然也不哭了，说了声“好”，尾音拖得特别特别长。

代课期满后，执白就把可然接到了自己的城市，向可然求婚了。

可然当时只说了一句：“要死啊！你不知道，我等你这一句不知道等了好久。”

执白和可然被现实分开，经过漫长等待，最后在一起了。

每天坐在自家阳台上，一起看日出，一起看日落，什么天地、四季、昼夜，都是伴娘，什么海天一色、地狱天堂、暮鼓晨钟，都是伴郎。

有些错过，
因为勇敢，
就成了在一起。

在一起，请当面说

这座城市很大，因为不经意彼此就会擦肩而过。

这座城市很小，因为不小心彼此就会不期而遇。

申姜从读书到工作，已经在重庆这座网红城市生活了快七年了，她最大的梦想就是在重庆的江北买一套房，不大，能装下自己的梦想就行，她还有一个梦想，想拥有属于自己的一台车，哪怕是二手的都特别满足，这就是申姜留在重庆的意义。

据说时间能证明世间一切的真伪，申姜用三年的时间只证明了一件事：她的上半身是梦想，下半身是现实。申姜三年里重要的时间是上班，最重要的时间是加班，几乎每天都和重庆3号轻轨同进同出，重庆的夜色其实很美，重庆的美食其实很好吃，她都来不及去慢慢欣赏、大快朵颐，也幻想过来一场说走就走的旅行，请注意，那是幻想，没有钱拿什么去旅行，说得旅行好像都是免费似的。

所以，申姜到现在都没有宜居的房，也没有适配的车。

申姜见过末班3号轻轨里很多活得生无可恋的人，有穿着廉价西服的小哥哥，愁眉苦脸，一身的酒气，有穿着露大长腿裙子的艳丽的小姐姐，不知从哪个酒会上刚回来，黏糊糊的发型，晕晕的妆，要倒不倒；有提着破皮的公文包，留着地中海式发型的中年油腻大叔，面不改色地挖鼻孔；也有蜷缩在某个角落，拿着搪瓷碗清点钢镚儿和纸币的乞丐。

“挺失败的。”申姜这话是对自己说的。

轻轨在过直角弯道的时候一个不小心把趴在窗上看夜色的申姜撞哭了，借着这劲儿，她特想哭，又不敢哭得很大声，正当申姜不知所措的时候，旁边递过来一张纸巾，是个男孩儿，穿戴整齐，胡子也刮得很干净，申姜变得很不好意思。

那男孩儿也显得不自然，开始和申姜搭讪，他说：“有什么就哭出来吧，让今天所有的悲伤都留在这趟很空的末班轻轨里，它能包容你的所有。”

也不知道是哪一句话触动了申姜，她抱着那个男孩儿就哇哇大哭，幸好末班轻轨人少，旁人几秒的回头闪现后便一切恢复正常，申姜哭得差不多了，才意识到自己的失态，赶紧松开那男孩儿，看了看稀疏的几个乘客，又看了看那个男孩儿脖子上被勒红的印记，连连向那个男孩儿说了好几声“对不起”。

那个男孩儿也只是不停地冲申姜微笑，申姜从那个男孩儿的微笑里似乎看见了纯真和善良。

于是申姜聊起了心情不好的原因。自己的项目砸了，老板很生气，当着部门员工的面毫不客气地对她数落一番，这样前所未有系数乘以3的批评，对于一个女生来讲，真的很伤自尊。

申姜一边说，那男孩儿一边听，眼神、耳朵、表情、动作都特别投入，有时还站在申姜的立场上怼她老板，申姜笑了，那男孩儿也笑了，轻轨也到站了，那男孩儿告诉申姜：“你可以为生活哭得稀里哗啦，但一定要给自己埋彩蛋。”申姜不再忧伤，起身向那个男孩儿说了句“谢谢”，并做了一个“拜拜”的手势，转身就走了。

那之后，申姜总是能在末班轻轨上遇见那个男孩儿，她还知道了那个男孩儿的名字，他叫米饭，是米饭他爸米粒儿取的，就因为米饭吃得多，所以取了这么个像“饭桶”的名字。

这都不是重点，重点是申姜和米饭成了无话不说的朋友。米饭告诉申姜，自己去过很多地方。去厦门吃过冰激凌，去哈尔滨吃过胡同里，去西藏看过天空之境，去郑州喝过占卜奶茶，去稻城亚丁湾看过朝阳，去西安喝过摔碗酒。

米饭问申姜去过哪些地方，申姜摇头，表示一概不知。

米饭特别幽默，他说自己有次在西安出差，逮到机会就去看了兵马俑，游客非常多，他赶时间，就向空气中喊了句：“着火了。”结果池子里的一半兵马俑爬起来全跑了。

申姜被逗得捧腹大笑。

申姜在哈哈声中发出了个智商在线式的疑问：“啊？不应该游客跑了吗？兵马俑也能跑吗？”

米饭说：“那一半的兵马俑是行为艺术。”

申姜这才略有所悟，她以为是秦始皇复活，召唤兵马俑统一六国，感叹自己科幻片看多了。

放开了的申姜也给米饭讲起了自己的事情。因为暗恋一个男生，所以定居在了重庆，他叫九饼。

九饼是申姜同专业隔壁班的大学同学，申姜还给他写过情书，九饼不知道是哪根筋搭错了，居然在全系范围内搜索目标人，结果因为这件事九饼下不来台，大家都说他想红，找噱头。

于是申姜把自己宿舍玩得好的一个闺密召集来，并说："你去解围，我就给你 100 块。"

那闺密说："你去解围，我给你 200。"

申姜说："给钱。"

"所以你们最后在一起了是吗？"米饭道。

"没有，走到半路，我就尿了，给了闺密 300，结果她和他在一起了。"

从此申姜和那闺密就成了不说话的仇人，因为那闺密每次都会在申姜面前说："我们不一样。"

不过最后那闺密和九饼也没成。

米饭依旧听得很动容，他感慨道："在嫩得一掐一包水的年纪，遇见个喜欢的人，不容易。"

与此同时，他在心里真诚地为申姜祈祷，愿暗恋的都能明爱，愿有情的都能到老，愿孤独的不必再孤独。

米饭又给申姜讲起了，为什么重庆轻轨 3 号线有四公里、五公里、六公里、八公里、九公里，偏偏二塘不叫七公里。

"是有两口水塘吗？"申姜皮了下。

"野史传，因有两口大堰塘得名，也有讲是因祠堂得名，还有讲是曾有驿站得名，重庆轻轨集团说是遵循历史，方便市民出行，好记。"

"那我相信轻轨集团。"申姜用凝聚的目光望着米饭，像个很认真听课的学生。

米饭还跟申姜讲，他有一个做代购的朋友，代购有三原则：不缺德，不缺钱，正品搬运；奢侈品一对一服务，给定金你看啥我拍啥，不给定金我拍啥你看啥；不议价，不抹零，不包邮，你不差钱，我也不差钱儿，大家都酷酷的。

渐渐地，申姜喜欢上了米饭的幽默和睿智，与此同时，申姜再也不讨厌末班轻轨，反而有点喜欢和期待。

这个世界上是存在墨菲定律的，只要不高兴，不管多明显或多不明显，只要心里想着它，它总是会让你不高兴，不过这个世界上也是存在蝴蝶效应的，只要心里有点阳光，渐渐也会呈几何扩散，满地开花。

申姜的项目走过了逆境和绝境，来到了四平八稳的顺境，她掌握了工作上更多的经验，觉得自己可以打下一片江山。在她觉得自己快要咸鱼翻身的时候，她遇见了九饼。

仍旧是末班轻轨，申姜和九饼在同一站台上上轻轨，相互凝望，她被突如其来的意外收获砸蒙了脑袋，不过，脑袋里又挤出了一丝失落，那就是米饭。

九饼跟申姜说："我换工作了，每天要从你这条线你这站上下班。"

"挺好的。"申姜也不知道说什么。

申姜说不出是喜还是不喜，一旦某事成真，发生在自己身上，自己就会手忙脚乱，但她感受不到那种狂乱无节奏的心跳，随之被替代的是有规律、呼吸整齐的平静，出于那种礼貌，出于那种仅有的心动过，申姜和九饼还能有说有笑。

就在申姜和九饼有说有笑的时候，碰见了米饭，迎面走来的他和申姜擦肩而过，接着米饭的背影跟着人群走向了远处的车厢，这或许就是男人的第六感。

因为对你坏事熟悉，所以好事不会打扰。

那次过后，申姜再也没有见到过米饭，不知道是故意躲起来了，还是换了工作再也不同站同线了，反正是消失了，反射弧很长的申姜这才发现，说好了米饭是自己的朋友，连个联系方式都没有建立，这个朋友交得好假。

九饼对申姜很好，每天接申姜上下班，一起乘坐末班地铁，九饼把申姜送到楼下，有几次他提出要同居，申姜拒绝了，九饼也理解申姜的保守，说慢慢来。

申姜给九饼讲好多好多幽默的笑话和旅游故事，九饼和当初米饭给申姜讲的状态是一样的，九饼笑得越开心，听得越认真，申姜就越难过。

后来，申姜把米饭给她讲过的东西讲完了，九饼某天向申姜求婚，申姜拒绝了。

申姜说："你是我的初恋，你却谈了那么多朋友。"

九饼给的回复可以说是天衣无缝："我找一个不是你，我又找一个还不是你，谁让你出现得那么晚了。"

申姜不喜欢九饼的油嘴滑舌，她发现自己在跟九饼讲的每一个米饭曾经给自己讲过的笑话故事中，在慢慢稀释着对九饼的感觉，恰恰又因为在每个复述的笑话故事里确立了对米饭的喜欢。

那之后，九饼再也没有出现过了，申姜回到了照旧一个人坐晚班轻轨上下班的日子，照旧一个人走夜路的日子，照旧一个人不高兴的日子，好像把曾经丢给轻轨里面的忧伤，又一股脑地还给了申姜。

那种得而复失的悲伤，就像失去半壁江山。

若是一座城市带给一个人的总是些不愉快的经历，若是一座城市让一个人想得到的东西始终得不到，那么是时候该考虑，离开这座城市了。

所以，申姜打算带着折翼的梦想和失落的希望离开。

那次是申姜最后一次乘坐重庆 3 号线的末班地铁，抱着四方的盒子，里面全是关于工作的内容，她有些伤感。

乞丐还是那个乞丐，在那个角落清点纸币和钢镚儿，再也没有那个小姐姐和小哥哥，还有那个油腻的中年大叔，或许都已经混得很好了吧，申姜心想。

轻轨稳稳到站，今晚的乘客略显多，都在有序出入，申姜要踏出轻轨的那一刻，有个声音叫住了她。

是米饭。

申姜对这个声音超熟悉，她抱着箱子在站台上到处寻觅，米饭身着制服从轻轨的驾驶室里走出来，快要到申姜的面前时，箱子被摔得粉身碎骨，申姜把米饭抱得好紧。

“米饭，我喜欢你。”

“米饭，我讨厌你不打招呼就离开我。”

“米饭，都是你的错。”

“米饭，我们在一起吧！”

申姜突然明白：你喜欢我的时候我当你是朋友，你爱上我的时候我才在回忆里慢慢喜欢你，你走了我才确定爱上你。

隔了好久，申姜的智商才又一次上线道：“你，你，你，怎么从驾驶室里出来了？”

“驾驶员，就该从驾驶室里出来哇！”米饭也俏皮了把。

“申姜，我也喜欢你。”

“申姜，我再也不离开你了。”

“申姜，都是我的错。”

“申姜，我们在一起吧。”

这声音极具穿透力，可以说是秒天，秒地，秒空气。

事实上，米饭并没有离开过申姜，而是换了另外一种方式守护着申姜。以前米饭只是一名轻轨检修员，每当轻轨运完最后一批的乘客，米饭的工作就开始了，遇见申姜是个意外，被班组临时抓过来加班，碰巧就看见了哭得很难过的申姜，那次之后，米饭向组里提出主动加班，组里显然是在意外中把这件事给批准了。

再后来，申姜和几饼谈恋爱了，米饭申请转岗，从检修员变成了驾驶员，得益于米饭在班组里的优异表现和充分的天赋，米饭留在了3号轻轨线工作，这样他每天就可以送申姜回家，只要能看见洋溢着笑容的申姜，米饭就心满意足。

只是最近申姜一反常态地一个人出没，一反常态地闷着个苦瓜脸，米饭以为是吵架了，今天看见申姜抱着个箱子，跟当初遇见申姜的精神状态一样，米饭知道，出事了，心里也很难过，他知道自己不得不现身了。

申姜埋怨米饭的自作主张。

米饭也笑自己的过分大度。

申姜终于在重庆有了自己的第一套房，虽然是按揭的，但那是自己通过双手奋斗得来的，她的第一个梦想很光荣地实现了，所以申姜很骄傲，更让申姜骄傲的还是她有一个开轻轨的男朋友，哦不，现在是老公，也算是重庆轻轨集团的半个家属，那么她的第二个梦想也实现了。

申姜现在已经会说一口流利的重庆话了，去过米饭说的那一切令人神往的地方，她彻底爱上了重庆。

生命是偏心的，你所喜爱的，世俗看不见，有些错过，是错过；生命同样也是公平的，世间为情所困的人，定不辜负良人，有些错过，因为勇敢，就成了在一起。

在一起，要说出来，趁着这人还在，要当面说，让对方知道你要表达的心意。

地球是圆的，路是直的，假如还能相遇，就让那些相遇的人，相互在今后的岁月里多加善待，熠熠生辉。

久别重逢，
你依旧好看。

大多的暗恋，都爱而不得

纯子很少加班，只是那天跟进很久的项目砸了，本以为胜券在握的时候，被竞争对手截了胡，即便很伤心，但是大势已去。

纯子第一次这么晚，拖着像灌了铅的步子涌入末班地铁口，此时的地铁口再也不像早班那样人挤人，在这座城市笼罩过来的深夜，它似乎在为最后一批的人来人往送上一个似暖似冷的晚安。

纯子向天长吐一口气，做了一下扩胸运动，三步并作两步走到了地铁的月台，这是糟糕的一天，光鲜的衣服褶皱不堪，漂亮的发髻已在风中凌乱，像是半夜偷着出去蹦迪回来那样，疲惫的脸上再无半点生机，想着趁着地铁未至补点水，化个简妆，弥补下错乱的心情，哪知一抬头的瞬间就看见了施阁，施阁也看了纯子一眼。

慌了，彻底慌了。刚拿出来的补妆套具撒了一地，纯子蹲下一件一件拾掇，在脑子里想过无数个和施阁再见面的场景，怎么也想不到会在自己失意窘迫的时候碰见。

这是张让纯了朝思暮想的英俊脸，是纯子暗恋的整个青春。高中的纯子和大多数仰慕施阁的女孩儿一样，是不起眼的一个，同一届几年，但从未和施阁说上一句话，唯一一句话就是统考放榜查分时问他填报哪所学校。

纯子很想和施阁去一个学校，不过施阁要去的那个学校分数实在太高，以自己目前的实力根本无法企及，但要是为了施阁，肯定是能上刺刀拼了。

高考放榜了，果然纯子和施阁失之交臂了，施阁去了大学，纯子在考虑要不要去大学。

考了一个重本院校，纯子还是不想去，也就没去，选择了复读。家里人激烈反对，跟纯子拍桌子，纯子跳上桌子，情绪少有地失控："你们谁也拦不住我。"

纯子心里十分清楚，要是这一次复读能和施阁一个学校，一定要鼓起勇气向施阁表白说喜欢他很久了，在情窦初开的年纪，纯子心里再也容不下任何男生，偷拍了很多施阁的照片，房间里全是施阁的大头贴和海报，连枕头都是 DIY 定制的，每每复读撑不下去的时候，回家抱着枕头睡一晚就好多了。

复读那年的高考遇到了点意外，遭遇重感冒，四十多度的高烧烧得纯子连爹妈都不认识，在考场打着点滴完成了各门考试，考完后的纯子略悲略喜。

悲的是感觉时运不济，怕再次和施阁擦肩而过；喜的是从以前同学那里打听到施阁至今还单身。

又到一年高考放榜时，纯子不敢查自己的分数，怕名落孙山，还是家人陪着纯子在电脑前完成查询，网页跳跃转换即将打开的时候，纯子紧张得都不敢睁开自己的眼睛。

家里人的一声尖叫才把纯子唤醒了。“成功了，成功了，我成功了。”纯子考了很高的分数，比去年施阁足足高出 30 多分，妥妥地能和施阁同校同专业。

纯子大一，施阁大二，纯子没有表白。纯子大二，施阁大三，纯子还是没有表白，施阁却谈恋爱了。纯子大三，施阁大四，施阁分手了，纯子还在想怎么去表白，等纯子想好了，施阁已经毕业了。

中间也有过一次机会，就是纯子刚进校的时候，是施阁接的她，施阁对纯子特别热情：“像你这么漂亮的女孩儿，应该有不少人追你吧？”

“我漂亮吗？”

“你是我见过的最漂亮的女孩儿。”

纯子以为施阁夸的漂亮，是在说自己土，刚进学校和那些学姐比，自己确实土得掉渣儿，军训那会儿特意躲着施阁，又黑又不时髦，目的是想让自己变得漂亮了再出来，漂亮是漂亮了，施阁已经名花有主，几经插曲，直到毕业。

施阁这时把纯子满地找了很久的补水递给了她，手挨手的时候，纯子明显感受到了施阁手心的冰冷和粗糙，再看看原本那张俊俏的脸，现在多了几分沧桑和潦倒，像是劫后余生，才活到了现在。

“久别重逢，你依旧好看。”

“谢谢。”纯子在慌忙中抓到了一丝镇定，职场厮杀多年的经验，已足够让蓬头垢面的纯子在曾经暗恋对象面前假装保持住基本气场。

“还单着呢？”施阁咧嘴一笑。

“你呢？”纯子咬住嘴唇反问道。

施阁没有回答就把纯子抱住了，这是纯子梦寐以求的，纯子觉得这么多年和施阁的距离其实就差一个拥抱，一个拥抱来得这么晚那么近，原来施阁身上的气息是陈旧的、酸酸的、黏糊糊的，不过臂膀是宽阔的，不妨碍继续让纯子陷入意乱情迷。

地铁到站的时候，纯子有些不舍，以前乘坐十几站特别特别漫长，今天特别特别短暂，感觉余温还未上身，冷寒便已裹满全身。施阁下了，纯子也糊里糊涂跟着下了。

最后一班地铁驶离，月台边上只有零星的人影离开，冰冷的广告隔着轨道，对面站的是施阁和纯子，当施阁吻上纯子的那一刻，纯子双手不自觉地抱紧了施阁，用力之余，纯子终于尝到施阁嘴里的味道，干干的，苦苦的，涩涩的，然而纯子很享受这样的味道，潜意识里希望这一刻时间走慢一些，当她被施阁的胡须扎醒时，施阁从纯子嘴里慢慢抽离，纯子知道这意味着别离。

施阁转身离去，没走几步又回来了，说：“今晚你还回去吗？”

弦外之意，纯子琢磨透了。拥吻的过程中，纯子就想好了要是施阁不让自己回去，那就不回去了。

不巧的是这时纯子的电话来了，是男朋友的，问纯子在哪里，什么时候回来，要不要去接。纯子撒谎了，同事聚会，让男朋友不要担心。

施阁的电话也响了，接了电话支支吾吾，神色有些躲闪，道了声“晚安”就草草挂掉了。

施阁和纯子没有在外面留宿，在出站口，各自叫了一辆的士朝着反方向绝尘而去。纯子一夜难眠，身边的男朋友多次发来求欢的信号，纯子一点兴趣也提不起，脑子里想的全是和施阁热吻的情节，偶尔蹿出一种可怕的闪念，竟然觉得施阁的接吻技巧比男朋友更温柔，更容易撩动纯子的欲望。

躺在男朋友的怀里，却和他同床异梦，纯子也觉得可笑，但就是压抑不住内心真实的冲动，想撒野，再野一点，尤其是最后诀别的那一刻，仅就在那一刻，纯子在施阁眼里看见了永别，因此多次从梦里惊醒。

之后纯子每天都乘坐末班车回家，有时还早一班，时间早就在月台上搜索，时间晚就慢吞吞向出口走去，再打车返回。但从那一天开始，施阁就再也没有出现过，就跟人间蒸发了一样。

纯子以为是自己来早了，后来想可能是施阁走晚了，其实啊，不管是谁晚或者谁早，错过了最后一班地铁，就再也不会遇到了。

纯子以为可以学着渐渐把施阁忘掉，用工作消化，用男朋友转移，不给自己保留无谓的幻想，可惜造化弄人，原本砸了的项目出现了转机，甲方约见可以再详谈。纯子去地铁站再次碰见了施阁，纯子在下电梯，很多人，没有预留一条可以穿人的缝隙，施阁在月台，纯子第一时间喊出了施阁的名字，犀利的纯子很快又看见施阁搂着另外一个女孩登上了地铁，纯子明明只差最后一步可以登上地铁的时候，闸门无情地关闭了。

纯子是看见了施阁的，施阁也是看见了纯子的，彼此的眼神交流都不过几秒，施阁就投向了身边的女郎，她妩媚、窈窕、年轻。纯子是记得这种眼神的，跟上一次告别的眼神一样，更让纯子咬牙切齿的事是充满醋意的嫉妒，纯子死死咬住嘴唇死死盯住远去的地铁，直到消失在黑洞里。

纯子原本因为施阁而慢下来的世界，转瞬又陷入了匆忙的节奏之中，没有电话号码，没有家庭住址，甚至连半点关于施阁的前世和今生的信息都不知道，跟个透明的人一样，这场暗恋便无疾而终，跟做梦一样。

在这个世界上，不是所有的暗恋都是好的，也不是所有的人都值得去暗恋，更不是所有想要的都能够得到。

做个俗人，
不谈亏欠，
不负遇见。

见过你是幸运，错过你是命运

人与人之间，撞上了就是爱情；车与车之间，撞上了就是车祸。真实的世界里是这样的：人总是相让，车总是相撞。

陈哇塞在我眼里真的算是一个很好的女孩儿，最重要的是特别能吊住我的胃。爱情和美食在我看来，从来不显得多么重要，真正让一个人接受潜移默化的改变，一是不断重复，二是没得选择，三是接受同化。

这些印象都是后来才产生的。为什么是后来，因为之前陈哇塞身高不够，颜值不够，全靠一张婴儿肥的脸来凑。感觉我和她完全就是生活在两个世界的两种类型的人物。

产生交集，回忆了下，特别肤浅，是在麻将桌上认识的，她叫我玩几把，我说我不会，她又推又拉，还教会了我一套基本和牌公式：M×AAA +

N×ABC + CC。AAA 是三种刻字， ABC 是顺子， CC 是将牌，M 和 N 可以等于 0。

我一想到打麻将会输钱，学会了公式也没有用，挣几个钱也不容易，碍于面子，我说打小点，玩几把就走，结果我打了一个晚上，越打越大，那天运气实在是太好了，吃什么牌，和什么牌，陈哇塞总是喂我子儿，心想陈哇塞这小白真不会玩儿牌，就那晚杀到了眼红，不想下牌桌，另外两个人都不想打了，我还意犹未尽，那时我脑海里只想到了一件事：打牌可能是这个世界上最好玩的运动了，好爽啊！

赢了陈哇塞的钱，也感觉不好意思，本想下了牌桌就开溜，一想到陈哇塞陪着一起熬夜，连眼线都花了，脸上堆的全是脂油，哈欠连天，我又善心爆棚了，决定用赢了的钱请她去茶餐厅大吃一顿，以作补偿。

就一顿早餐的间隙，我的电话、微信，包括住址，全给她了。原因是她一点胃口没有，哭的欲望特别强烈，起初我以为是赢了她的钱，让她心痛了，但我一想到我要是把赢的钱全部还给她，我的心会更痛。

看来爱钱的人，内心戏是过了。那天陈哇塞刚和男友分手，在分之前陈哇塞就有预感，吊一天是一天，爱情在枯死之前，陈哇塞心里已经默默决定谁先有新欢，就放谁走，突然对方捷足先登，凭空注册一个新欢，感觉一闷棍就把陈哇塞敲晕了，心情不好，脸色也难看，心里慌了，关系黄了。

说到这儿，她用可怜的眼神望着我，一转眼拉着我就往门外跑，我以为是要去喝点酒，大清早，我心里也慌了。

因为我找不到酒吧。这片区域早上酒吧都不开放，不止这片区域不开放，旁边区域也不开放。就这样她拉着我的手，跑着跑着就到了她的家。

这完全超出了我的想象。

当陈哇塞拉着我跑到她家门口的时候，我渐感会有好事发生，但我又没有做好准备，趁我不备，那就是强迫，我肯定不会妥协，攥紧了手心，心当时扑通扑通，都快提到嗓子眼儿了，我弱弱问了句："你是不是对我有什么企图？"

陈哇塞翻了我一白眼儿，一边插钥匙，一边跟我说："得了吧，我就算对全世界有企图，也绝不会对你产生丁点想法。"

我："？？？"

我真的不服，又说："你凭什么对我没有企图？"

她用绺子的蔑视，用到了我身上。

的确，在她盛气凌人的威逼下，我㞞了，陈哇塞站在我的面前，气质非凡，像个香喷喷的 lady gaga，而我站在陈哇塞面前，就像个一切从简的土包子，二狗子。

没过多久，陈哇塞又喊："还杵在门口干吗？当门神？过来搭把手帮我把这些东西抬出去扔了。"

估计那回陈哇塞的心是死了，把前男友送给她的所有礼物，折合成两大瓦楞箱全给扔了，空荡荡的房间，一无所有，最后就剩下我和陈哇塞，还有几堵承重墙。

陈哇塞蹲在角落猛哭。我给她递纸巾，她哭得更凶，她的哭声很有节奏感，带点重金属音乐的画面。

哭着哭着，她就喝起了不知从哪里变出来的娃哈哈。

第一瓶，她说敬爱情。听闻爱情，爱过了叫爱情，抱残守缺。

第二瓶，她说敬青春。听闻青春，错过了叫青春，少年不再。

第三瓶，她说敬人生。听闻人生，用过了叫人生，往事随风。

第四瓶，她说敬自己，听闻自己，有过了叫自己，时光如梭。

第五瓶，她说敬未来，听闻未来，放过了叫未来，再无波澜。

五瓶喝完，陈哇塞跟我说，她喝撑了，她决定再也不喝娃哈哈了。

她要断奶，从娃哈哈开始。

原来是她的前任喜欢娃哈哈，陈哇塞渐渐就喜欢上了娃哈哈。前任告诉她，小时候他爸迷信，每逢赶集的日子，都会把他带到算命大师那里去算一卦。小时候他特别安静，无论在哪里都有点岁月静好的样子。他爸怀疑他身上有东西。大师嘛！总要算出点东西，再破一下，才能收钱。大师说，这是缺水造成的。于是大师算准了他缺娃哈哈。

我本来想要安慰下陈哇塞的，一大早知道这事，挺让人难过的。

陈哇塞却说："以后你多陪陪我就好了。"

我头顶三个黑人问号。

自从陈哇塞有了我的联系方式和地址后，她经常变着法儿地约我出来，一开始我是拒绝的，对于男女关系我不敢造次，不过陈哇塞霸道的一点就是，只要拂逆了她的意思，她就会跑到我单位楼下堵我。有回把我堵到了单位的厕所，害得我不敢出来上班，同事都笑我，问我是不是迫害了人家黄花大闺女，那之后我再也不敢不搭理陈哇塞。

她说她想出去走走，想把心放空，腾出来接受新事物，其实她就是个吃货，为了走遍大江南北，吃遍大街小巷，会员卡办了一堆，花呗信用额度比谁都高。有一天我毫不客气地跟她说："陈哇塞，你看你这个死胖子，一天到晚就知道吃，看谁会要你。"

陈哇塞也不屑，哼了句："是吃了你的大米，还是用了你的大钱，我凭自己本事长胖的，你有什么资格说我胖？你请我吃过什么了？真是搞笑。"

陈哇塞也不胖，我就是看不惯她爱吃，她经常去我家蹭吃的，还不交伙食费，倒还把我的锅拿走了，这让我晚上吃什么？

回味陈哇塞那句话，她说得很有道理，我几乎没理由反驳。反正吃吃喝喝治愈了她对爱情的绝望，使她逐渐走出了失恋的阴影，成了一个快乐的死胖子，不知不觉我也开始喜欢吃吃喝喝。

不过有一天，陈哇塞突然跑到我面前跟我说她前男友想复合，问问我的意见。

我能有什么意见？最后也没有给意见。

在那一刻我反而有些失落，但说不清楚是哪里失落，就跟小时候班主任念成绩，说你考了 65 分，我听了满是欣喜，转瞬班主任说了抱歉，分数念反了，是一样的道理。

虚惊一场，一场有，一场没。

走的时候，陈哇塞还甩了句：“我就是问一问，也没想采纳你的意见，你的意见于我没有任何参考性。”说完拿起手机就走了。

后来陈哇塞故意躲着我，打电话不接，短信不回，而我突然感觉慌了，我不知道是见不到这个人心里慌了，还是曾经在一起的记忆碎片让我慌了，又或者是睹物思人，看见那些好吃的，脑子里全是这个人出现的画面，不论睡觉吃饭还是工作发呆。

当我再遇见陈哇塞的时候，是我去她家堵的她，当时的她蓬头垢面，正出门倒垃圾，我把她截住了，起初她不想搭理我，我不让她上楼，她说我很烦，要化妆，让我在茶餐厅等她。

那天我在茶餐厅等了一下午，左等不来，右等不来，最终还是来了。

陈哇塞来的第一句话就是：“你有没有喜欢过我？

这句话打乱了我所有的计划。

我是这样想的，我想先问她有没有和她前男友好上，要是好上了，我就当朋友慰问下，要是没有，我就说介不介意有个男朋友。

所以，惊慌失措的我就成了这样：

我：“？？？”

看我不说话，她就逼我把那些扔掉的前男友的东西找回来还给她。

我：“？？？”

其实我也不确定是不是喜欢过陈哇塞，因为女性朋友和女朋友是两回事，在一起开心愉快这两个身份都能满足，冲动、爱慕、呵护、照顾、责任才能区别于前者，坦白说，当时我蒙了。

不过一想到要还东西，我上哪里去找那些东西？丢的是她？要还的还是她？所以我就只好答应了陈哇塞的表白。

接受陈哇塞的理由也很简单。因为《银魂》里说自然卷的家伙，是个好人，约等于说陈哇塞是个好女孩儿。

也是在一起之后才知道，陈哇塞那天打算见我，是在见我之前她就先拒绝了前男友的复合。

所以，这是个诚意满满的套路。

她觉得对方不值得，爱情就跟蔬菜一样，过了保鲜期，就得扔，牙齿坏了，医生让拔，就得拔，再在一起，那些藏污纳垢的东西，会随着时间发酵，有一天会祸起萧墙。

就这样我和陈哇塞以男女朋友的关系去见了她家的亲戚。

陈哇塞提议要打麻将。

亲戚们纷纷拒绝，但亲戚们愿意和我打，我很高兴，我觉得自己的牌技可以牛到和赌神肩并肩，但最后我输惨了，还是陈哇塞替我回的本。散伙后，亲戚们告诉我，陈哇塞 10 岁开始打麻将，吃什么，和什么，喂什么，她都一清二楚，好多亲戚都不愿意和陈哇塞打麻将。当我知道这事儿后，心里是崩溃的，我被陈哇塞套路了，不过，这回是心甘情愿的。

得到陈哇塞家亲戚的认可后，我和陈哇塞就正式同居了，那段日子算是甜蜜，陈哇塞又喜欢上了喝娃哈哈。

我问陈哇塞："你不是说，再也不喝娃哈哈了吗？"

她说她是骗我的。

我："？？？"

就这样，在陈哇塞的连蒙带骗下，我也学会了喝娃哈哈，这玩意儿没想到越喝越好喝，戒都戒不掉，打个饱嗝都是爱对方的形状。

我们天天回家做的第一件事就是喝娃哈哈，喝饱了，就躺在沙发上，陪陈哇塞看日剧和美剧。于是我就知道很多稀奇古怪的剧名：《非正常死亡》《真实的人类》《使女的故事》《绝望的主妇》《黑客军团》……

我还掌握了佛系三连，都行，可以，没关系；道系三连，关你啥事，关我啥事，关 ta 啥事；儒系三连，稍等，抱歉，对不起；法系三连，免谈，不见，走流程；相关部门三连，不清楚，不明白，不知道；幻灭系三连，嗯，哦，呵呵。

反正我是学到了很多以前都没有接触过的知识。我还会举一反三，造了一个哈三连：哈，哈哈，哈哈哈。因为这等聪明，陈哇塞让我刷了一个月的马桶，拖了两个月的地。

别人笑我痴，我笑别人看不透。

别人就是陈哇塞。

我想我幸福的日子成功被人羡慕嫉妒和恨了，没过多久就要被公司调到外地工作，那就意味着我和陈哇塞就要两地分居。

我跟陈哇塞说我不想走，反正干了几年也没有什么起色，有时加班熬夜特焦虑，也看不到什么前途。

不过我的确说谎了，背地里欢欣鼓舞地租房，查周围交通路线，看外地天气，地方和工作我真的好喜欢，尤其是房东告诉我房子里有大大的浴缸，这完全吸引住了我。

走的那天，陈哇塞替我收拾好了所有的行李，她看出了我是一个撒谎脸红的人，之后我们还是很愉快地接受了异地恋。

每天视频让她少吃热量高的食物，每天提示她多穿点，每天提醒她早睡早起多锻炼，怕陈哇塞早上睡过头变懒，事实上她经常如此，我就在网上买了一台跑步机，让她晚上在家里跑。

在外地项目超级多，任务很艰巨，假少事多，一年下来，我和陈哇塞最多能见上三四次，每次都是先攒假再商量一起请假。每次陈哇塞来我这边，不管忙不忙，晚不晚，最后都是我送她走。我去见陈哇塞，不管早不早，她愿不愿意，我都不让她送我。

一个人回家，一个人坐在出租车里，一个人开房门，太孤独了，太难过了，太空荡荡了，不想让陈哇塞这样经历。我愿一个人承担所有的孤独，在内心撑出一片强大，赋予一个前路还算光明的二人世界。

直到有一天，陈哇塞问我，什么是安全感?

我说不知道。

她说，安全感，是在未遇见我之前，在她的字典里没有这个词，这个词是我带来的，她需要的时候而我没在，所以这个词也就没有了存在意义。

换言之，我和陈哇塞连朋友都不是了。

可能是我第一次谈恋爱，未见过特大创伤，或者说用情过深，一头扎得太猛了，太过执着，不懂舍得，不懂迂回，不懂放弃，回去找过她几次，也在楼下路灯边守护了她几晚，寒气逼人，鼻涕吸溜不住飞流而下，患重感冒了。

这一场恋爱，拥抱和再见，都谈不上亏欠。那些时间，那些地点，那些画面，那些笑语，都值得纪念。

没过多久我就被调回来，我去陈哇塞住所打听了，她搬走了，可能这座城市再也不会有一个叫陈哇塞的人被我喜欢了，即便有叫陈哇塞的，再也不是那一张熟悉的脸，还有那张会吃的嘴。

一个人坐在出租车里，后排空荡荡的，连司机换挡的声音都清晰可闻，特别孤独，意味着我们终将要生活在各自的未来里。突然就想起了一段别人说过的话：曾经用一分钟的时间去认识你，再用一小时的时间去喜欢你，再用一天的时间去爱上你，最终却要用一辈子的时间去忘记你。

对不起，对此事，深感抱歉，我们也许将来都会很好，只是时间、地点不凑巧。

或许最好的选择就是活在我们彼此的心中，那算是我们最美妙的爱情故事，那里有独属于我们的秘密花园，从此再也没有人冒昧打扰。

我决定要戒了娃哈哈，这玩意儿太让人上瘾了。

第一瓶，敬爱情，来也匆匆，去也匆匆。

第二瓶，敬青春，走马西风，人情长路。

第三瓶，敬人生，剪水行舟，烈酒当头。

第四瓶，敬自己，拿得起，放得下。

第五瓶，敬未来，出得去，回得来。

做个俗人，不谈亏欠，不负遇见。俗得再次遇见幸运，看见那颗最亮的星，星星发亮，是为了指引我们找到属于自己的星星，地上的人和天上的星，总是一一对应，但又总在一一试错，遇见了是幸运，错过了是命运。

命运，有好有坏，有舛有顺；星星，有大有小，有明有暗。而我与你，有喜欢有讨厌，有被人喜欢，有被你讨厌，有爱得死去活来，有老死不相往来。

第二章

你真像我的心上人

我爱三样东西：太阳、月亮和你
太阳留给白天，月亮留给夜晚
而你留给永远

从前我爱你，我不怕；
后来我爱你，我怕你。

你真像我的心上人

那年我读高三，一开学，班上就插进来一个复读生，是学校出了名的读不出去的钉子困难户，他叫大毛，都是半吊子了还在折腾理转文，我一直不明白他是哪里来的自信和勇气。

大毛对读书没什么兴趣，每次考试都倒数第一，有一次考了个倒数第十，大毛高兴坏了，读了这么多年高三，只有这届高三成绩明显进步了，便跑到讲台上，用手一拍，呵斥一声：“你看看你们，考得一塌糊涂，真是一届不如一届。”

底下的都笑得前俯后仰、人仰马翻。接着大毛指着一个座位，声音穿过空气直抵那个人的耳郭：“你，还往哪里看，说的就是你，跟我出来一下。”

没错，那个人就是我。

在走廊上，大毛单手撑住承重墙，杀气腾腾的对视让我为之一震，他的眼神里充满了挑衅，顿了几秒说："恕我直言，你真像我的心上人，你就给我个痛快话。"

于是，我很痛快地就把他给拒绝了。

看我拒绝得这么让他没面子，大毛认为我是在拍脑袋。但他不死心，咬牙切齿跟我讲了个什么物理学原理："你是文科生，你可能不是很懂，理科生现身说法，力的作用是相互的，我喜欢你，你肯定也要喜欢我，不然这是在违背物理规律，很不科学。"

当时我就在想，力的作用我是知道的，但……不是这样解释的啊！

"我对你一点都不感冒，我不和一个不学无术，成绩比我还差的人谈恋爱。"挖苦的语气，说得特别重，说完就转身离开，脚下生风连半点仙气都没有泄漏。

再到后来，我的凳子时不时离奇失踪，每次做完课间操回来，我都找不到坐的，真是流年不利，邪门儿撞了道路鬼。感叹倒霉的同时，我也庆幸自己的机智，每次在课间操还没有结束的时候，我就跑回教学楼，偷偷溜到楼下去拿学弟学妹们的凳子，一直机械重复死撑到毕业。

毕业聚会那天，大毛敬酒问我："很奇怪耶，回回藏了你的凳子，你回回都有凳子，真搞不懂，你是怎么找到的啊？"知道真相的我，恨得和大毛连同学都没得做了，端起酒水泼了大毛一脸，之后的再见，就再也没见。

我的大学四年过得特别逍遥，除了没有恋爱过，其余算是人畜兴旺，四兜丰登。

四年后我大学毕业，签在北京的一家外企工作，起初在亲戚朋友同学面前特别爱强调自己工作在 500 强跨国企业，特爱在朋友圈里定位，标榜自己在帝都的优越，结果每年薪水涨幅小，而且公司趋于扁平结构，上升空间贼小，北京房租一个月一个价，天天都在幻想跳槽涨工资。

工作到 26 岁的时候，我切身感受到自己活得特别庸俗，太古里只去了一次，逛完整个北京我只买得起优衣库，办一张假的学生证都可以在某些景点玩一整天。

也就是在我快要过不下去的时候，我又一次遇见了大毛，除了穿得有些素，别的情况我一概不知，大毛问我这几年过得怎样。

心想大毛巴不得我过得比他差，当年的自己那么爱面子，仇人见面七分装，怎么也要在气势上嚣张起来，就说："哼，好得快要飞起来。"

还罗列了一些想吃没有吃到的东西，听过没有去过的地方，试过没有穿过的衣服，反正是各种装，各种炫。

我目测大毛应该过得比我差，于是乎暗自窃喜一把，又问大毛过得怎样。

大毛此时暗自神伤，一副十分落魄的表情，还唉声叹气，我想这就是我想看到的结果，出于人道主义安慰，正当我伸出的手快要拍到大毛肩膀的时候，大毛说了句："其实我真不想读书，一不小心一口气就在北大读研究生。"Excuse me？现在高等学府扩招得这么厉害了吗？都没人站出来管管吗？

我脸上的确挂不住了，开始有些臊得慌，曾经的学渣都能变成学霸，曾经的学霸，现在却迷茫得无边无际还要装。

我疑惑地问："北大的研究生很好考吗？"

大毛表情突变，眉飞色舞了会儿说："好考，是我见过的最好考的学校，怎么，你想考？"

"考研是像你这种找不到工作的人委曲求全以退为进的生路，我平时工作那么忙，分分钟处理几百万，没时间，保送都不会读。"

口是心非，我偷偷去试了下，果然，没考上。

大毛这个鬼东西，居然敢骗老娘。

大毛不知道从哪里知道了这事，之后天天揶揄我："某人在插入云霄的寸土寸金的CBD之上分分钟处理几百万，还有闲暇下凡来体验众生疾苦，真是好雅致。”

“要你管，小仙女下凡不行啊？”

“你还想不想再试一次，我可以帮你的。”

“条件是……”

“做我女朋友。”

“呸。”

等我考上北大的研究生后，大毛又在北大读了博，恰逢那年冬天，雪下得特别大，大毛在北大的五四操场上又一次向我表白，还用蜡烛摆出了一个心形，看上去特别美，我走近一看，蜡烛是白蜡，和雪一样白，关键还是特别粗的那种，给我第一感觉这不是在表白而是在作死，第二感觉是这孩子读书读傻了。

不过我还是答应了做大毛的女朋友。

原因有三个。一是当时被一圈子看热闹不嫌事儿大的人围住，喊什么“答应他”，而我又脸皮薄；二是大毛说喜欢我的原因是因为我长得特别有气质，还有蒙娜丽莎般的微笑；三是大毛给我写了一首情诗：

我的勇气和你的勇气加起来，对付这个世界足够了吧？
要无忧无虑地去抒情，去歌舞狂欢，
去向世界发出我们的声音，
我一个人是不敢的，我怕人家说我疯。
有了你我就敢。
只要有你一个，就不孤独！

等我答应了后，我才有一种被骗的感觉。大毛说的气质，其实只是被我的美貌打动。大毛念的情诗，是王小波的，有点小流氓。

我问大毛还剩下什么是真的。

大毛说：“真心是真的。”

“滚。”

研究生毕业后，大毛的博士也毕业了，大毛找到工作能日进斗金的时候，我还在扑街吃土。投出去的简历基本石沉大海，难得有一个面试的，面试官问：“会做什么啊？”

我说：“行政助理、客户接待、档案管理……”

“你说的这些，我们大专生，不，是保洁阿姨都能做。”

当时我没有任何反应，心里沮丧，感觉读了个假的研究生，这辈子都可能找不到一份适合自己的工作。去单位找大毛，趴在大毛怀里泪洒一片，硬生生把他心爱的白衬衫都哭成彩色的了。

那一刻，大毛抱住我，我心里特别有安全感，像个无助的孩子。大毛跟我讲了个故事，一个男生喜欢过一个女生，女生嫌弃他成绩差，俩人就没有好成，男生不甘心，从此头悬梁，锥刺股，起得比鸡早，睡得比狗晚，读了大学，读研究生，直到博士毕业。

大毛问我优秀不。

我说：“优秀。”

大毛又说那个男生就是曾经的大毛，是我让他这么优秀的，又问我谁优秀。

我梨花带雨，夹着哭腔抽泣着说：“我优秀！”

“谁优秀？”

“我优秀！”

“是谁，是谁优秀？”

“是我，是我优秀！”

在这样鸡血连天，裹挟在“销售销售我最强，销售销售我最棒”的氛围里，我拿到了一份价值千金的 offer。大毛知道这事后，带我去了三里屯的一家酒吧，在那里我们疯狂了一晚上，来北京这么久第一次感到人间好欢乐。

次日凌晨，我们像两个酒鬼在马路上欢声笑语，大毛问我：“在哪里工作？”

我说：“加利福尼亚。”

“Oh no，宝贝，开什么国际玩笑？这一点不好笑，OK？”

“是国际，并不是玩笑。”我把高分贝降了几度。

说完我俩酒醒了一半，再也笑不起来了。

“什么时候走？”

“明天，不对，应该是一会儿，回去还能眯会儿。”

那天醒来，大毛已经把我所有的东西都收拾好了，着急忙慌地把我赶出了国。因为两地时差的关系，经常白天不见夜的黑，黑夜不懂昼的白。

我发视频，大毛睡了，大毛发视频，我在工作。消息发过来都欺负人，我这边经常加班，经常延迟回复，有一次跟大毛随口抱怨：“美国这边的项目超难做，经常熬夜，白头发都长了好几根儿了。”大毛来了句：“记得要用最好的保温杯，泡优等枸杞，熬最久的夜。”这话听完分分钟就想飞回去把大毛先吊起打，再手撕，这玩意儿真不是什么好人。

没过多久，我就收到四大罐黑芝麻糊，是大毛寄给我的，当场就泪洒栏杆，原来大毛心里还是有我的。

想到待在国外的这几年，亏欠大毛的春节、情人节、端午节、中秋节、国庆节、元旦节太多了，就东拼西凑请了个探亲假回国，我没有告诉大毛，想给他一个惊喜。

没想到，大毛也给我准备了一个惊喜，还比我大，差点没有消化下去。

大毛给我看了两本红通通的证件，我以为是学生证，这么红，玩儿得真花。

大毛说："结婚证。"

"真讨厌，我都还没有准备好答应嫁给你。"我以为这是国内今年流行的求婚方式。

大毛说："对不起。"

我意识到意思不对，把证件攥住，哆哆嗦嗦翻开一看，还真不是我。

"办的假证吧？搞得跟真的一样！"那刻我还寄希望于大毛是在骗我。

"这些年，我和你就像斗地主，不管是打明牌还是打暗牌，我替你出完了所有的牌，而你一张牌未出，我们不论是一伙儿的还是对立面的，我以为我们已经胜券在握，实际上我等你等得花儿都谢了，在人群中逃跑时，已经花光了我所有的勇气，输了个精光。"

大毛又说："我们总需要学会突然和人告别，但我不想和你不告而别。"

"原来恋爱的终点，除了结婚，还有和别人结婚。"

还是在三里屯脏街的那处酒吧。

大毛告诉了我一个多年不知的秘密，他说："你知道为什么当年没有继续追你吗？"

我问："为什么？"

"那是因为老师找我谈话了，说什么快高考了，就不要影响你的前途，毕业了机会多的是，毕业后才发现，机会连根毛都找不到，老师为了升学率也骗我。"

"那你又是怎么找到我的呢？"

"你高调的朋友圈定位，谁还找不到你，后面发生的事，你都知道。"

大毛把头靠在我的肩膀上，不停地喝着青岛啤酒，说："我们还是做兄弟吧！"

"有恋人做不成最后只能做兄弟的份儿吗？"

“有。”

“为什么？”

“我们都有病。”

我要了一打青岛啤酒，一罐一罐浇在大毛的头上，算是我对大毛的原谅和接受，原谅彼此疯狂爱了一把，接受乏善可陈而又平淡无奇的生活。

喝酒喝到最后的人都会有一句真心话要问，我也不例外。我问：“为什么要结婚？”

大毛说：“哪里有那么多的为什么，其实很多人都不知道自己为什么要结婚，包括我也一样，兜兜转转，不知因为，不知所以。”

“那为什么又不离婚？”

“等你结婚了就知道为什么不想离婚，大概谈恋爱可以任性分手，结婚离婚成本太高了，是围城，也是宿命。”

我拿起一瓶青岛啤酒，和大毛碰瓶干了，哽咽之声，止于唇齿，就当敬往事如烟，敬今后兄弟情深。

一饮而尽，共看世间化沧海，尘间归于初见。

还有一起跌跌撞撞时说的：“早安，午安，晚安，兄 dei。”

爱有时会让一个人变得所向披靡，除此之外，别的时候会让一个人畏首畏尾。我以为我能为你赴汤蹈火，在所不辞，其实我和你一交战就被你碾得粉身碎骨。

有时我也相信造化弄人，因为，除了有时，别的时候造化也懒得弄你。

从前我爱你，我不怕；后来我爱你，我怕你。

爱一个人千万不要从兄弟当起，要么表白被拒，要么换人被爱，兄弟当久了就没有了爱情，在对方眼里会认为：“我们当兄弟，其实挺合适的。”

朋友同理。

不和你做情人，
是我这辈子最英明的决定。

初恋的滋味，总别样甜

我和大毛喜欢泡在酒吧。那一杯一杯酒从焦躁的口腔滑过食道，咕噜咕噜加速落到胃里，就像是我们在给自己续命。

等到都不省人事的时候，我们就各自握着别的姑娘的手倾诉衷肠，聊聊理想，谈谈人生。

那些都是久经沙场的风尘女子，低抹胸，打底裹，一步裙，浓妆艳抹，不屑于和我们这种说几句话就暴露了是穷屌丝的人待在一起，显而易见，碰见这样的情况，她们通常在男人面前不讲情面，屁股一拍就扬长而去，赶紧找个金主爸爸搞定今晚的名牌才是头等大事，都在寻求欲望和利益的寄居壳。

大毛比我狠，穿得比我破，怀里经常揣着大量现金和支票出入各种场所，大毛说这叫扮猪吃老虎，哦，不对，这叫有财不外露的阶级低调。

当那些姑娘要走的时候，大毛把一沓现金甩在桌子上，掷地有声，有种姑娘天生拥有闻香识钱的天赋，刚迈开的大腿如闪电一样迅速聚拢了过来，恨不得就在光天化日下和大毛擦枪走火。

大毛说：“我已经结婚了，有老婆，人还长得矬。”

姑娘们其实都是冲着钱去的，通常都会回一句：“大哥，你有钱，你说啥都对。”

听见这句话，大毛眼睛顿时眯成一条线回了句：“懂事，一会儿给你们买化妆品和包包。”

之后都是惯例，要大毛的电话和名片，有的更直接，约家里去，有的是拽上大毛就往酒店去。

大毛对我也好，一直把我当亲兄弟看，每次出来喝酒都会带上我，慷慨地招呼了声：“随便挑。”

说是随便挑，每次都是大毛以自己所谓专业眼光擅自决定了。

领着几个姑娘，就这样一起愉快地在脏街的酒吧楼顶上“动次打次”，漏风的音响，破烂的 DJ 打碟，走音的嗓门，但是我们嗨得跟野狗一样，酣畅淋漓直到天亮。

跟我们来的那些姑娘以为今晚必将爆发一场世界大战，做好了牺牲的准备，炮手已经准备到位，就差一门迫击炮了。结果站在蚊虫四起的楼顶上，伴着夏日的烧烤，你看看我，我看看你，一起怀疑一宿的人生。

要是换作另外一种人试试，保准早就掉头走了，那些姑娘没有走的原因也很简单，就是大毛真的会给她们买包包和化妆品，所以开不开房和上不上床，区别也不大。

次数多了，只要我们一到酒吧，酒保自然而然就会上最贵的冰镇青岛啤酒，我们周围永远也不缺姑娘扑过来。

起初我一点也不担心大毛会喜欢谁，更不会担忧动情到深处无法自拔。即便烂，在我眼里也烂得高尚；即便烂，在我眼里也烂得伟岸。

大毛是有家室的，一旦做出不轨的行为，后果很严重，是会净身出户的，连条裤衩也分不到，光腚多难看，也就知道大毛所有的纸醉金迷都是逢场作戏。

有一天，大毛把我拉到酒吧，点了支烟，吹了口瘪瘪的烟圈，抹了抹油腻腻的刘海，郑重其事地跟我说："我可能要出轨了。"

"你昨晚是不是被谁威胁了？"

"不是。"

"被拍照了？"

"不是。"

"仙人跳？"

"不是。"

"对方要多少钱？我存折上还有点，你拿去用就是。"反正当时我特别担心大毛，我想到常在河边走哪有不湿鞋的，破财免灾就好了。

"什么玩意儿跟什么玩意儿。是我喜欢上了一个姑娘，一见钟情的那种，纯纯的，对方特别像我的一个初恋。"大毛坐在吧台，望着变幻无常的花灯，暗自发情，独自着迷。

多么老土的开场白，酸掉牙，还纯纯的，忽悠鬼，真当我没有长开呀？的确，我跟大毛这么久，我真的不知道他有什么初恋。

于是大毛跟我讲起了初恋，叫直子。当初追直子的时候特别神奇，只用了三句话。

第一句："那谁，我想认识你。"

第二句："我叫大毛，你叫什么？"

第三句："管你叫什么，我就想认识你。"

直子也回了大毛三句话。

第一句："那谁，我叫直子。"

第二句："我认识你。"

第三句："我也不管你叫什么，那你来吧。"

牵了几次手，看了几场电影，在梧桐树下打过几次啵儿，都是发乎情止乎礼的那种。

有一次在一个月黑风高的路灯下，大毛送直子回家，正当二人亲得有些猛烈的时候，大毛脑壳一热有些越界，免不了摸来摸去的，也不知道什么时候，旁边的座椅上坐了传达室的王大爷，还抽着老式红梅烟，跷着二郎腿，吸吸吸，啪啪啪。

"哟呵，在演大片啊！"

大毛和直子吓了一大跳，魂儿都落了。

"别停，上半场完了再来个下半场啊！"

大毛和直子真的感到十分害臊了，另外就是觉得王大爷神出鬼没老不正经。俩人迅速而敏捷地消失在黑夜里，躲进了楼道。

"没有追来吧？好丢人，你倒是快把我的胸扣扣上啊！"

大毛对那一幕还意犹未尽的时候，我通过大毛的眼睛看见了一团干柴和烈火的熊熊燃烧。这时有几个满脸都是玻尿酸的女孩儿围了过来，问大毛今晚还打不打碟。

大毛没理。

有一个不甘心地又问了句："玩老虎机、二十一点、骰子、牌九、麻将也可以。"

大毛还是没理。

接着又问我有没有兴趣，我此时最大的兴趣应该是在大毛身上，哪儿有空去玩什么老虎机、二十一点、骰子、牌九、麻将。

我礼貌性地回了句：“你瞎啊？”

把周围的苍蝇扇走之后，我问大毛后来怎样了。大毛看了下我，再看看酒保，冒出句：“你还小，少儿不宜。”

我当时气不打一处来，真的想不出我哪里小了。还是问了句：“那你最后怎么没有和直子在一起呢？”

大毛叹了口气，眼神在昏暗的光线下有些落寞，问我想听真话还是假话。

“先听真话。”我说。

大毛说给直子送了个名牌化妆品和包包，都是A货，却花了一个月的工资，不过大毛一直觉得那是真的，毕竟花了钱的。

“那假话呢？”我问。

“直子永远从我生命里擦肩而过了，敲黑板，记住，是永远。”大毛是握着我的手对我说完这句话的。

我知道这个话题再也撬不出什么有价值的东西了，于是就坡下驴，把注意焦点转移到那个像大毛初恋的身上，看能不能再挖点猛料出来。

还是在这个酒吧，大毛如往常一样和酒保聊天，探探错过的奇闻逸事，大毛喜欢和酒保聊天的一个重要原因，就是酒保这个职业特殊，三教九流什么人都接触，而且想象力绝对比二三线编剧的桥段要丰富刺激。

那天正和酒保聊着，眼尖的大毛一眼就瞄准了一个脚穿人字拖，身穿居家T恤，拎着德州扒鸡的女孩儿。说来也奇妙，有的人的遇见不咸不淡，有的人的遇见轰轰烈烈，有的人的遇见真的很俗套。

大毛先是看见对方打扮奇特，然后看见对方像初恋，最后才决定和对方开房的。大毛还强调了句说：“我真的不是一个随便的人。”

但我认为大毛有时候随便起来真的就不是人。

大毛一上来就和对方搭讪说："你很像一个人。"

姑娘一副实诚脸："我不像一个人，怎么地，那像一个鬼？"

大毛觉得对方挺辣的，对脾气，央求对方要在对面的商场给对方买包包和化妆品，是真的那种。还说："对我这种除了钱什么都没有的人来说，千万不要跟我讲客气，不然我就跟你猴急。"

被反套路了，对方根本就看不起大毛说的那些，接了人就走了，是个女的，大毛有些眼熟，经常来酒吧，人走远了只剩下拿着一沓钱在空气中扇来扇去的大毛，都快骨折了，脸色僵硬。

大毛何等聪明，在把妹这方面可以说很有天赋，为了再见到对方，大毛每次都替那个女的买最贵最烈的酒，那个女的又喜欢来这家酒吧，特别着迷那个叫"马尿"的东西，酒量又差，又爱喝，结果来一次醉一次，来一次死醉一次，死醉一次对方来接一次，大毛就这样要到了对方的联系方式和名字。

"子衿"。

"嗯……'青青子衿，悠悠我心'，好名字，大师之作。"大毛反复默念，就跟把玩文物一样翻来覆去。

再后来，大毛从嗜酒的那位口里套出了子衿的住址。嗜酒的那位以为大毛对她有意思，爱屋及乌找话题，还把自己的地址和盘托出了，买醉成了找醉。

当大毛把残酷的事实告诉那位嗜酒的后，嗜酒的再也不来这家酒吧了。

也是奇了怪，嗜酒的不来了，换成子衿天天来。

子衿来一次，大毛醉一次，子衿走一次，大毛就暴吐一次。大毛本来是想捡个便宜，和子衿喝个酒就把子衿给办了，哪知每次和子衿待在一起都不胜酒力，大毛觉得自己病了，好久都没有这样心动过了，老腊肉被熏烤出了头春的感觉。

说到这里，大毛哭得稀里哗啦。在我眼里，作为资深情场老手的大毛不该这样不堪一击。大毛还自诩过自己是夜场小王子，从来都是大毛让人家姑娘爱得死去活来，大毛次次全身而退，明哲保身。

“大毛，我有酒，你可还有歇斯底里的故事，尽管讲出来就是，我会一直陪在你的身边，同休戚，共进退，我以酒保的性命发誓。”

可能大毛当时是被我的真诚打动了，又问我是听真话还是假话。

这回我先选择了听假话。

大毛说：“我离婚了，现在单身，净身出户，是正儿八经睡了子衿，只不过点儿背，被老婆发现了，当场捉了个现行，至今跟做梦一样。”

这个答案着实很让我意外。我记得有一次，大毛在酒吧看见一个经常设局玩仙人跳的姑娘，为了捉弄她，带着人家姑娘在全城的大街小巷绕圈儿，甩掉了尾巴，装作一副色相对那姑娘说要不要开房，最后人家姑娘哭着说：“大哥，小妹儿今天家里实在是还有事，保证下次陪你，我先不和你玩了。”遂跑掉了。

“那真话呢？”我问。

“子衿是我老婆花钱雇来搜集出轨证据的，AB 面卧底。”

“无间道啊！卧底舍身取证，你也赚了啊。”

“就算这是一出有预谋的无间道闹剧，我依然喜欢子衿，她的出现，让我感觉自己又重新活了一把。”

“反正都单身了，那你去追啊！那不是你梦寐以求的吗？”这时我心里特别不是滋味。

“她不喜欢穷光蛋。”

“……”

那天是我和大毛最后一次出现在那个酒吧，大毛说了很多不清不楚的话，最清楚的一句是：世上没有爱情，都是大麻一样地在试探“性”，一时上瘾难以自拔，人间中毒。之后又一起喝了个烂醉，每一杯就像是在续命。

大毛临走时，和酒保深深拥抱了下，说是感谢他提供了那么多有价值的线索，虽然一条都没用。临走时，望了望那些再也没有围过来的姑娘，虽然都挺势利的，不过还是祈祷她们从此有好的归宿。

大毛临走时和我分手，那天抱得我特别紧，大毛在我耳畔轻轻说了句：“得亏我们分手得早，不和你做情人，是我这辈子最英明的决定。”

说完松得特别快，不给我半点回应，大毛就消失在我的视线之中，那句“大毛，我还想和你做情人，是你一直没有给我机会”再也没有机会说出口了。

但我知道，那晚大毛一定也不好过，呕吐、痛哭、尖叫、烂醉如泥，至于真正发生了什么，从此再也不得而知，连这个人也从户籍所在地消失了，而我也生了一场大病，久病初愈后，反而落寞得像一根筷子。

恋爱就像游乐场里的云霄飞车，里面的人都在以无法想象的速度体验一往无前的飞行，都来不及看身边的云淡风轻和世界的悲欢离合。

你不会理解，我对你的喜欢，犹如日落月升，不可抗力。

我就是知道，你对我的喜欢，犹如伤风感冒，全凭任性。

有些人的恋爱体验真是在全情投入，连病了都会本色出演，恋爱让人的回忆变得迟钝，慢慢地，连忘记都变得很慢。

我叫车厘子，
我为自己的爱情代言，
像晚霞，渐浓，渐晚。

你要是愿意，我就永远爱你

一个人在天台，天下起鹅毛小雪，戴上毛线织的白帽子，脚穿雪地靴来回折荡，单曲循环放着那首《因为单身的缘故》，提溜几罐青岛纯生，微微醉，大放厥词，凭空向天长吼，反复念着一首诗：

瘦杨被风吹，停了又动
从何方来的风？经过这里
烟草被点燃，吞了又吐
我于母亲的子宫生，应在何方竖起墓碑
还未见过高山，海洋，和真爱
泪水就已归还泪水

还未熬过一个四季

就迫不及踩上飘往别处的风筝

这首诗不长，经常想起了开头，又习惯性地忘了结尾，试着从结尾往前推，想起了开头，又忘记了中间。

这是大毛在酒吧外的墙根下念给我听的，怕我记不住，还发了一遍短信，不过我至今也没有记全。

当年我和大毛总喜欢在脏街的酒吧喝酒，他喜欢喝酒，我不喜欢，可我喜欢看着他喝，后来我也就喜欢上了喝酒，自从大毛从我的世界消失后，我就很少再去那家酒吧。

很少的意思就是偶尔还会去，酒保不再是熟悉的酒保，酒吧也进行了翻修改造，灰砖、粗木、水泥、金属、暗灯、黑椅……除了酒杯酒瓶的形状，看不见一丝弧线。

冷酷元素，跟人情一样冷。

我仍然抱着一丝残存的希望，那就是大毛某一天会再出现，不过，慢慢地，我觉得自己很傻，三天打鱼两天晒网，即便大毛来了，是不是也会擦肩而过?

我决定去这家酒吧碰运气，于是当了酒保，学会了调酒和耍弄那些五颜六色的瓶子，和三教九流打交道。三得利乡音随处可见，几百种威士忌随意搭配，真的比青岛啤酒要好喝多了，大毛原来是骗我的，不过这酒也醉人，每一杯都醉成大毛的样子。

酒吧有一个叫凯文的浪子，经常在吧台坐台，眼观六路，耳听八方，是一个标准的探子，逢人就吹婚外情这个东西要是掩饰得好就叫小桥流水有遗梦，掩饰得不好就叫魂断长桥栽流水。

酒吧有一个叫露西的喜欢玩cosplay，整个酒吧就她显眼，出入酒吧专门钓凯子，特别能装，说自己还是雏儿，未经人事，所以经常有人在露西的酒杯里下迷幻药，露西也特别狡猾，喝完就往洗手间跑，每次回来就假装晕乎乎。

凯文和露西的结合，就像舌尖上的美食，美食和嘴巴都想到黑夜更深处去旅行。有一回出事了，露西身边出现了一头红色的洗剪吹，像个大哥大。凯文和露西刚拥抱完一回头就撞见了这个洗剪吹。

“他是谁？”洗剪吹问露西。

“前，前男朋友……”

“他又是谁？”凯文问露西。

“男，男朋友……”

洗剪吹指着露西的穿着问：“你这都什么玩意儿？”

“Cosplay。”露西说。

洗剪吹双手抱团按响骨关节，咔吧咔吧，问凯文：“要不要play，play一下？”

露西马上打圆场，双手挽住洗剪吹说：“老公，怎么还玩儿上了呢？真调皮，我们抓紧回家玩cosplay。”

“真是个黏人的小东西。”

露西和洗剪吹走后，只留下一头雾水的凯文，在喧闹的环境伴着强节奏的音乐声中兀自怀疑人生。

这个场景对于我来说特别熟悉，和当年大毛的老婆派卧底过来色诱大毛如出一辙，要多狗血就有多狗血。

不知不觉又是一年过去了，大毛还是没有出现，加上家里人不断逼我相亲，心等得有些凉了，情人节那天，我辞去了酒吧酒保的工作，加之曾在美国工作的经历和在北大拿下的博士学位，通过以前的教授举荐，教师节那天就去北大做了教书匠。

每次路过北大的五四操场，都特别怀念，那年大雪纷飞，大毛在这里向我表白，我接受了。

大毛当时特别酷，我流鼻血了，于是他教给了我止鼻血四式，中指互勾，伸出舌头，翻白眼，蹲马步。

大毛说这是偏方，是奶奶教给他的。

起初我不信，因为样子太难看了，将信将疑照做后，发现挺管用的，之后不论天气干燥还是看见欧巴，只要流鼻血，不管何时何地，都亮出这四招。

瞬间觉得大毛特别有安全感。

有一天，大毛自己流鼻血后，我叫他赶紧使出止血四招，大毛从容地勾住中指，血就止住了。

仅仅只需中指互勾一招就能止血。

敢情我一直在装狗，还是最难看的那种落水狗。

不带任何感情色彩，我直勾勾挥了一拳过去，大毛刚止住的鼻血又哗哗直流。

算是一拳勾销所有尴尬和欺骗。

现在想想，一段关系中，最牢固可靠、坚不可摧的在场往往就是缺席，大毛就是那个在自己生命中缺席很久，一直没能补位的人。

所有的思念，赔上时间，思山念海，也一笔勾销。

有天晚上，天刚微黑，买好的狗粮喂饱了京巴，准备做自己的饭，才把芹菜择出来，手机就响了，是保罗打来的，曾手把手带出来的调酒徒弟，他说酒吧要转让了，老板老 K 实在撑不下去了，过了今晚明天店名就要改旗易帜，邀请我过去玩。

作为一名人民教师，本是不该出现在这些乌七八糟的地方，但保罗说他有一瓶珍藏很久的82年拉菲……左右掂量，上下权衡后，完全是冲着和保罗的交情去的。

酒吧还是原来的酒吧，灰色水泥的灯柱，青砖与磨砂玻璃砖相间的陈列墙，简约陈旧的老木头，一成未变，此情此景，物是人非。

保罗喊我师父，我叫他不要这么拘束，都是朋友。他说："一日为师终身为母，谁都不服就服你。"

我问："为什么？"

保罗用特骄傲的语气说："你是在世界500强企业待过，还去美国深造过的跨国企业职员，唯一在酒吧调酒最好喝做过酒保且拥有高学历的北大人民教师。"

当我看到保罗身着宽松的保安制服，问道："为什么不做酒保去做保安？"

保罗一肚子苦水，用十分无可奈何的语气道："几个月前酒吧来了一个自称是毛豆的人，说我调的酒不行，要和我PK，结果我输了，他做了酒保，我做了保安。"

说完保罗还一个劲儿地诉苦，抓着我手臂使嗲递眼色，说什么徒弟给师父丢脸了，请师父出山收拾那毛小子。

保罗这点小九九我早就看穿了，但依然气不过，觉得自己也没走多久，话说打狗也要看主人脸色，就决定去会一会这个没有眼力见的毛小子，给他点颜色。

双臂的袖子已经撩起，扎了扎蓬松的头发，提了提松下去的裤腰，跺了跺高跟鞋，直奔熟悉的吧台那方，保罗紧随其后。

我心里当时是没谱儿的，毕竟"我不做大姐大已经很多年了"。距离越近，不知怎么心里越紧张，摸了摸自己的胸部，看能不能“逢胸化吉”，真正近到只有一米多的距离，我突然刹住了急匆匆的脚步。

从他背后掠过，左右脚一步一步收缩到了他的正面，他按惯例询问客人一样询问我喝什么，而我眼睛一眨未眨，当他抬头看见我时，脸色从微笑渐变到僵硬再变到咧嘴笑。

大毛啊大毛，未亡人啊未亡人，终究还是我挥之不去的梦魇。隔着吧台像是隔了一条河，颇有一番“野渡无人舟自横”的意境。

此时，身后的保罗蹿出来打破了这个久别重逢的画面。“师父，师父，就是这个毛小子，揍他。”

保罗跟我说完，又对大毛竖了一个中指，像个小丑似的，在他面前放大分贝道：“这是我师父，等着欠收拾吧，哈哈哈。”

我脸上顿时乌云密布，向保罗扔了句：“揍你妹啊揍，毛小子也是你叫的？也是你随便揍的？以后遇见叫毛哥，麻溜儿的，把你毛哥的活儿替换下来。”

保罗有点蒙圈儿，不大情愿地叫了声“毛哥好”，接过大毛手里的活儿，大毛得空擦了擦手，从吧台里面出来直奔我，紧紧抱住了我，一句话也没说，沉甸甸的拥抱像是旧时候的一个世纪。

我们一起蹲在了酒吧墙根下，整个世界特安静。

“你还经常来这家酒吧吗？”

“你是什么时候当的酒保？”

大毛和我几乎同时向对方发出了自己的声音。

我叫大毛先说，大毛叫我先说。

沉默了会儿，都确定对方没说。

“前不久。”

“以前经常，现在不了。”

我和大毛的声音又撞在了默契上，大毛掖了掖大衣，摇了摇头，冲我呵呵笑。我放下袖管儿，松下扎紧的头发，也冲大毛呵呵笑。

酝酿了很久，我抵着大毛的头说：“你还喜欢我吗？”

大毛说：“我喜欢你。”

我问：“喜欢，为什么不能在一起呢？”

大毛避而不谈。

几年前，大毛追求我的时候也这样问过我：“我喜欢你耶！”

我说：“我也喜欢你。”

大毛问：“喜欢，为什么不能在一起呢？”

我当时也是避而不谈。

大毛绕过这个话题，跟我讲起了他的故事。

大毛说离开我后，他消匿了一段时间，四处托人疯狂打听子衿的消息，后来听说子衿同样给别人做卧底，色诱别人的老公，被人弄进派出所拘留了一段时间。

还是大毛接子衿出来的，然后就和子衿顺理成章地又好上了，子衿喜欢钱，大毛就拼命攒钱，攒够了钱才能和子衿高高兴兴失业。

有段时间大毛喜欢上了子衿，又不自觉背地里和初恋直子纠缠不清。有一段时间子衿喜欢上了大毛，又在和别的男人约会里遗忘大毛，结局可想而知，谁也没有和谁好上。

大毛觉得自己喜欢得肤浅，甚至是不配有资格谈“喜欢”这个词，想都不能想，纯粹是一种玷污。

说到这儿，大毛拿出一盒烟，抽出一根儿，点上，猛吸了几下，呛得差点咳出了肝肺，脸上泛青色，我温柔地拍了拍大毛后背，掐掉了大毛手中的烟蒂。等大毛缓了缓才问：“后来呢？”

大毛说之后心死了就去了北大做了个教书匠，大毛觉得这辈子做了很多错事，当和尚要点戒疤，怕疼，还不能开荤，难受，所以和尚当不了，就从事教育事业，一样在救赎，燃烧自己，照亮别人。

我特别惊讶，我说我现在就在北大教书，我问大毛："怎么不一直教下去？什么时候辞的？"

"情人节那天。"

因为什么辞的大毛避而不谈，只谈起了当酒保的这段经历。

我又问大毛："什么时候当的酒保？"

"教师节那天。"

顿了顿，大毛不再说自己的经历，反问我："时间很重要吗？"

"重要。"

"为什么呢？"

大毛突然饶有兴致地问我："教书之前你在干吗？"

"情人节之前一直做酒保，也是这儿，情人节当天就辞了，教师节那天在北大做了一名教书匠，和你相反。"

等我说完，轮到大毛发出天问式的惊讶，有些炸毛，原因大毛心知肚明。

我们彼此对于这种阴差阳错的再次重逢，觉得是一个天大的笑话，真是灰色幽默，哪怕你晚一点，我早一点，你早一点，我晚一点，就见到了。要么都早都晚，眼不见心不烦也好，权当没来过。

我跑进去把保罗那瓶 82 年的拉菲顺了出来，各倒半杯，我和大毛一饮而尽，喝完觉得好喝，我们又喝了半杯。

大毛突然跟我提起凯文和露西的名字，特别熟悉，大毛说："我觉得我像极了凯文。"

我说："我知道。"

"你知道？"

“我做酒保的时候，凯文是常客。”

“那你一定不知道后来的事。”说这句话的时候，大毛眼里泛着绿光，我知道有干货。

大毛说露西后来和她老公分了，跟了凯文，露西很爱凯文，然后凯文让露西打了三次胎。打到了第三次时，露西告诉凯文再也打不动了，她也不爱凯文了。

分手那天，凯文握着我的手，对我倾诉衷肠，凯文说他自己是个烂人，是个被烂泥缠身的烂人。

“我也是个烂人，被烂泥缠身的烂人。”大毛用特别坚定的眼神传递这个事实。

“所以，这就是你喜欢过我，不敢再喜欢我的原因？”

“大概是，喜欢不是黑，就是白……”

“尿包，还有一种高级灰。”

大毛避而不谈。

气得我把半瓶拉菲中的一半倒在了大毛的头上，让他清醒清醒，另一半自己干了再壮壮胆，扯过大毛的头，直接就亲上了大毛的嘴，两个人的嘴里分不清是酒水还是泪水，时涩，时咸。

正当我俩不知何去何从之时，墙根下飘忽不定的爱情被一群陌生人聚拢包围，围得水泄不通，高呼：“爱情万岁！真爱万岁！”

聚众带头的是保罗和老 K，这和当年大毛在北大五四操场跟我表白的场景一模一样，都是一群搞事不嫌事大的。

老 K 叫大毛老板，叫我老板娘。

我当时莫名其妙，这边爱情都快鸡飞蛋打了，是没工夫听老 K 扯闲篇儿的，直截了当地问老 K：“店面不是要改旗易帜了吗？”

老 K 说：“没错，改了我 K 老板的旗，插上了毛老板的帜。”

“毛老板？哪个毛老板？”

突然意识到，那不就是大毛，扭头怼回大毛问：“什么时候的事？”

大毛此时笑得春风化雨，仍然避而不谈。

第二天大毛真的就成了这家酒吧的老板，保罗从保安做到了酒保，K老板也淡出了我们的视线。

至于我，在产房难产得要死要活的，那家伙在外面干着急，反正一年后有一个叫毛豆的孩子出生了，我说：“毛豆这个名字不好听。”

“好听好听，名字越简单越好养活，就像你叫车厘子。”

“……”

我叫车厘子，我为自己的爱情代言，像晚霞，渐浓，渐晚。

真正相爱的人总有办法找到彼此，真心相爱的人，总会被制造机会重新再爱个够。

恋爱——分手——恋爱，是一种比较虐心的过程，但也是一种非常圆满的结局，不会让世间的情侣误以为恋爱全是一帆风顺，头顶就是白日青天，也不会让世间的情侣认为恋爱都是无底深洞，脚下尽是黑灯瞎火。

只要我爱你，还那么爱着你，放个屁都是爱你的形状，更何况你的幽默。

如果可以，每个女孩儿都能找到心中那个白马王子，如果可以，每个男孩儿都能找到理想中的白雪公主，得到那个人的心，温暖如秋裤，得到那个人的爱，那个人的死心塌地。

恋爱这件事就是为了在一起，
但很多人却因为恋爱的事而分手。

分手，请当面说

思域被玩儿坏了，思域的车主挺苦恼的，不论开到哪里，后面总会听见“嘀嘀嘀”的喇叭声，接着就是拼速度。

朱坚强觉得思域就是一辆买菜车，上下班代个步，不用去挤公交地铁，至于吗？把思域黑得这么惨？朱坚强产生这样的抱怨，是因为此时后面有一辆黑色奥迪 A6L 的车主一直放出一长两短的暗号，非要朱坚强接。

朱坚强也不知道怎么接。

后面那辆黑色奥迪也是一款奇葩，红灯不过，绿灯也不过，黄灯也不过，朱坚强以为是没有对方喜欢的颜色。碰巧那天正逢雾雨天，能见度低，朱坚强的心情很是糟糕，在路过一个桥墩的时候，朱坚强决定停下来，和奥迪车主打个照面，请对方指教一二，等到朱坚强越过桥墩把车停好了，只听见后面“哐当”一声，朱坚强笑了。

撞桥墩上了。

奥迪又动了。

朱坚强一泻千里的笑声还没有收住，奥迪又把朱坚强的思域屁股追了，这下朱坚强再也笑不出来了，所幸思域并无大碍，仅擦破了点皮，只是奥迪有点惨，被撞得面目全非，奄奄一息。

奥迪车主是个很年轻的小姐姐，头顶三丈高焰火的朱坚强，恼色转瞬即逝，与之相伴而生的是贱贱地嘘寒问暖。

没等朱坚强张开口，那女孩儿先声夺人。

“说吧，赔多少？”

朱坚强见那女孩儿挺辣的，上片嘴唇刚动，那女孩儿又捷足先登了。

“反正我也赔不起。”女孩儿两手一摊。

朱坚强望了望女孩儿身后苟延残喘的奥迪，刚要动下片嘴唇，那女孩儿再次先发制人。

“别打它的主意，不是我的。”

“也别打我的主意，我不是那样的人。”那女孩儿盛气凌人地说。

朱坚强当机立断做了一个“stop”的手势，他实在抵挡不住那女孩儿的妙语连珠。

“姑奶奶，我就想说一句，你的奥迪需要修缮，我们先叫保险和拖车，不然下暴雨了，要被困。”

果然，老天爷也看不下去了，憋足了劲儿，大雨哗哗地袭来，两个人还是被困了。在朱坚强的车上，那女孩儿上一秒还是吃了 AK-47 子弹的脾气，下一秒跟砸在风挡玻璃上的雨势一般哭得心碎。

她叫冯佳期。她刚失恋。

她说她有一种超能力，超爱她男朋友。

原打算带着失恋，开着男朋友的车，在结冰的河面上来个人车沦陷，开到一半冯佳期就后悔了，途中碰见了思域，也就是朱坚强的车，她男朋友以前是个思域控，她决定要毁了它，来个人车双亡，寻觅好机会了，想在桥墩处动手，由于雾大路滑，撞歪了。

朱坚强用一脸无辜的表情望着这位心狠手辣的女司机，他被眼前的景象迷住了双眼，鼻血连天，冯佳期不知，自顾自低着头沉浸在黯然销魂中。

冯佳期突然一抬头，把朱坚强的色胆吓得肝颤。

冯佳期问朱坚强："你们男人是不是都喜新厌旧，都是用下半身思考的动物？"

在这个问题上，朱坚强最没有发言权，因为动过色念，所以哑然。

"哼，我就知道，你们男人没一个好东西。"冯佳期语气好是轻蔑。

"有零食吗？我要吃。"

朱坚强乖乖地从收纳盒里找出了两包咪咪递给了冯佳期。

"给我讲个笑话吧！"冯佳期一边嚼咪咪一边催促着。

"你是猪吗？"

"你才是猪。"冯佳期有种想要提拳问候朱坚强祖宗的冲动。

"不好意思，弄错规则了。"朱坚强用真诚的表情望着冯佳期。他告诉她，讲笑话前要念五遍"是"。

"是是是是是。"冯佳期照做。

"你是猪吗？"

"不是。"冯佳期答。

朱坚强又告诉冯佳期念五遍"有"。

"有有有有有。"冯佳期依旧乖顺。

"你和猪有区别？"

“没有。”

冯佳期被套路了，反而笑得特别开心，就像初绽的花朵，美丽动人。

“你这个人还挺有趣的，你叫什么名字啊？”

“朱坚强。”

“不错不错，有前途，你和猪是没有区别。”

就这样在暖气的温暖下，两个人在车上从三观和爱好聊到美女和野兽，彼此都有一种相见恨晚的感觉，冯佳期好像忘记了刚失恋的疼痛，朱坚强觉得坠入爱河了，头朝下的那种，直到雨停见太阳，十包咪咪一包不剩，保险也过来勘测了现场，明确了责任后，车也将被拖回去。

冯佳期问朱坚强：“我们还会再见吗？”

朱坚强问冯佳期：“约你的话出来吗？”

结果上午刚过完，晚上两人就以史上最惊人的速度达成共识，约在一家亚当和夏娃的主题餐馆吃了饭。

第一次见面氛围不怎么好。巧遇隔壁桌情侣闹分手，男的说女的是潘金莲，女的说男的是西门庆，男的扇了女的一耳光，冯佳期平生最看不起的就是男的欺负女的，冲上前去就给了那男的一耳光，安静的大厅，显得清脆响亮，哪知那女的不识好，第一反应推搡了下冯佳期，第二个反应就是护犊子一样护着她男朋友，等她男朋友从蒙、晕、痛中清醒过来后，扬言要打冯佳期，这阵仗，冯佳期哪儿见过，瞬间成了纸老虎，朱坚强也贼精，见势不对，拉着冯佳期就跑。

那男的像开了弓的箭追着在风中奔跑的朱坚强和冯佳期不放。

那女的也追在男的后边。

服务员和保安绕几条街就为追前面一群白吃不给钱的。

这个场景很像贪吃蛇。

在一个幽暗狭窄的胡同里，朱坚强和冯佳期安全了，两个人呼呼喘着大气，肉体贴着肉体，都很近，两个人的心跳都在加速，血液在血管里奔流，趁着夜色和橘黄色的路灯，两个人有些意乱情迷，接下来就是走“打个啵儿”的程序，然而这样唯美的画面居然被一只柴犬破坏了。

柴犬追着冯佳期吼叫撕咬，冯佳期从小怕狗，迅速地躲到了朱坚强的身后。其实朱坚强也怕狗，小时候偷邻居家的鸡蛋，被邻居家的小黄狗咬了屁股，看见这只柴犬，朱坚强下意识就摸了摸自己的屁股，但朱坚强这一次在冯佳期面前很坚强，心想今天不把这条狗办了，以后就没脸追冯佳期了。

朱坚强那晚给冯佳期留的最后一句话是：“冯佳期，明天你记得提着筒子骨汤到医院来看我。”

但是朱坚强过分夸张了，只去医院打了一针狂犬病疫苗就好了，朱坚强送冯佳期回家时夜已深，一路上冯佳期都在沉默着，朱坚强看着冯佳期，沉默了，在进冯佳期小区车库收费杆儿的时候，冯佳期突然对朱坚强说：“我喜欢你！”

“哐当”一声，思域的左侧反光镜被磕掉了。

“啊？你说什么？”朱坚强此时欲点有点爆棚。

“要不要去我家坐一坐？”冯佳期眼里流露的全是狐媚般的勾引，眼睫毛下的眼珠不断挑逗。

“哐当”一声，思域的右侧反光镜在拐角处也被磕掉了。

这下，思域成了死鱼。

“奴家，不是故意的。”冯佳期摆出一副幽怨可怜的眼神。

那晚朱坚强没有回家，从此朱坚强的副驾驶贴上了“冯佳期专用座”的字样。冯佳期酷爱吃零食，有巧克力，有星球杯、百醇、咪咪、喜之郎、杧果、大白兔奶糖、薯片和开心果……

冯佳期对朱坚强说："有一天求婚，你就用零食求婚好不？"

朱坚强说"好"。

"要是有一天我们没有在一起，你还会给我准备零食吗？"

"呸呸呸。"朱坚强不让冯佳期说了。

朱坚强是个说到做到的人，有了冯佳期后收纳箱里从来都没有断过零食，零食下面还有厚厚的一沓备用零花钱。

两个人的关系用如胶似漆来形容不为过。不过，再怎么好的关系也有吵架的时候，每次吵到无可调和的地步，两个人就跑到超市，买瓶红酒，买只烧花鸭、烧子鹅，再到附近的主题宾馆度过浪漫的一夜，第二天就好得跟个没事人似的。

冯佳期原本在事业单位工作，跟朱坚强在一起后就辞职了，她说干得不开心，她是属于外面世界的，冯佳期用朱坚强的思域专职经营起了滴滴，她很喜欢速度与激情，乘客们都是五星好评，朱坚强看她很辛苦还不安全，晚上都会陪着她跑滴滴，冯佳期就在副驾驶休息，跑完滴滴，朱坚强就加满油，半个月一次保养和安检，闺密们经常笑冯佳期，见过跑滴滴带孩子、带爹妈的，带老公的倒是挺新鲜的。

有回跑完滴滴收班，在一个馄饨摊儿上，冯佳期问朱坚强："你有梦想吗？"

朱坚强别看名字叫坚强，还真没有什么特别大的梦想，他在一家游戏公司工作，一个月也有一万多的收入，两个人用绰绰有余，还有一套自己的房子，而且冯佳期也喜欢打游戏，不过她经常被虐，在游戏里，朱坚强经常保护她、照顾她、爱惜她，最好的装备都给冯佳期用，让她很有成就感。

可能是冯佳期天赋极好，朱坚强通不了的关，冯佳期都能通过，而且电脑桌面上全是冯佳期的游戏学习资料，有些资料连朱坚强都看不懂，冯佳期的原始积累以惊人的速度倍增。

朱坚强问冯佳期："你有梦想吗？"

"有。"冯佳期眼神比较深邃。

"我是你的梦想吗？"朱坚强问。

"当然啊！"

"是大梦想还是小梦想？"朱坚强皮皮地望着冯佳期。

"小梦想。"

"要是小梦想和大梦想冲突了呢？"

"舍小求大。"

多么现实的女的，朱坚强想，一边给冯佳期挑多肉馄饨，一边给她开唯怡饮料。

冯佳期的大梦想终于还是来了。

有次冯佳期跑滴滴，前男友唐二郎找到了她，他不想看见冯佳期这样堕落下去，要把她介绍到高级的游戏公司去工作。冯佳期开始是拒绝的，后来才被说动了。

冯佳期跟朱坚强说的是另外一个版本，说自己开滴滴碰见一个游戏公司老总，对方看自己对游戏方面很有见解，要出高薪把自己挖到他公司，她想证明他到底有多傻，就答应了。

朱坚强认为这是一件值得庆祝的事，就像老铁树开了花。

令朱坚强哭不出来的是，冯佳期要先到韩国培训，再到日本实习，最后才能回中国，还不一定在同城。

换句话说，佳期未有期。

在机场，微信里的"共享实时位置"那个红点静止不动，蓝点渐行渐远，直到红点消失在屏幕中间。

坐在车里，朱坚强对自己说："不就是异地恋嘛！老子撑得过去。"

异地恋的人大多都一样，以为撑过去了就是一辈子，从每天通话频繁到一周几个电话，再到后来想起来了就打个电话。

中间两个人也见了几次面，但远水始终解不了近渴。

朱坚强的思域坏了，冯佳期结束培训。

朱坚强的思域修好了，冯佳期结束实习。

朱坚强升了部门主管，冯佳期升了部门总监。

一开始冯佳期还对朱坚强说挣了多少钱，后来就再也没有说了，说了怕超出朱坚强的想象。一开始冯佳期还对朱坚强说想念那些零食，后来学会了自己去超市挑选，虽然难吃，总比没有好。

就这样两个人各自忙各自的工作，各自应付各自的关系网，各自经营各自的单而不分的生活。

恋爱这件事就是为了在一起，很多人却因为恋爱的事而分手。

是冯佳期第一个绷不住的，她决定和朱坚强分手，她坐拥江山，却享受着无边孤独。

分手那天，冯佳期给朱坚强编辑了一段话："有些人想要钱，有些人想要性，有些人想要陪伴，有些人想要自由，还有些人想要成为天上忽明忽暗的云，在特定的时间和特定的场合及特不定的心情下，这些人的口径似乎都一致，都说自己想要的是爱情。我就没有那么虚伪，我想要钱，我想要性，我想要陪伴，我更想要自由，有没有爱情不重要，重要的是我至少活得还像个人。"

从种种迹象看，朱坚强也知道这一天会来到，没想到来得这么早，没有半点准备，他抱着手机保持着同这个世界的微弱联系。

朱坚强终于体会到了一种感觉，进一步没有资格，退一步又舍不得。

朱坚强很了解冯佳期，她是一个敢爱敢恨的女孩，想要的会不遗余力，不想要的会丢盔弃甲。

思来想去，朱坚强觉得无论如何也要再去和冯佳期见一面，他还有一件事没有做。等到再见的那一面已是冯佳期回国的事了，那天是在冯佳期新买的江景小区楼下。

冯佳期以为朱坚强会埋怨、斥责、质问。

朱坚强对冯佳期报以微笑、关怀、包容。

朱坚强把一个四四方方哆啦 A 梦包装盒亲手交给了冯佳期，里面全是冯佳期曾经喜欢吃的零食。

“这是巧克力。”

“这是星球杯。”

“这是百醇。”

“这是咪咪。”

“这是喜之郎。”

“这是杧果干。”

…………

冯佳期没想到朱坚强还记得，更没有想到朱坚强会给她送过来。

“对不起！”冯佳期带着哭腔发自肺腑斩钉截铁地说了那三个字。

“没有谁对不起谁，这是我对你的承诺，你应该笑着接纳。”

“对不起，是我骗了你。”冯佳期早已哭成了个泪人儿。

“我知道。”

“你知道？”

“你身后的那块儿车牌已经告诉我了。”朱坚强笑得更加灿烂。

“我是来当面和你说分手的，分手这么大的事情，怎么可以隔着屏幕说呢？显得多不真诚！多么草率！”

“佳期，祝你幸福！”

朱坚强转身就钻进了自己的车里，冯佳期知道这一别就是永别，朱坚强给的是绅士的温柔，冯佳期得到的是体面的温度，冯佳期破涕为笑。

朱坚强把车停在转角处，撕下那“冯佳期专用座”字号，大嘴张开的收纳箱，里面全是零食，零食下面还有厚厚几扎零花钱，那是冯佳期走后每天一块一块积累而成的，想着可以给冯佳期买更多的零食，现在已经有1090张，也就意味着冯佳期与朱坚强分开了快三年。

分手了，朱坚强在适当的场合都会说起他们的故事，都还承认冯佳期的好，只是再也没有提曾经的疯狂，但冯佳期一直是朱坚强最初的梦想。

人生最好的状态是不期而遇、不言而喻、不药而愈，又因世事无常，平生呈正态分布，遇而无期、喻而无言、愈而无药。

爱情也是守恒的，在行色匆匆的行列间，在伸手不见五指的纵深里，始终有人需要鼓起勇气去大赦一种人，再被另一种人宽恕，再修成正果，成为自己生命的一部分。不能大赦，不能宽恕，又如何？人家不再吃你家的大米，人家不再用你家的大床，人家不再用你家的水电，也就没必要跟天生不对的人过不去。

不管怎么做、怎么爱，好的爱情没有道理，就让好的爱情在记忆里刻骨铭心；不管怎么拖、怎么欠，坏的爱情没有方法论，就让坏的爱情在回忆里永垂不朽。

因为喜欢你，
我丑到刚好拯救你的瞎；
因为喜欢你，
我瞎到刚好看见你的丑。

你丑我瞎，最适合谈情说爱

黄豆是个瞎子。

很多人都对黄豆有误解，都以为黄豆是因为看小黄书，积劳成疾，变瞎了。

误解的背后就是不争的事实。

的确，黄豆不论去哪里，手里总会攥着一本又黄又厚的书，很多人都不知道，黄豆的兜里还有个小黄人。

百密一疏，“黄豆黄”这个名字就在黄豆住的那个半径范围的坊间流传开来了。五颜六色遗落在失明的世界里都是黑色的，黄豆也不计较这些，心如止水，参禅般淡定：“我瞎我的，就让那些人黑去吧！”

因为黑，黄豆认识了果然。

春去秋来，寒来暑往，黄豆的很多衣服不能穿了，决定去商店买些衣服，黄豆酷爱黑色，黑色帽子，黑色上衣，黑色裤子，黑色鞋子，穿出去给人的感觉不是出丧就是黑社会出街。

卖衣服的果然很好，很善良，劝黄豆买些别的颜色，她觉得黄豆除了瞎，还有点小帅，和韩国欧巴有得一拼。

黄豆说不。他告诉果然，以前他也喜欢搭配别的颜色，米色的帽子，淡蓝色的 T 恤，淡黄色的背带短裤，纯白的鞋子，打扮这么潮走在街上老以为整条街就是自己的，有种主宰世界的错觉。

似乎……

“哈哈哈，城里人真会玩儿。”

他们很礼貌地把瞎子称呼为城里人。也有人会提醒黄豆穿配不佳。

原来黄豆戴的帽子是绿色的，袜子左脚一只是酒红色，右脚一只是深蓝色，衣服、裤子、鞋子还好，是黄蓝黑配，就是小黄人造型，只是小黄人被帽子和袜子坑了。

霸王的横扫六合，瞬间成了王八在大街横竖被扫的即视感。

黄豆不再那么花哨，不再喜欢那些五颜六色的东西，他对果然说：“黑色挺好的。”

“你内裤该不会也是黑色的吧？”果然很俏皮。

“嗯，嗯，嗯。”黄豆羞涩地把头三连点，脸上微微泛红。

那么问题来了，果然也是个凡人，对凡事充满好奇，在导购的过程中，她一直对黄豆手里那本书产生了神秘的疑问，古有摸骨看相，现有摸书看世界吗？她决定问问黄豆。

这是一个甜蜜而忧伤的话题。

追溯到很久很久以前，黄豆还是一个风一般的男子，在夕阳下奔跑，他跨过山和大海，体会过海天一色，也穿过人山人海，经历过暮鼓晨钟，去过很多个城市和地方，拍了无数张陌生人的脸和风景。因为一次事故，黄豆失去了双眼，失去了四季和昼夜。

果然问黄豆：“为什么不去做复明手术？”

黄豆说：“生无可恋，该去的地方，已去；该看的地方，已看；尘间，并无多少留恋，需要眼睛去发现。”

有一个最根本的原因，是黄豆不愿和果然说起的，那就是黄豆从双亲家庭过渡到了单亲家庭，他爸，他妈，各自有了喜欢的人，和平而愉快地瓦解了这个家庭，黄豆一直不愿复明。

黄豆是个憋不住话的人，果然还没问，黄豆就对果然说：“我不会告诉你，是离异，让我心灰意冷的。”

果然觉得黄豆又可怜又好笑，被黄豆脸上的阳光给吸引了。果然终究还是打开了那本小黄书，里面的东西让果然瞳孔放大，心潮澎湃，仿佛是在经历一场地心历险记，果然摸着自己的平胸发出了四个声音。

首先是“嗯”。

其次是“哇”。

然后是“啊”。

最后是“哈”。

那本书里没有出现过一个文字，那里面藏了一个世界，里面的每一张图都有一个故事，每个故事的主角都是黄豆本人。

里面的世界包括最高的山，有最咸的海，有最搞笑的猴子，有最毒的蛇，有最矮的马，有最鲜艳的花，有最可爱的人……

里面的故事包括黄豆给大山里的儿童代课，黄豆荒野求生，黄豆熬鹰，黄豆补办临时身份证……

原来，小黄书，并不黄。

那些说黄的，都是来自肮脏的玩笑和内心。

黄豆对果然说："世界在手，说走就走。最美的世界我都看过了，还需要什么眼睛？"

那一刻，果然觉得黄豆说得好有道理。果然又拍了拍这个价值好几百个亿的飞机场，决定要用她毕生的导购经验给黄豆搭配出巴黎塔尖儿的型男造型。

衬衫，七分牛仔裤，豆豆皮鞋，配超短袜，果然带着黄豆到街上走了走，这回再也没有那些唏嘘的声音，即便看不见，黄豆也感受到了来自街头到巷尾的回头率，这种扑面而来的自豪感令黄豆神气地叉了会儿腰。

身边的果然，嘻嘻哈哈笑声不断，其实并没有人看黄豆，街上空无一人，黄豆一个人搁那儿"陈独秀"。果然的笑声俨然是在告诉黄豆"你开心就好"。

这天黄豆和果然成了朋友。

黄豆隔三岔五就会到果然的店里，果然都会帮黄豆打扮一番，黄豆不论走到哪里都是一闪一闪亮晶晶的，不过之后的黄豆会经常进错店。

果然入驻这条街比较晚，当时整条街就目前这个地段租金较低，低是有原因的，果然店的左边是一家大保健，右边是一家大澡堂，三家店三足鼎立，从风水角度讲，这样做生意必有一家会被煞住，血本无归，果然上一任卖鱼的店主就是这样谢幕退场的。果然居然镇住了风水邪说，三家店在并无任何生意关联的情况下，能建立互通有无的唇亡齿寒关系，各家生意闷声发大财，澡堂家的男人们会来果然店里买最时尚的泳衣泳裤，顺便办张大保健家的会员，挖点大保健家的风吹草动，做完大保健的男人们会来果然店里买套装，买完即换，掩盖衣服上的香水味，有的径直回家，有的还会办张澡堂家的会员卡。

黄豆第一次去的是左边大保健家，是果然把黄豆领回去的，果然问黄豆："买了多少钱的？"

黄豆说："便宜的。"

“一个瞎子，居然敢跑去做大保健，还是便宜的，哼，黄豆黄啊？男人都是一个色样！”果然也管不了那么多，不惜言辞，盆腔、胸腔、口腔、鼻腔都是火。

后来，通过黄豆的申诉与大保健的倾情作证，果然果然是误会了黄豆。

果然也知道黄豆瞎。

黄豆第二回去的是右边澡堂，还是果然把黄豆领回去的，果然双手叉腰，人中冒青烟，问黄豆：“又买了多少钱的？”

黄豆说：“便宜的。”

“你这个瞎子，要逆天，搓澡都要搓便宜的，你不怕猪皮被搓掉？黄豆黄啊？下次谁再领你谁是狗。”果然这回真的有点气急败坏，她恨黄豆色性不改，她恨自己情不自禁。

也是后来，尽管有了黄豆的上诉和澡堂的联袂作证，果然仍然误会了黄豆。

不过最后果然理解了黄豆瞎。

一来二往，黄豆每次来果然店里，不是大保健送黄豆来，就是澡堂送黄豆来，店里从此悄无声息多了两条狗，黄豆和大保健、澡堂也成了好朋友，有一种黄豆遛狗的只可意会不可言传的灰色幽默。

果然虽然对黄豆有点恨铁不成钢，不过她总是吓唬大保健和澡堂不要把黄豆往沟里带，在果然潜意识里，那两个人真不是什么好东西，五毒俱全，出门都戴大金链子、大表盘，准是坑了很多良心钱。

毕竟黄豆真瞎。

大保健和澡堂却不这么认为，还一脸笑眯眯地告诉果然，黄豆成了他们那里的名人，是大保健家的皇家御用技疗师，是澡堂家首席头牌搓澡师，手法已经炉火纯青，他们还偷偷跟果然透露，黄豆不是不认识路，只是想换个方式守护果然，陪果然收店关门，挣的那些钱，都替果然交了租金，报答果然把黄豆打扮得这么帅气蓬勃。

果然若有所思，终于从大保健和澡堂这两个大奸商身上，看见了黄豆不计回报的付出，觉得黄豆还是很有良心，黄豆的世界是瞎的，活在黑暗里，心里却是阳光的，也能给身边的人带来阳光。那一刻，果然发现自己喜欢上了这个瞎瞎的黄豆。

也就是在那一刻，全城停电了，不多时，整条街的人跟被捅的蜂窝一样，四处乱扎，最惨的是澡堂家的男人们和大保健家的男人们，在伸手不见五指的空间里，有一丝不挂的，有半裸半藏的，慌得色变。果然、澡堂和大保健三个人已经六神无主的时候，黄豆用大圣归来的气势，从果然后面的储物间闪亮登场了。

黄豆左手拿一把固力牌大锁，右手牵着果然的小手，艰难地锁了果然家的店，用小卒过楚河汉界的一鼓作气直捣黄龙，在嘈杂的人群中蠕动，先是到了大保健店里，大保健稳定了局势，接着到了澡堂家店里，澡堂也稳定了局势。黄豆整个过程都没有松过果然的手。

黄豆问果然："你知道瞎子的优点吗？"

"就像刚才停电，你能带我出来那样吗？"

黄豆问果然："你知道瞎子的缺点吗？"

"就像现在来电了，我能带你回去这样吗？"

见黄豆还是没有松手，果然和黄豆异口同声，黄豆让果然先说，果然让黄豆先说，最后还是黄豆说了："回去的路上，我想牵着你的手，在街上慢慢走。"

果然愣住了。

走到一半，黄豆又说了："果然，我喜欢你。"

果然没有说话。

“我决定了，要去做复明手术。曾经我看过全世界，现在你是我的全世界，我却看不见你。”黄豆试探性找角度望着果然。

“手术那天我一定会陪着你，看着你好起来。”果然很笃定，另外一只手也握着黄豆。

以前全世界给黄豆的是遗憾，遗憾到在黑暗中只有渐行渐远的脚步声。

现在全世界给黄豆的是希望，希望在光明中都是果然不动声色的一颦一笑。

是果然给了黄豆重拾勇气的理由，这个人间另外一面非血缘关系降临的温暖。

进手术室的时候，果然陪着黄豆。

出手术室的时候，果然消失不见。

黄豆恢复光明的第一件事就是找果然。

彻彻底底，干干净净，消失不见了。

果然在黄豆床头只留下一个信封，里面有句话是这样说的：“黄豆，不要想知道我是什么样的，下一个你喜欢的人，就是我的样子。”

绷带拆除的黄豆哭了，哭得很伤心。

黄豆拼了命地闭上眼睛，努力去搜寻果然还在身边的气息，黄豆知道这是自我麻痹，是掩耳盗铃，黄豆找不到果然了，原来这个世界上还存在一种遗憾，睁开眼不是果然，这个世界还存在一种希望，闭上眼全是果然。

果然就是黄豆的眼。

痊愈的黄豆，找到了那家店，左边是大保健，右边是澡堂，店里只有一个并不怎么好看的女孩在向顾客推荐夏季新款衣服，脸上有些黑斑，鼻梁塌陷，嘴唇宽大，在淡妆的遮掩下稍显白净，很阳光。

“果然。”

那女孩儿没理。

“果然。”

那女孩儿仍没理。

“果然。”

店里的顾客就像盯神经病一样盯着黄豆，也想叫黄豆三声，问他敢答应吗。

黄豆离开了果然的店。

那女孩儿就是果然。果然见到黄豆离去，在储物间似乎听见了自己心碎的声音，心里和眼里泪流成河。果然很丑，她不想让黄豆见到自己最丑的一面，她自卑、不自信，她不完美，像丑小鸭那样，果然从小就饱受别人的另眼相待，眼睛是明亮的，心里是黑暗的，她觉得这样的自己配不上黄豆，黄豆完全可以找一个更好的。

黄豆眼瞎时，果然寸步不离，悉心照顾。

黄豆重获光明时，果然掏心掏肺，高兴不已。

黄豆说喜欢果然的时候，果然倍感欣慰，因为这辈子从没有一个男生这样跟果然表白过。

既然两情相悦，又为什么这样虐呢？

果然是个善良的女孩儿，她知道和黄豆的黑暗是两个世界不同级别的黑暗。

从前黄豆喜欢上果然，别人顶多说黄豆眼瞎。

现在黄豆要是还喜欢果然，别人就会说黄豆瞎了眼。

同理。

从前果然喜欢黄豆，别人顶多说丑女配瞎子，天生一对。

现在果然喜欢黄豆，别人就要说丑女攀帅哥，天生不对。

也就是黄豆手术成功那天，果然就替黄豆做了一个决定，与其相互拖累消耗，不如放手各自欢喜。

做不到陪伴，也要做到不耽误。

果然在储物间擦了一把鼻涕一把泪，整理下淡妆，继续为顾客推荐试衣。

“果然，黄豆的眼又瞎了。”

“不可能。”果然一回头就看见了黄豆。

那个声音是黄豆发出来的，黄豆离开店后并没有走，而是去找了他的哥们儿大保健和澡堂。

大保健告诉黄豆：“果然，果然是果然。”

澡堂也告诉黄豆：“果然，果然还是果然。”

“说人话。”黄豆此时没空听这两人逗哏捧哏。

即便没有大保健和澡堂的供述，黄豆也能一眼发现果然。果然的气息是大宝 SOD 蜜香，果然的声音工作时是御姐音，休闲时是少女音。还有收银台上那熟悉的招财猫，那个鼻孔还是黄豆挖的。

闻香识果然。

听音辨果然。

旧物断果然。

“没错，就是我的果然。”黄豆 200% 肯定。

黄豆把回过头的果然抱在了怀里说：“傻瓜，别跑了，我们会在一起的对吗？”

那天黄豆和果然双双重获所爱，黄豆的所爱是睁开眼后果然没变，果然的所爱是心里的黄豆终于在发芽。

黄豆和果然都是阳光的人。

黄豆是心里阳光，因为果然，眼里需要阳光；果然是眼睛里有阳光，因为黄豆，心里变得阳光，

爱情大概就是这样，两个光照不足的人，相互无私给对方的世界照亮，一起在这个世界上变成最阳光的组合。

因为喜欢你，我丑到刚好拯救你的瞎。

因为喜欢你，我瞎到刚好看见你的丑。

丑能辟邪，瞎能镇妖。

既然我们都在彼此的世界里相互伤害，不如又一起在彼此的世界中相互疗伤。你的余生需要我扶贫，我的余生需要你接济。

免得落单为祸人间。

爱一个人，
不仅需要坚持，
更需要自然而然。

时间会带你去最正确的人身边

年轻的时候，胡图图就跟自己说：“好好工作，有了事业就会有对象，别说对象，对马对炮对車都有。”

后来事业有了，但对象一直没有。早年她可以上九天揽月，下五洋捉鳖，没人管得住，图一个开心就好，现在开心不起来了，她有一个妈妈，常年以老胡自居。

老胡有两个身份，一个是社联的高级办事员，一个是小区广场舞的领衔者，不知从哪时起，她把女儿的相亲信息，做成了“简历”常年挂在小区信息公布栏的右下角。

这一挂，胡图图的人生像是开了挂。

身边突然涌过来的男人，个个都像水军，都自称是胡图图至上主义者，搞得胡图图焦头烂额，十分头痛。

只要胡图图一说不去相亲，胡妈就对着胡爸的遗像，又是哭，又是闹，又是上吊，还说要一起跟去，一了百了，胡图图一旦把这事应承下来，胡妈变了个人似的，吃得下，喝得足，睡得香，玩得棒，心情跟过年一样一样的。这事胡图图怎么看怎么坑，要不是胡妈是胡图图亲妈，换了别人，胡图图会觉得既是 MVP 又是 MMP。

胡图图很反感去相亲，相亲是一件特别麻烦的事，要化妆，要上口红，要洗头做头，要穿裙子，要知性，不能大口吃肉大口喝酒，樱桃小嘴似的，小鸟慢啄，有点作，有点束缚。

她说自己是一个糙女汉子，喜欢随心随性，不可能为了男人去改变自己，变了算她胡图图输。

她觉得这样的性格估计没人会喜欢，有点大大咧咧，男生都喜欢那种说话声音细，胸大，皮肤白，还软软的……

男生喜欢的，都很巧妙地和胡图图一一擦肩而过。

胡图图不谈对象，就把所有的时间和精力倾注在了工作上，那是她逝去的青春，目前还在逝去。单位新来的小鲜肉都在背后亲切地称呼胡图图为老女人。

单位洗手间流传过很多关于胡图图的陆续报道，说她老女人，她觉得没什么，过分的是有人说她是不约而同。

什么是不约而同？不约而同的大概意思就是一直不和异性约会，慢慢觉得同性顺眼、舒适、亲近，就这样成了同性恋。

胡图图炸毛了，这个真不可以有，那天胡图图在单位发了脾气，但不约而同这件事根本压不住，好像开采队挖油田挖到油，呈井喷态势，胡图图控制不住。

好几天都不敢去单位，请了假宅在家里，躺在床上，不吃不喝，不刷不洗，自言自语，像得了病。

胡图图一直在想一个问题：自己究竟是不是不约而同？

假如不是，为什么没有对象？

假如是，为什么没有异象？

这两个问题很复杂，胡图图没想明白，也想不明白，不过另一个问题想明白了，她决定要去找对象了，这样就可以去他的不约而同。

胡图图翻遍了从小学到大学异性朋友的微信，发现他们不是结婚了，就是有女朋友了，也有是单身的，不是不约而同，就是胡图图觉得给不了未来的。

空空如也，鉴定完毕。

胡图图把想法告诉了胡妈。

静默如电台的胡妈，又开始频繁地活跃，这一次是带着指示行动，获得过组织特批的，胡妈很高兴，觉得胡图图的天灵盖开窍了，哦不，是开光了。

胡妈又开始把压箱底的照片翻了出来，摆好了架势让胡图图挑，胡图图看得很随便，就随便选了张照片，在她潜意识里，相亲有点不靠谱，不靠谱的根本原因是，那些照片约等于照骗，个个 P 得跟金城武一样。

这回相亲，胡图图比以前认真多了，很大部分原因是迫于舆论压力。

胡图图这回愿意坐下来慢慢谈，也有点想了解市场行情的意思。

在餐吧里，两束软灯光打到两个人的身上，那个叫阮真的男生额头和两鬓都是浓密的汗，胡图图悠闲自若。

“帮我取一个日本名字，像松岛菜菜子那样的吧？”

阮真愣了下，拭了拭汗，正襟危坐，眼仁翻了翻，托腮思忖。

“鲁花花生油？”

“香港渣渣辉？”

“台湾洞洞鞋？”

…………

胡图图觉得这些名字一个比一个丑，但一个比一个好笑，以为阮真是十分正经、严肃的那一类。据胡妈的介绍，阮真的父亲在法院工作，阮真的母亲在检察院工作，家庭氛围应该比较传统、板正。

其实不然。

阮真不属于那种别人家的孩子。读书成绩超差，爱玩游戏，钟爱语言类艺术，比如小品、相声、话剧，尤其是演《霸王别姬》和《荆轲刺秦王》，不论是在市里还是省里，都拿过很多奖项，还给胡图图看了很多拿奖时的照片，胡图图觉得他了不起。

胡图图心想阮真家庭背景根正苗红，自身多才多艺，说话有趣，应该不缺女朋友才是。

“那应该有非常多女孩子追你吧？”胡图图半玩笑半认真地问了这个问题。

阮真说：“不算有。”

胡图图不理解，有就是有，没有就是没有，怎么叫不算有？

阮真说自己玩心太大。以前交过一个女朋友，在民政局工作，但自己爱玩《王者荣耀》，有次在打晋级赛，打着打着女朋友就打电话来了，那时正忙，已经进入白热化阶段，没有顾得上她，答应一会儿回过去，她就发脾气了，说什么是她重要还是游戏重要。

说句良心话，在那关键时刻，游戏肯定比女朋友重要，女朋友觉得自己被忽略了，就提了分手，遗憾的是那局游戏输了，女朋友也没了。

那晚流下了悔恨的泪水，泪水滑过脸颊。

悔，那局韩信，不应该出黑切，更应该出无尽。

阮真说这段话的时候，表演很到位，胡图图觉得阮真超有意思，超级幽默。

胡图图说：“看来你是凭实力单身。”

阮真给胡图图续上了柠檬茶，再给胡图图碗里夹了只大虾后，道：“主要是，彼此不够喜欢。”

胡图图也觉得阮真说得在理。更让胡图图觉得阮真合理的是，他居然会玩《王者荣耀》，段位很高的那种，这真的是一笔意外收获。

阮真问胡图图：“那也应该有很多男孩子追过你吧？”

对于胡图图来说，她真的不知道有没有。

胡图图曾经和一个在公安局工作的男生有点暧昧，但听很多公号的大咖、公知说男人需要考验，就对那男生故意不搭不理，结果那男生转眼和别人好上了。胡图图一直觉得男人就是靠不住，不如靠自己，就把事业做得风生水起。但在一次朋友邀请的聚会上，胡图图又见到了那位男生，碰巧那天暴雨，男生回不去，在车上，男生很少说话，表情看着很是挣扎，仿佛是在做什么心理准备。

车快要到男生的家里时，男生问了句：“我们还能回去吗？”

胡图图靠边停了车，纠结了小半天。

“回去是能回去，可能还要去加点油。”

阮真这回笑得颠儿翻颠儿翻的：“你是猴子派来的救兵吗？”

胡图图不懂。

“那你们最后回去了吗？”阮真对这个故事很感兴趣，给人的错觉不是来相亲的，有搜集素材的嫌疑。

“回去了，一个人回去的，因为那晚闺密组了一个《王者荣耀》的局，眼看时间到了，我就把他扔下了。”

“哈哈哈。你还真是缺心眼。活该你单身。”阮真好像找到了同类一样，说话什么的，一点也不拘谨，话匣子打开后，两个人都收放自如。

那次好生生的一个相亲会，硬是变成了同城遇故知的酒友会。

为单身干杯。

为《王者荣耀》干杯。

为自由干杯。

为干杯干杯。

…………

之后两个人成了好朋友，主要是两个人臭味相投。经常约在一起打《王者荣耀》，一起吃饭喝酒划拳，既不用相亲，也不用听家里的唠叨，省去了很多麻烦，相互打得一手好掩护。

有的麻烦会迎刃而解，但有的麻烦就会无中生有。

在凉凉的一个深秋，胡图图在沙发上玩手机，胡妈戴着老花镜在打毛线，小猫咪在地上打滚，胡妈一边打一边对胡图图说：“这周末，把你男朋友带回来一起吃个饭吧。”

正在和阮真组局的胡图图，没有理胡妈。

“胡图图，我给你讲，这周要是带不回来，你就再也不要回来了。”

胡图图也没有任何心思玩手机了，就给阮真发了条消息，让他周末准时赴约解围。

阮真一开始不情不愿。胡图图实在没有办法了，就对阮真许诺说：“你只要答应我，以后无条件答应你一个条件。”

“真的可以无条件？”

“除了违背公序良俗和伤天害理，还有非我情愿的。”

阮真把这事算是接了下来。

周末的聚会上，胡妈做了很多菜，阮真在厨房帮着胡妈忙前忙后，有说有笑，把胡妈逗得不亦乐乎，夸阮真是个懂事的孩子，不像胡图图一天到晚就知道玩。胡妈说这句话的时候，胡图图躺在沙发上继续打她的游戏，很是应景。

胡妈又对阮真讲起了胡爸的事。她说，胡图图在很小的时候就没有了爸爸，那是在一次交通事故中，在外出差的胡爸开的那辆桑塔纳和一个油罐车撞了，油罐车侧漏发生了巨大的爆炸，当时连人带车全毁了。胡图图这个孩子可怜，但又十分坚强，在外受了欺负从不跟家里说，经常和别人打架，也不喜欢穿裙子，她的所有衣服都是偏男生风格……

胡妈说到这儿，锅里有一股煳味飘了出来，原来是粉蒸肉的水烧干了，胡妈光顾着和阮真说话，锅给烧了个洞。

胡图图也冲了进来，以为厨房要爆炸。

锅坏了，但那顿饭吃得十分愉快，饭后，胡妈背着在厨房收拾碗筷的阮真，居然夸胡图图能干，胡图图感到莫名其妙。更让胡图图感到莫名其妙的是胡妈居然把胡爸生前佩戴的那块手表给了阮真。那块表可以说是老胡家的传家宝。

好多次，胡图图要阮真把表还给她。

阮真说："给了的东西，就没有收回去的道理。"

一到节骨眼上，阮真还威胁胡图图："下次再要表，我就告诉你妈。"

听见这话，胡图图心里有火也发不出，不敢再造次，毕竟这事不能让胡妈知道，知道了必定没有好日子过。

不过，表的事，胡图图一直在找机会。

这个机会终于来了。阮真打电话跟胡图图说："周末有没有空，能不能到我家来江湖救急？”

原来，阮真的情况和胡图图一样的，都是被相亲逼疯的那一代，胡图图虽然理解阮真，并不代表就要帮阮真，帮也可以，摆着一副事不关己高高挂起的姿态要挟阮真把表还给自己。

令胡图图没想到的是，阮真要胡图图还人情，那个无条件的承诺，听见这话，胡图图蔫儿了，有种云端的仙女坠入凡间成了乞丐的感觉。

胡图图表现得紧张，她问阮真该穿什么？该注意什么？该买什么东西？该怎么称呼阮真的爸妈？

针对一系列的疑惑，阮真只说了五个字：“你开心就好。”

那天真的是超级开心。胡图图什么都没买，单枪匹马就去了，反倒阮妈送给胡图图一只成色上等的翡翠玉镯当作见面礼，那只镯子是阮妈最喜欢的。

胡图图觉得十分贵重，不像阮真那么不要脸，拿了表不还，胡图图这点轻重还是分得清的，不过最后收下了这只镯子，实在是阮妈的盛情难却。

同样，那天不开心的另一件事也伴之而生。胡图图穿了裙子，打了口红，穿了高跟儿，做了头发，回家后，脚也肿了，头发也乱了，口红也花了，裙子在上楼梯间的时候，被不明物体戳了个洞，很让胡图图郁闷。

在送胡图图回来的路上，阮真还夸胡图图：“你今天真是漂亮得可以。”

胡图图不想骂人，只说：“真羡慕你的皮肤，怎么可以保养得这么厚。”

以为完成这次任务后，两个人就可以老死不相往来，该走阳关大道的走阳关大道，该过独木桥的就走独木桥。

没想到，客串成了御用。

胡妈三天两头给阮真打电话请阮真去吃饭，阮真还真是一点不客气，上来就吃，吃完就走，最重要的是走之前特别能夸胡妈，给胡妈灌迷魂汤。

老人家嘛，总是这样，爱听好听的，很上道儿。

阮真家就不一样了，胡图图虽然去得少，却每次都能满载而归，阮妈不是送东送西，就是把胡图图拉出去逛东逛西，阮妈经常跟胡图图抱怨，阮爸一天就知道忙工作，都要退休了，还要管东管西的，好像单位离了他就要垮似的。不过转眼又对胡图图说，阮真这孩子贪玩，以后管就是了，绝不偏颇。

胡图图和阮真也发现了，两家人越走越近，中间胡妈见了阮家人一次，两家都特别满意。

问题的关键就在于此，胡图图和阮真感受到了压力，再这样，搞不好会剑走偏锋，本来两个人的感情就是塑料的，假装这么好，只是用来应付家里人，没想到家里人认真了，两个人慌了，要说慌，慌的是胡图图。

胡图图承认，阮真游戏打得好，经常带胡图图，段位越来越高，胡图图很享受这种同志的乐趣。胡图图也承认，阮真幽默风趣，对胡图图的脾气，最重要的是千百年难得一遇还有异性愿意陪着一起玩耍。胡图图还承认，是有点对阮真动了心，她也感受到了阮真的不正常。

有两件事让胡图图印象深刻。

第一件事，阮真越来越黏胡图图，上班下班接送总会到单位下面，然后被同事们看见，这个事，起先胡图图有点排斥，觉得影响不好，久了，满足了胡图图的虚荣心，再也没人说胡图图是个老女人，也没有人传胡图图是不约而同，胡图图认为这样还行，来去两个人，总比来去一个人好，一路上大家有说有笑的也挺好的。

只是照例的有天晚上，那天天气极不好，还伴有闪电，据天气预报说未来几小时还有强降雨，胡图图的家离单位比较远，但离阮真家很近，恰好阮真父母都有公差出，那天晚上胡图图就睡在了阮真家。

阮真问胡图图："要不要被子？"

胡图图说："你给我小点的被子，能盖住肚脐眼就好。"

阮真就问胡图图："是创可贴合适还是眼镜布合适？"

胡图图哭笑不得。

没过一会儿，阮真又问胡图图："我怕打雷，我能不能在你的门外打地铺？或者你仁慈点，我在你床边打地铺，那样也是极好的。"

睡一个屋，胡图图肯定是不干的，答应让阮真在门外睡。这一睡，胡图图就后悔了。

阮真有点事儿妈。一会儿问胡图图要不要喝水，过一会儿问胡图图冷不冷、饿不饿，再过一会儿问胡图图要不要一起打游戏。

反正那一晚，阮真问了胡图图不下十几次，只要胡图图不理阮真，阮真就敲门，最后谁也没有睡着，第二天两个人都顶着个熊猫眼。那晚以后，胡图图再也不敢去阮真家，怕出事。

第二件事就巨尴尬了，阮真唯一一次在胡图图家过夜，是因为把钥匙落在单位，家里又没人，阮真说要去酒店住，胡图图说有钱烧得慌，正好胡妈没在家，和几个朋友旅游去了。胡图图家是小二居，除了胡图图的卧室，就是胡妈的卧室，唯一的选择就是客厅，但是问题来了，客厅有胡爸的遗像，阮真说害怕，胡妈的卧室也有胡爸的遗像，即便没有，也不会安排阮真去睡胡妈的卧室，那样不礼貌。

因为这个问题，胡图图纠结到了深夜，折中的结果是让阮真去胡图图的卧室打地铺，胡图图还和阮真约法三章，阮真也甚是欣喜。

那晚真的很平静，什么事都没有发生，大家相安无事，都睡得很香。

胡图图算无遗策，唯独算漏了胡妈。

胡妈深夜回来了，而且是把胡图图和阮真堵在了卧室，胡图图赶紧踢阮真，阮真睡得跟头死猪一样，胡图图感觉有点捉奸在床的意思，等阮真醒来了，看见门外站了个人，顿时吓得魂飞魄散，阮真下意识起身一跳，就蹦到了胡图图的被窝里。

胡图图说自己是清白的。

胡妈再也不信了。

阮真也对胡妈说与胡图图是清白的。

胡妈告诉阮真，不要怕，有胡妈撑腰，胡图图不会怎么样。

胡图图要杀了阮真。

阮真向胡妈求助。

但这事没完，胡妈还把这事转达给了所谓的亲家，也就是阮爸和阮妈，两个人听了都笑成了一朵花，两个人觉得，连胡妈都不介意的事情，两个人也就没有什么好介意的，而且两个孩子也到了谈婚论嫁的年纪，生米已经煮成了熟饭，那就让其熟透。

胡图图和阮真彻底没了退路，就连街坊邻居都知道胡图图和阮真在谈恋爱。

两个人因为这事大吵了一架。

胡图图在单位连续加了三天的班，没有回过家，阮真在网吧打了三天三夜的游戏，也没有回过家，第四天的时候，阮真胡子拉碴，头发凌乱，脸上明显覆盖了一层油腻，跑到胡图图的单位，保安拦住了他，阮真非要进去，被保安制服在地，是胡图图出面解的围。

当时在地上口吐白沫的阮真对胡图图很叫嚣，突然性情大变，吼道："胡图图，我喜欢你，喜欢你男人婆的样子，也喜欢你女人时候的样子，我就是稀罕你，在乎你，我怕你不理我，我是因为你，才爱上这个世界，要问游戏和你谁重要，肯定是你重要，为了你我可以戒掉游戏，自从认识你，和你度过的每一个日常，都是连续发生的奇迹。"

说完，阮真就晕过去了，在医院，阮真醒来的时候，胡图图在削苹果。

胡图图问："你还记得说了什么、做了什么吗？"

阮真拼命回忆。

阮真说，他在打游戏，剩下的什么都不知道了。

但说到游戏，又突然想起了点什么，头就痛起来了，医生说这是连续熬夜引起的，问题不大，好好调养就会恢复。

只是个小病，阮真在医院就住了一个星期，胡图图一说有事要走，阮真就头痛得厉害，胡图图实在没办法了，只能一边照顾阮真，一边在医院办公。

阮真还向护士申请多添加了一张陪护床，那样胡图图就可以有个地方休息。

出院那天，阮真突然对胡图图说："我要把游戏戒了。"

胡图图觉得阮真是个神经病。

阮真还说："要是把游戏戒了，我们就在一起。"

胡图图觉得阮真不可理喻。

没想到的是，阮真真把游戏戒了，是胡图图亲自看见阮真封的号。那又怎样？胡图图又没有答应要和阮真在一起。

怪人总是幺蛾子多。更令胡图图没有想到的是，阮真把胡图图请上车，车直接出了城上了高速，阮真把速度加到了 140 迈，并威胁胡图图，要是不答应在一起，就一起殉情，胡图图内心有点小拒绝，但看见速度指针还在加，她妥协了，她决定要稳住阮真，便把这事答应了下来。

一路上，阮真和胡图图没说一句话，车停在了胡图图家楼下，阮真才问胡图图说的话还算不算数。

胡图图说："在一起也可以，除非天上掉馅儿饼。"

此话一出，什么旺旺雪饼、葱油饼、鸡蛋饼、手撕饼、煎饼、华夫饼从天而降。

看见这些饼，胡图图好生绝望，看见楼上扔饼的是她妈，胡图图绝望到了谷底。

是什么原因最终促使胡图图和阮真在一起的呢?

胡图图生日那天来了很多人，阮真送给胡图图送了一个心形蛋糕，阮真要胡图图吃下去，胡图图心想不就是一个蛋糕，就吃了下去。当胡图图吃下去的那一刻，阮真告诉胡图图：“这个心形，是我用舌头舔的，既然你已经吃了，你就是我的人了，我们就在一起吧。”

胡图图听完，卒。

闺密朋友们听了，都觉得阮真好有创意，纷纷给阮真疯狂点赞打 call，胡图图顿时觉得交了一群假闺密和假朋友。

阮真和胡图图这回真的在一起了。

两个人在一起的那一年，阮真 32 岁，胡图图 30 岁，阮真和胡图图之间的确有了爱情。胡图图最初的想法是一个人也能生活得很好，只是阮真的出现，让胡图图生活得更好，那就是锦上添花。

唯一让胡图图不爽的是，胡图图和阮真去民政局领证，到那儿一看，办证的是阮真的前女友。结过婚的都知道，结婚证上要有经办人员的签名。就这样，胡图图和阮真，还有阮真的前女友，同时出现在了一张结婚证上。

这事是胡图图事后知道的。

几年后，胡图图和阮真又去迁户口，办证工作人员是胡图图曾经暧昧过的那个男生。这下好了，阮真和胡图图，还有胡图图暧昧过的对象，同时出现在了户口本上。

这也是阮真后来知道的，阮真也不爽。

但这并不影响胡图图和阮真两个人的感情，胡图图的出现，让阮真坚信这个世界还有爱情，还有喜欢的就一定要拥有，喜欢就一定要确认“产权”。阮真的出现，让胡图图认为，在这个世界上还存在可爱之人，有生之年能遇见，倍感荣幸，会倍加珍惜。

胡图图输了，她为阮真改变了。她爱上了穿高跟儿，穿裙子，打口红……

胡图图在阮真身上，发现自己真的有审美癌。胡图图也是因为阮真，才爱上了这个色彩斑斓的世界，原来这个世界不仅仅有男色，还有存在无数种可能的女色。

这个世界，很多时候，对我们并不友善，不过也会有人以爱之名，给我们温暖，温暖的爱情。

爱情很强大，能把真正相爱的人治愈，也会把可能相爱的人治好，完美的爱情一直充满着无数种可能性，完美本身就具备强大的治愈功能。

当然，爱一个人，不仅需要坚持，更需要自然而然，这才会想要一直去爱。有时候不去爱一下、拼一下，还真的不知道活着的意义。

知道吗？上帝为了让人活下来，才给人类创造了爱和世界。

第三章

认真爱，然后认真老去

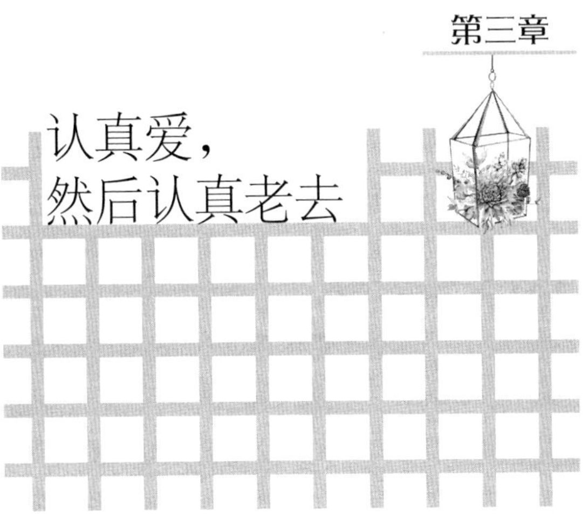

我遇见你，我记得
这座城市天生就适合恋爱
你天生就适合我的灵魂

最大的遗憾是，
你的遗憾与我无关。

认真爱，然后认真老去

你这一辈子有没有为别人拼过命？

这是程乙二的死党孙白，在解放碑向他的女朋友贝影求婚失败后说的一句话。

那次求婚，孙白选在了解放碑跨年夜，是程乙二这个猪头军师策划的，新闻上说来朝拜解放碑的有将近 10 万人，孙白真的没有给自己留任何退路，抱着要老婆不要脸的态度，手捧 99 朵玫瑰花，花丛里是戒指，身着社会熊，单膝跪在了贝影的面前，掷地有声，当时收到了来自四面八方的尖叫祝福。

贝影哭了。

孙白窃喜，心想这丫头肯定是感动了，求婚，也不像有的人说的那样惊悚心跳。

贝影想了很久。

最终很爽快地就拒绝了孙白。

当着人山人海，贝影对孙白说："说真的，你做的饭真的很难吃。"

剧情逆转，没按孙白想的那样走，孙白很震惊地摘下了头套，脸上布满了错愕。

贝影双手环抱，又说道："问题不在你，你一直做不出我喜欢的菜，你是永远无法满足我的。"

这回孙白缓过神来，裹挟着群众的压力，先是凌乱了，接着苦笑着说："难道你从来就没有被满足过吗？从来就没有从我这里得到快乐过吗？"

贝影良久未答，路人甲和路人乙的尖叫声销声匿迹，她转身逃匿，钻向人群时对孙白说的最后一句话是："你对我做的一切，我只能说，谢谢！"

孙白最后一句声嘶力竭、划破空气的话是："贝，你真的不知好歹，你根本不懂得珍惜人，珍惜我这么一个活生生的人。"

贝影早已无影无踪，也不知道她听没听见。

孙白从熊套里挣扎出来，身上的一堆五花肉就摊开了，他把手里的99朵玫瑰花都分给了那些过路人。

孙白一边分发玫瑰，一边说："对不起大家了，让你们失望了。"

分完，孙白抹着泪，也从人群的夹缝中像道闪电一样逃走了，现场十连蒙的程乙二也循迹追了过去。

在程乙二的眼里，孙白和贝影的故事可以说是水到渠成的，表白只是一个仪式。

孙白没读过什么书，高中毕业后就去当了厨师，一如既往发扬雷锋精神，把所有的积蓄都给了贝影上学，孙白卡上的余额从来都不超过四位数，为了讨贝影欢心，他会抽空换着花样做好吃的给贝影，贝影夸孙白是这个世界上手艺最好的厨师。

有天读书读到一半的贝影，对孙白使劲儿撒娇卖萌说：“读大学一点不好玩，想去上班。”

孙白都一一答应。

辍学之后，贝影就在一家酒吧打工，贝影为了多挣钱，经常会陪客人喝酒，酒精是面具，不论发生了什么，第二天醒来那些人总会说喝多了，孙白为了帮贝影，挺身而出，替贝影挡下一些老司机，玩起了酒吧高尔夫游戏。孙白其实滴酒不能沾，沾酒必倒，反复重复，孙白从此就养成了三大爱好，喝酒、喝酒和喝酒，每次都是没完没了地喝。

从街头喝到街尾，走路都像是在漂移，孙白还对贝影说：“你看，我还能走猫步。”

解放和保全了贝影，孙白自此丧失了味觉，再也不能做厨师，就被餐厅辞退了。

之后就和贝影一起，当过酒吧保安，头被人开过瓢，缝了七八针，混过夜场，单挑过变态色狼，右手至今还是残疾，反正贝影在的地方，孙白都在。

孙白读书少，想得也简单，哪怕贝影指着大海，孙白都会毫不犹豫地跳下去。

明知这是飞蛾扑火，就愿意这么傻。

傻傻的，以为这是爱，是责任，孙白就向贝影求婚了，结果在大庭广众之下近乎羞辱般的拒绝，让孙白感到尊严彻底崩塌。

程乙二把孙白架到了一家湾仔小龙虾店，为孙白点了他最喜欢吃的十三香龙虾和蒜蓉龙虾，还有数十支扎啤。

起先，孙白的眼神一直凝望扎啤的深处，发现扎啤深处也有个人在凝望孙白，哦，原来是孙白的脸影。

孙白说："我心里像寂寞沙洲，好冷。"

孙白一口气喝了十支扎啤，一杯敬明天，一杯敬过往，一杯敬单身，一杯敬程乙二，一杯敬自己，敬完又一口气吃了一整盘十三香龙虾，嘴形像猪一样。

程乙二的筷子总是起起落落，却一口没动。

蒜蓉龙虾也被孙白吃完了，嘴形像猪一样。

吃完所有的龙虾，喝完所有的酒，孙白拿根牙签儿一边剔牙一边对程乙二说："女人，年轻一点，总想着贩卖青春，用嫩去吸引人，年纪稍大一点，贩卖的是情怀，懂我和懂你。'贩卖'这个词有点冒犯，不过还是挺生动的。"

"我挺看好你和陈若男的爱情。"孙白眼里有些羡慕。

孙白还是学徒的时候，就认识了陈若男，年纪轻轻的就在一家房地产公司做了销售主管，手底下管着20多号人，个个都是人精。

程乙二比陈若男小三岁，是陈若男团队的，入职的第一天上午，就看上了陈若男，当天下午陈若男给团队训话，程乙二就向全公司说："陈若男，我喜欢你，我妈会游泳，难产保大，房产证写你的名字。"

当时整个公司的人都为这个黄毛小子的孤勇炸开了锅。

大家都对程乙二竖起了大拇指，拍了拍肩膀，留下似懂非懂又高深莫测的话："哥们儿，我敬你是条汉子。"

有的还说："你要是把陈若男搞定了，我把头给你当夜壶。"

"信不信，我一屁股坐死你。"这是陈若男拒绝所有追求者说的话。这就导致公司上下，没人敢追她。

除了万凯。

万凯是陈若男的大客户，没有秃顶，有着中年成熟男人的帅气，举止里透着儒雅，重点是还多金，从陈若男参加工作到现在一直穷追不舍。

都以为陈若男遁入豪门只是时间问题，但陈若男就是吊人胃口，迟迟不答应。

反倒让万凯买了好几套房。

程乙二初来乍到是不知道的。

“你太小了，不是我的菜。”陈若男对程乙二说。

程乙二听了这话，很不服气，顶了顶，道：“负20厘米的爱情，已经不小了。”

一时之间，陈若男和程乙二成了公司两大新闻热点。

热点一：陈若男会不会坐得下20厘米。

热点二：程乙二的20厘米是不是真的。

训话大会全被程乙二搞砸了，陈若男大喝一声：“猪！小！明！滚到我办公室！”

与此同时，陈若男用气场把底下交头接耳的人给镇住了。

办公室里到底发生了什么，大家都无从得知。根据凑着门缝偷听的人说：“摔了个杯子。”

也有的人说：“里面在杀猪，好惨。”

自从那次之后，程乙二逢人就问：“你知道世界上最甜的糖是什么吗？”

然后自问自答“是我和陈若男的喜糖。”

大家都对程乙二嗤之以鼻，明眼人都知道，陈若男立场十分坚定，除了布置工作、安排任务外，几乎都不和程乙二多说一句话，视他为透明人。

程乙二和陈若男的关系进行到尴尬处的时候，孙白的出现，让程乙二看到了黎明的曙光。

陈若男其实很懒，不想洗衣服，一般内衣要买30条，衣服要买30件，一天一件，一天一换，等到月末就来个大清洗，她家洗衣机有两台，有回，两台洗衣机都洗哭了，洗罢工了。有件事，真的懒到新高度，陈若男上床睡觉，不想用手关灯，她就在床头前，准备了十四本书，早晚各用一本书去砸开关，一周七天，一天两本，刚刚好。这样说吧，陈若男的当当网消费记录，一半都是买书的记录，还有几笔是买开关的记录。

所以，陈若男在公司，中午一般都点外卖，而外卖只送到前台，陈若男经常给外卖师傅使个小聪明，在备注上写着："孕妇，行动不便，请送货到某某办公室。"

外卖师傅一送就是两年，有天忍不住了，就在公司前台大喊："忍你两年了，是个哪吒也该生了吧？"

外卖师傅就是孙白。

孙白和陈若男成了多年的好朋友，陈若男主要看在孙白这个人特别憨厚实在，外卖里从不放地沟油，话里夹杂的都是温润的乡土气息。

陈若男一个人在家，懒得做饭，每天下班回家，都会去孙白的餐厅里吃。只要是陈若男来，孙白都会给她做金枪鱼吃，时间久了两个人特别铁，就跟《我的前半生》里的老卓和唐晶那样。

于是乎，陈若男决定给孙白介绍个女朋友。

是陈若男闺密，还在读书的表妹，也就是贝影。

于是乎，孙白就给陈若男多加了条金枪鱼。

程乙二就是孙白在前台大吼的那次认识了他，没想到，孙白很对程乙二的脾气，程乙二和孙白也铁了，铁得跟老卓和贺函那样。

于是乎，程乙二决定要给孙白介绍个女朋友。

孙白拒绝了。

孙白说："心意领了，我已经脱单了，陈若男介绍的。"

于是乎，孙白给程乙二多加了盘猪头肉。

之后，每到午饭时间，孙白都会私信告诉程乙二过去取饭，通过明察暗访，程乙二发现陈若男很爱吃肉，不仅喜欢吃鱼，还喜欢吃猪脑，所以程乙二每次都会拿双份，吃不完的，程乙二捡漏。

程乙二用假公济私的名义和陈若男接触的时间多了起来。

有回，程乙二对正在喝着鲈鱼汤的陈若男说："我知道喜欢你的人不缺我一个，但我真的和他们不一样。"

陈若男饶有兴致地问："哦，怎么个不一样法儿？"

"他们有钱，我穷。"

结果程乙二除了头上的绿菜叶子，脸上都是鲈鱼汤。

两个人可能因为孙白的关系，以前午餐只在孙白的餐厅里吃，后来晚餐两人也不约而同到孙白的店里吃。

陈若男到孙白餐厅里吃饭，一是懒，二是想找个地方宣泄。

程乙二到孙白餐厅里吃饭，仅仅是因为陈若男。

每逢陈若男和程乙二到店里，孙白都会从后厨出来，给他们做最好吃的菜，拿最好喝的酒，再从食物中拉出一段段市井小民的人生故事。

陈若男一边听孙白讲故事，一边就喝醉了。陈若男也说起了她的故事。

程乙二也列席在旁，替陈若男夹菜，用白水偷偷换掉杯中的酒。

陈若男大学毕业后没找到什么好工作就开始混局，每天化好精致的妆，同几个甲方爸爸斡旋。

尤其陈若男谈到甲方爸爸的时候，情绪特别激动，推搡着程乙二道："那些男人们真的爱开下流的玩笑。"

程乙二表示理解和同情。

陈若男很清楚，那些酒局上的男人就是看在陈若男能喝，能放得开，能占点便宜，能接得住猥琐玩笑的分上，才愿意和陈若男喝酒。有的男人嘴上调戏调戏，手上就不老实了。

那些男人觉得，不装逼的女人，最能喝，更可以睡。

陈若男多贼，只有她选想睡的男人，从不给男人想睡她的机会。

“孙白，你丫的是不是掺了水的，酒一点都不烈！”陈若男一饮而尽。

程乙二又给陈若男倒满了白水，招呼孙白去做自己的事。

陈若男嘀嘀咕咕道：“和那些甲方爸爸磨了几个月终于签了合同，付款又要磨几个月，尾款还要磨几个月。”

以前，陈若男什么都不懂的时候，男人们总喜欢欺负她；现在，她变得强大懂世事了，男人们看她的眼神都充满了尊重和关心。

陈若男说：“上了点年纪的男人真的很可怜，有点地位和成就了，总想靠着权力和金钱在女人身上拿回点失去的尊严。男人越老越值钱，不假，但男人那股劲儿，基本是没了。”

“孙白，你个奸商，今天你的酒怎么越喝越清醒？”陈若男对孙白一通乱骂。

孙白苦笑。

程乙二准备掺白水，果断被陈若男抓住了。

陈若男指着程乙二的鼻梁，用小木人和生辰八字扎针的语气说道：“你是第一个给我兑白水的，也是最后一个。”

很多人只是知道陈若男单身，不知道陈若男为什么单身。

早些年，陈若男只要端起酒杯，那些男人都过来倒酒，其实，陈若男需要的是那个替她拿掉酒杯的人。

很多时候爱上一个人，只需要一个细节就够了。

因为在这个世界上能延续爱的，除了真心，就是细节。

陈若男就是被程乙二的细节打动了。

陈若男和程乙二在一起了。

因此陈若男终于下定决心拒绝万凯的追求，再也不喝万凯递过来的酒，再也不劝他买房了。

全公司上下也没想到，程乙二会把陈若男给拿下，那个扬言要把头给程乙二当夜壶的人，也服软求放过。

还是有很多人并不看好这对姐弟恋，但让他们意想不到的是，这对姐弟一恋就是两年。

这两年里，程乙二在房地产行业里口碑极佳，有一家颇负盛名的房地产公司给程乙二开出了高额薪水来挖这堵墙脚。

程乙二还在考虑要不要跳槽这件事的时候，陈若男的家里就出事了。

陈若男的爸爸是个包工程的，在一次包工程的过程中，由于疏忽，签了一份陷阱合同，朋友跑路了，工程做一半就亏本，做不下去了，签字的人是陈若男的爸爸，陈若男的爸爸面临着巨额赔偿，要是拿不出钱，就只能坐牢。

陈若男急得请了假，四处奔波向亲朋好友借钱，其中包括孙白。

孙白问程乙二是否知道陈若男借钱的事。

程乙二说知道。

孙白问程乙二，拿了多少。

程乙二表示遗憾，他身上只有一万，拿了十万给陈若男，另外九万还是向亲戚朋友借的，一生不求人的程乙二，平生第一次为了陈若男拼尽全力。

但是，筹到的这些钱远远不够抵债。

孙白问程乙二还差多少钱，孙白准备把兜里那张剩下的 920 块钱的储蓄卡掏出来。

程乙二比画了手心和手背。

这是个天文数字。

吓得孙白吞了下唾沫，把卡又放回了兜里，喝了口菊花茶压了压惊。

程乙二望着茶饭不思、身形消瘦的陈若男，一把就把她搂在了怀里，并告诉她：“若男，等着我，钱过几天就会有的。”

适时，万凯出现了，他提着两个大大的箱子，把陈若男约在了孙白的餐厅里。

那天是中午，餐厅里的客人很多，孙白从后厨的小窗隐约看见万凯把那两个大箱子推给了陈若男。

孙白是知道万凯的。

陈若男一直是沉默。

只有万凯一个人在那儿“叭叭叭”。

孙白给程乙二打了很多个电话，电话那头说对方无人接听。

孙白以为陈若男会接受那两个箱子，在那种内忧外患、左右为难的情况下，陈若男无论做出什么样的选择，都是可以理解的。

因为，当金钱站出来说话的时候，什么真爱，什么真理，都会沉默的。

万凯出现后，随即陈若男也向公司递交了辞呈，和孙白做了个短暂的告白，走时还特意强调让孙白好好对贝影，贝影是个好女孩儿，说完就匆匆离开了这座辛辛苦苦打拼多年的城市。

孙白再也没有联系上程乙二。

一年后，孙白很意外地收到了一份结婚请柬，是陈若男和程乙二的。孙白攒了个年假去参加了两个人的婚礼。

孙白见陈若男的第一句话：“我以为，你和那个万凯在一起了，艾玛。”

孙白见程乙二的第一句话：“不联系就消失，一出现就给我重磅炸弹，锤子。”

程乙二和陈若男，并没有分手。

在那个进退维谷的时候，陈若男在孙白的餐厅里拒绝了万凯，陈若男知道万凯的喜欢仅止步于饲养宠物那般，陈若男决定去借高利贷把钱还了，再想办法筹钱还高利贷，她对程乙二的感觉不仅仅是喜欢，是真爱。

爱一个人，从来不会权衡利弊，不会劣中择优，优中选优，更不会计较得失，就像喝答案茶一样，爱它，已在你犹豫前，很理智地做出了选择，那杯茶，那个人，本身就是爱的答案。

程乙二的选择和陈若男一样。程乙二找到陈若男的爸爸，接过那份合同，一边打官司维权，一边同要债的谈判，要债的都是些地痞流氓，只讲道道上的规矩，程乙二同他们签了份对赌协议，输了的话就要被扔进嘉陵江，也有可能曝尸街头。

陈若男问程乙二：“你就不怕死吗？”

“比起没有你，我才不怕死。”

陈若男又问程乙二：“我们还是不要签这份协议了吧？我怕！”

“借高利贷是死，签协议也是死，就让我们在一起的日子苟延残喘会儿，万一，老天瞎了眼，撞了鬼，就翻盘了呢？”

那天程乙二把话说得有些风轻云淡，但内心却是怕怕的，只是为了在陈若男的面前表现得像个男人。

程乙二用特别飘逸的草书，在协议上签下了“程乙二”三个字，从此在衣食无忧这条路上越走越远，过上了提心吊胆的日子。

签字的时候，陈若男觉得程乙二特别 man，当天就拉着程乙二去民政局把结婚证领了。陈若男已经想好了，要嫁就该嫁给这种在关键时候站出来，为自己玩命儿的男人，这一天她等了好久。

好在老天没有对程乙二耍什么小心眼儿。

程乙二在漫长维权的路上，终于胜诉。

程乙二用自己的商业头脑把烂尾工程最终扭亏为盈。

不过从此，程乙二就接替了岳父的吃饭家当，当起了包工头，早出晚归在各个工地上来回转，肤色从嫩白到小麦色，程乙二付出了很多，现在手底下大大小小的工程加起来都十几个，管了一大帮子张口吃饭的人，岳父在家跷起二郎腿喝茶、下象棋、打麻将。

有人问：“当年要是没有翻盘，你会后悔吗？”

程乙二说：“后悔了就不是男人。”

这就是爱。选择给了爱别人的权利，爱了再选择，就不是爱了，真正的爱情本身就不会因选择而后悔。

这就是孙白艳羡的爱情。

孙白又要了十支扎啤，程乙二拦都拦不住，接着孙白唱起来：“最爱你的人是我，你怎么舍得我难过……”

这时候，陈若男挺着个大肚子出现在了程乙二和孙白的身边，吓得孙白赶紧止住了鬼嗓，并说了句：“嫂子好。”

“你怎么来了？”程乙二问。

“想你了啊！”陈若男撩了下程乙二。

反倒一把狗粮，把孙白刺激了。

程乙二伺候着陈若男坐下。

陈若男发话了，她对孙白说：“男人玩儿命爱一个姑娘，没错，好姑娘是该让好男人玩儿命，假如玩儿了命，还是不爱你，你就该考虑放手。”

来自姑娘的爱，要学会辨别真伪，当初爱你是真的，现在不爱你也是真的。

程乙二同样如此。

孙白若有所悟，悟到的结论是一口气就把剩下的十支扎啤干完了。

孙白说：“我想上厕所，蛋炸了。”

孙白决定尝试恢复味觉，做一个好厨师，开一家深夜食堂，孙白很享受这份职业。

几年后，孙白也结婚了，一家人整整齐齐，很幸福，就像古天螺和渣渣辉说的那样：“来啊，一家人整整齐齐，没事就来砍我。”

你这辈子有没有为别人玩过命?

人这辈子就该为一个人去玩儿命，也许琳琅满目，也许什么都没有，但这并不妨碍我们去玩，以命交命，以心交心，爱情是需要交学费的，付费玩家胜率总会高于普通玩家，爱情既属于付费玩家的，也属于勇敢者的。

轻而易举得到的东西，总有一天会失去，免费的东西，最后总是贵的，玩儿命得到的，最后才能高枕无忧。

有一天，会用特别骄傲的语气跟别人说出：“这就是朕当年辛辛苦苦打下来的江山。”

不要留遗憾，最大的遗憾是，你的遗憾与我无关，勇敢点，爱情本来就特别滑，滑到一不小心就从手里溜掉，不能因为滑，就不敢去抓，要承认爱情经常会以失望、错序、乱码的现象呈现在眼前，这都是正常的，欢喜、顺序、正遂那才是意外。

谈恋爱和结婚真的是两回事，
分水线在民政局。

饿的时候吃饭，爱的时候不撒谎

晚上回家在厨房炒菜的时候，叫了声老婆，说：“递一下盐巴。”屋里空荡荡的，余音在客厅绕梁，自己尴尬地笑了。

在一起六年，追了你三年，结婚三年。婚后在出租房住了一年，没觉得房子是别人的，生活是借来的，这样的婚姻质量就比有房子的小夫妻差很大一截，吃饭基本上是三菜一汤，黑米粥、汤包和生煎。

早上你比我出去得早，我头天晚上就把你的红色高跟儿鞋擦得亮闪闪，熨烫好的上衣和棉裙叠整齐后放在你的床头，怕你挤地铁折了跟儿，还买了很多双不同款式的平底鞋备用，你爱忘事加上性格急，一卡通和钥匙经常哪里拿哪里放，找不到就对我发脾气，很多次都被你骂得灰头土脸，但我依旧笑靥如花。

没办法，你的工资比我高，身高还比我高，我只剩下血压高，想了个办法，睡觉前动一下老骨头，把钥匙和一卡通用编织的手链串在一起挂在门把上，你出门伸手就能摸到，摸习惯了就形成条件反射。

晚上我比你回来得晚，有时是加班，有时是堵车，有时是应酬，等我回家的时候，你把点好的外卖搁在桌上就睡着了，你说要等我回来一起吃，包装打开都成疙瘩了，你问我怎么办，我放下公文包，披上围裙钻到厨房，给你做鸡蛋汤面，我问你饿不饿，你说看见我就不饿了，我问为什么？你说我看着特别有喜感，叫什么秀色可餐。

我卒。

婚后的第一个圣诞节，房东突然开始加租，周围房价被投机倒把哄抬，你告诉我租房不是长久之计，我们需要有一套自己的房子，那样的婚姻才算完整，那晚就这事你还跟我算了一笔账，算来算去的结果都一样，要买房。

我想买房的心比你还急切，利用午休的时间，跑了附近七处楼盘，售楼小姐只有一句话没有骗我："先生，快买房，房价一定会涨。"楼盘是看好了，首付还差十万。

躲在洗手间，我给家里打了个电话，是我妈接了，话到嘴边了还是不好意思问家里有多少积蓄，最后问东问西，让妈和爸在家好好保养自己。

当晚我披了厚重的大衣就出去了，又到冬天，雪花儿堆满了路旁，看着被灯火拥抱的人群，唏嘘只有自己是被生活捏在手心的人，那一晚我见了很多人，跑了很多公里路。

天亮回来，你问我去哪里了，说很担心我，一夜未眠，打了很多个电话都没有接。我拿出手机，原来是没有电了，你接过我的大衣，掸了掸雪花，开了暖暖的空调，你让我坐下，泡了一杯至今为止唯一拿手的卡布奇诺，说，喝完睡会儿再去上班。

我拉住你的手，拿出我的工资卡，对你说：“老婆，我们买房吧！”声音里按捺不住的自豪

你问我哪里来的那么多钱。

我保持神秘。

你怀疑我借高利贷，房子不买了，要我把钱还人家。

兜不住你无边无际的想象力，我实话实说了，你方才把悬起的心放下。

举倾家荡产之力向亲戚朋友借贷买了一套房，将近 80 平方米，房产证上写了我们两个人的名字，你在前，我在后，房子坐南朝北，靠近地铁延长线，楼下就是公交站，500 米处就有特大菜市场。

室内布置都是你喜欢的简约风格，柔软的澳大利亚地毯、小橘灯、米黄色的落地窗，床单是浅灰色的水洗棉，睡袍是舒克和贝塔。

有了我们自己的房子后，我的工资涨得比你高多了，但地位没变，在一起的六年，优秀员工奖蝉联五年，有一年没拿是因为升职了，照顾新人。

不能说能力越强，责任越重，身在职场，不是在办公桌上就是在饭桌上，身不由己。

谈恋爱和结婚真的是两回事，分水线在民政局。婚前有些矛盾，可以用风花雪月调和；婚后有些矛盾，就得用柴米油盐调和。

虽说世上有味之事，诗、酒、爱情、哲学，往往无用，世上的人不都是在吟无用的诗，喝醉人的酒，追缠绵的爱，上迷茫的学，读之乎者也的书，因为无用，所以有滋有味。

同样因为有矛盾，才逼迫我们面对现实，不然太顺，还真以为自己是白马王子和白雪公主。

上个月我们离婚了，在民政局办理了离婚手续。

以前觉得 80 平方米的房子很小，小到到处堆满的都是你的东西，现在

一个人住着特别空旷，我的东西很少，少到第二天起来连自己的裤衩都找不到，习惯了替你整理，忘记了自己，出门患上了健忘症，走到了地铁站刷卡到处找一卡通，下班回家，还得叫开锁的开门，锁都不知道换了多少把，开锁的都劝我开包月服务，免看身份证和户口本，还给我打折。

饭菜热了冷，冷了热，照旧摆上一副碗筷，愣神过来，你已经不在我身边了，强迫自己不想你了，督促自己一个人吃饭，不然放凉了又得一个人热。

好多次和同事吃饭喝多了酒，快要结束的时候，我一个人偷偷跑到洗手间抠住喉咙往外吐，被人撞见问需要帮助不，我都微笑着对他们说："喝酒上脸，清醒下就好了。"

因为我必须保证自己记得回去的路，钱财不丢失，准确无误地回到自己的小区，爬进自己住的单元，把钥匙插进自家的门锁里，不然很可能曝尸街头。

渴了自己倒水，病了裹紧毛毯挨一天是一天，衣服脏了积少成多丢进洗衣机里洗，破了伤口自己贴创可贴，有了陋习再也没有人提醒我强制纠正。

本来觉得自己是一个很强大的人，不介意一直孤独，现在发现，原来自己一直是一个微不足道的人。

我记得，我遇见你，我才记住的你。

之后才认为这座城市天生适合恋爱、结婚、生子和养老。

你的灵魂之于我来说是天生适合。

直到你下落不明后，为你动过的每一段情，都带着我回来找你。

我以为的两相不沉默，导致我们的灵魂无法沟通，你唱你的，我说我的，我们裸露的真正问题应该是在于都没有在沉默中解决共同逃避的问题，你逼我时，我顾左右而言他，我逼你时，你避重就轻，小病酿成大灾。

谈恋爱的时候是两个人，结婚了就是两个家族的事，各自背负了很大的压力和责任，就是否要孩子的意见上始终达不成一致的看法，吵吵闹闹，别别扭扭，本该沉默的时候相互喧嚣，喧嚣的时候又各自沉默。

现在看来，我太喜欢孩子了，才没有了家，而你的问题就在于太爱你自己了，才舍了我。

责怪你自私的同时，为什么不是我自私？我反问我自己。太爱我自己，太过不爱你，过于计较一个孩子才散了一个家。

大概彼此都缺一种平衡的安全感，都怕厚此薄彼。

甚至你在提出离婚的时候，都在质疑自己是不是当初多和我熬夜聊了几次天，吃了几顿饭，说了几句十分好听的话，以为就是喜欢和爱，又为了图个省事方便，信任替代了直觉，直至后悔。

我觉得你的质疑是骗我的，因为在最后一刻工作人员要我们考虑清楚，你表现出了一种悬而未决的犹豫。我对你太了解了，你表面很强大，实则外强中干，小事上处处掣肘于我，大事上才想到让我拿主意，说我是家里的主心骨，而你的致命之处就在于太爱面子，对我也一样，有错死不承认，喜欢一错到底，而我的错就在于一贯到底。

让你犹豫的原因有两个：一个是没有孩子，就没有牵挂；另一个就是你很想过自己想要的生活。我同意的原因也有两个：一个是没有孩子，心有戚戚；一个是对你爱而不深。

在爱情面前，我和你都认为自己是最虔诚的信徒，真正在爱情面前我和你的虔诚一文不名，都各自自私。

有一段时间我托中介帮我把房子卖掉，背上孤独，浪迹天涯，策马扬鞭，有个姑娘曾冒出来，把我抱紧，说：“余生路，能否一起分享？”

我很激动，丢了剑，烤了马，一转身，姑娘没了。

现在是我徒步去找你的时候，我愿意丁克，丁克没什么大不了，又不是对我净身，我要的是一个伴儿，老来伴儿，有没有孩子似乎不重要，我们有社保、医保，还可以上双份的商业保险，退休了走得动就到处走，走不动了就住进高端智能的疗养社区，有护工护理，在轮椅上结束我们幸福而坎坷的一生。

下了这个郑重的决定后，我坐上 50 多个小时车程的绿皮车去了你家，见到你的第一时间，对你说有个好消息要告诉你，你说你也有个好消息告诉我。你让我先说，我说："我们复婚吧！"

我问你有什么好消息告诉我，你正要说的时候，突然急忙跑进洗手间干呕，我以为你病了，你说我是笨蛋。

"我怀了你的孩子。"

我抱着你就在原地转圈，又怕弄坏了我们的孩子，初次当孩子的爹，毛手毛脚的，赶紧放下你，你说我原来还是喜欢孩子比喜欢你多些，我说没有。

这时中介打电话过来，问我什么时候有时间回去卖房，我说不卖了，这房子这一次一住就是一辈子，我脑子里在考虑请哪一家搬家公司把你的东西重新安置进去，一放也是一辈子。

世间不是所有的努力
都有回报，
爱就不是。

除了敢爱，我没有别的本事

高中毕业，钱多多就出来卖房子了。

家里实在困难，她有一个弟弟，加上家里重男轻女，学费只够供弟弟一人，钱多多就主动放弃了当年 602 的高分，在朋友的介绍下，去卖起了房子。

钱多多很聪明，上手很快，很刻苦，一个月不到，就卖出去了五套，半年不到，就成了门店的店长。

钱多多是门店最漂亮的女生，高挑性感，柳叶眉，双眼皮，樱桃嘴，C 罩杯 ,A4 腰，大长腿，风一吹，就是仙女，这样的尤物不乏很多慕名而来的追求者，但他们一个都没有成功过，但很成功地买了很多套房子。

脸长得好看，也是一种资本。

有个人偏偏就不买脸的账，这个人叫十三，十三长得一张娃娃脸，时常给人一种人畜无害的安全感。

钱多多第一次和十三有交集是在公交站，那天钱多多家里有点事，走得急，工装没有换就出门了，工牌也忘了摘。

“小哥哥，小哥哥，小哥哥……”

“我说了，我不买房子。”

“不是，小哥哥……”

“我也说了，我不买保险。”

“也不是，小哥哥……”

“我再说一遍，不要撩我，我不是那么随便的人。”

钱多多很生气，遇见这么个木头。在公交门口说了句狠话就上了公交：“我就是想问你，这手机是不是你的？”

十三追了二里地，平时支付宝、微信用惯了，出门都不带钱包，他死死地盯着公交和公交上拿手机的那个人，梭哈般消失在自己的视线里。

公交上的钱多多，拿到那部不是自己的手机，也腼应得慌，但一想到对方那么不通情理，便觉得合情合理，不交点学费，不然四海之内都是推销的。

两周后，钱多多手里成交了很多套房子，堆积了很多客户资料，需要去房管局办理手续，再不处理就会耽误大事，今天就是最后的期限。

那天真的很倒霉，遇见了十三。

是的，十三在房管局工作，刚来不久。丢手机的那天，就是报到的日子。十三是个手机控，离开了手机就不能生存，于是很顺利地就迷路了，还差点错过报到的截止时间。

对于这事，十三有点耿耿于怀，似乎又无可奈何。不过，钱多多羊入虎口了，这事就不一样了。

此时的钱多多心里真的很犯怵，她预感自己冒犯了一尊神，一尊瘟神。钱多多没有退路，冒着头皮上前和十三套近乎。

“嘿嘿，最近还好？”

“感觉再也不会好了。”

“那要怎么才会好？”

“手机还我。”

一时半会儿，钱多多也没空回家拿手机，但手续也要办，又给十三下了个矮桩。

“你看看，我出门肯定不会把手机带在身上，要不这样，手续给办了，我请你吃饭，顺便把手机还给你，你看成不？”

十三以为钱多多这是缓兵之策，没有答应。

看来不见手机，十三是不会给办手续，钱多多心里想，同时也吐槽自己怎么会这么倒霉。

“那你告诉我，附近坐哪一路公交到华林花园最近？”

“你先下楼，上天桥，下天桥，左转再右转，然后就到了。”

“这么近吗？”钱多多狐疑。

“不是，那里人多，你去那边问吧。”

等钱多多再次出现在十三的面前，对十三说的第一句话是：“办好了，就把手机给你。”

十三说：“不办。”

钱多多问：“为什么？”

“请在我方便的时候再办。”

“那你什么时候方便？”

“我现在不方便。”

十三指了指墙上的大钟，意思是要下班了。

“不是还没有下班吗？”

“收拾完了，不就下班了？”

钱多多差点想一口盐水喷过去，据她多年摸爬滚打的社会经验，娃娃脸，不应该是横的人啊？

黔驴技穷了，钱多多面对十三已经使出了浑身解数，十三就是油盐不进，此时要是有把火，想把他火化了的心都有。

破罐子破摔了。

她威胁十三，要是今天不给办，就当场把这手机砸了，十三无所畏惧。

“你说我要是吼一下‘我怀了你的孩子，你个负心汉’，你同事会怎么看你？”对于钱多多来说，这真的是下下策，出此策，是被逼无奈。

十三就给钱多多办了。

一边办手续，一边嘀咕：“姑奶奶，我怕了你不行吗？”

办完所有的手续，已经下班很久了，楼道里除了保安巡楼，再也看不见任何人。

钱多多也把手机还给了十三。

十三要钱多多道歉，说对不起。

钱多多要十三说谢谢。

这话给过路的保安听见了，接话道：“年轻人，要懂得说谢谢和对不起，不然会理所当然地认为，世界上全是自己的妈。”

因为保安一句话，两个人一起吃了个饭，算是不打不相识。在饭桌上，两个人交谈甚欢。

十三给钱多多解释了今年中国队在世界杯上为什么不上场，原因是他们也在家里看世界杯，挺忙的。

十三说，他是重庆的，他爱重庆。

钱多多说，她也是重庆的，她也爱重庆。

十三还给钱多多推荐了七部在重庆拍过的电影：《疯狂的石头》《日照重庆》《十面埋伏》《火锅英雄》《初恋未满》《从你的全世界路过》《失孤》，又问钱多多看过几部，钱多多说她一部部慢慢去看。

说起重庆，钱多多谈起了一个怪圈，那就是关于重庆北站北广场、重庆北站南广场和龙头寺，乘个车而已，干吗要烧乘客的脑，钱多多因为这个经常错过车，十三也深表认同。

两个人又干了一杯，又点了一盘小龙虾和一盘花甲，就说到了各自的小时候，钱多多更是抑制不住了，她说最烦别人说她胖，以前也轻过，最轻的时候只有五斤三两，她妈告诉她的。

十三觉得钱多多挺逗的，也没有那么坏。

路过一家便利店的时候，十三有点渴，就问钱多多渴不渴，既然都渴，十三买了两瓶矿泉水，付账的时候，十三就对收银员说："包装上面不是建议零售价 4 块吗？怎么收我 6 块？"

收银员也很礼貌，微笑着说："我们一般不接受它的建议。"

钱多多觉得十三好可爱，也没有那么横。

那晚，十三觉得钱多多一个人回家不安全，就把她送到了华林花园小区，等十三到自己的家时，天边已经泛起了鱼青色，简单洗漱了下，他就躺下睡了。

钱多多回去了，根本就没有睡，是去追那七部电影了，她觉得自己错过了好多，于是就错过了上班时间，迟到了。

迟到的当天碰巧督导下来盘查各门店销量情况，店里面的人把钱多多的电话打爆了她都没有接。

督导在店里等得不耐烦，就把这事向上面捅了捅。

等到钱多多醒来的时候，已经是日上三竿，窗台上的含羞草，全都已经死翘翘，手机里电话、短信、微信消息已经闹翻了天，等钱多多到了门店，门店的人叫钱多多做好准备，给上面一个说法。

所谓的上面，其实就是罗二胖，追求钱多多很久了。

最疯狂的一次，开着八台法拉利到门店，说是邀请钱多多出去兜风，声势大得很，罗二胖穿的是大红大红的西装，法拉利是清一色的大红色，门店当时有很多客人，大家都以为钱多多要结婚，来买房的变成了来贺喜的。

钱多多平时都懒得搭理罗二胖。

罗二胖就让督导隔几天下来一次，隔几天下来一次，一个季度下来，其他门店都向钱多多发来了贺电，说让钱多多再接再厉。

钱多多每回到罗二胖的办公室只干一件事，那就是喝酒。罗二胖这个人属于公子哥那种类型，喜欢对姑娘动手动脚，老想把钱多多灌多了就可以为所欲为，每回钱多多走之前，罗二胖总是先败下阵来，睡得像个死猪。

发展到后来，只要是给上面一个说法，就是去拼酒，拼刺刀，成了一个不成文的接头暗号。

这一轮酒拼下来，钱多多有些晕了，她看了看不省人事、鼾声如雷的罗二胖，就提着自己的包包和大衣出了门。

钱多多给十三打了个电话，说让他去接她。等十三把车开到钱多多身边时，钱多多在一个便利店靠着窗户的台桌上睡着了。一路上，钱多多说自己有点晕，想回家，真正到家了，却没有钥匙。

十三又抓着钱多多的包和大衣辗转到了附近的一家酒店，开房的工作人员十分较劲儿。

“请提供身份证。”

“是身边这位姑娘住。”

“姑娘的要提供，你也要提供。”

“我不住，提供什么身份证？”

“不提供身份证也行，提供结婚证也是一样的。”

“我要是能提供结婚证了，还用住你酒店吗？”

“那就尴尬了。”

最后十三还是提供身份证了，因为钱多多多嘴了：“开房，是要提供身份证的。”

在酒店里，钱多多像变了个人，清醒了，有点兽性大发，表情有些色情。这吓坏了十三，他赶紧躲进了洗手间，喝酒了的钱多多一脚就把洗手间的门踢开了，准备对抱着马桶的十三发起最后的强攻。

十三哭了。

为了安抚住钱多多，两个人在床上斗了一晚上的地主，钱多多老是输，不干了，十三也怕，抓了好牌也让，那晚，十三输得很痛苦。

第二天，钱多多问洗手间的门是怎么回事，十三说：“昨晚酒店的猪进来拱了。”

“那你不是很危险？”

“托你的福，大难不死。”

两个人对晚上的事，都不作声，谁也没再提，似乎这一晚过后，两个人的心里有些微妙的变化。

没过多久，钱多多来办事，十三顺道跟钱多多打听房价的事情，想知道周边楼盘的行情，说计划买一个小户型，问钱多多有没有好的介绍，只要南北通透，小区安静，交通相对便利即可。

这话，按照钱多多无边无际的理解就是，十三真的太有责任感了，关系还没挑明，就先着手房子的事情，果然是真爱。

钱多多为了十三房子的事，到处托关系打听，七八月的大中午趁休息的时间还在别的售楼中心看房，中间好几次都差点中暑。

房子的事情，定下来已经是深秋，但钱多多心里是甜甜的，觉得付出了就有回报，值得。

其间，钱多多有事没事喜欢往十三的单位跑，起先，钱多多跑的频率还不怎么高，是真的来办事，靠着钱多多那张能说会道的嘴，很快就和单位的同事熟悉了起来，还和有的女同事熟透了，向他们刺探十三喜欢什么，不喜欢什么，大家亲切地称呼钱多多为钱转转。熟悉到一定程度后，钱多多没事的时候也经常来，说是来看十三，明眼人一看就知道是来探班，还会经常带十三爱吃的泡椒土豆肉丝和十三最爱喝的鸽子豌豆汤，张嘴“十三”，闭嘴“十三”，还有“我们家十三”，整个单位有事没事都会学一句：“十三，我们家十三。”

在深冬的一个晚上，十三约钱多多出来坐坐。这是十三第一次约钱多多。

钱多多高兴坏了，特意去理发店做了个大波浪长卷发，按照钱多多的预算，今晚十三肯定是要表白的，说不定还准备了一场盛大的告白仪式。

十三对钱多多说：“多多，我有话想对你说。”

钱多多笑眯眯地鼓励他：“你说，你说，你说呗。”

那一会儿，钱多多其实急死了，看十三吞吞吐吐的，恨不得自己先跳出来说 yes I do。

“我喜欢上了一个女孩儿，你能帮我追下吗？”

“Yes I do.”

“等等，不对，你说什么？”隔了几秒，钱多多怎么回味，怎么不对，这也太狗血了。钱多多以为日后就有好日子了，结果日了狗了。

没过几天，钱多多就见到了十三口中说的女神，叫丸子，在国土局工作，工作稳定，身材普通，瓜子脸，不爱笑，爱撩头发，要身材没身材，要脸蛋没脸蛋，除了学历和家庭，钱多多觉得可以完胜。

十三说丸子，温柔可爱，小鸟依人。

在钱多多的眼里，丸子就是个鸵鸟。

钱多多很想告诉十三自己喜欢他，求他不要喜欢别人，她比那个丸子更会疼人。

晚了，钱多多亲眼看见十三在国土局门口手捧鲜花单膝跪地跟丸子表白，这货还把房产证拿出来了。

钱多多的心凉凉的。

不过，丸子当面拒绝了十三，挽着旁边男生的手走了。

失败了。

十三眼巴巴看着丸子和那个男生的背影。

钱多多眼巴巴看着十三的背影。

钱多多凉凉的心，突然之间有点暖暖的。

“还好，是个备胎，没有歇菜。”钱多多在心里窃喜。

她笑嘻嘻地跑到了十三的跟前，给他递了一张纸巾，还在脑海里拼凑各种十三回心转意的画面。

有旅游的，一起出去散心，先去浪漫的土耳其，然后去东京和巴黎，在热气球上，在银座，在埃菲尔铁塔下，十三在某一刻一只手牵住钱多多的手，另一只手拿出玫瑰花，在异国他乡，吹着异域的风，并深情款款地表白，太浪漫了。

也有撸串喝啤酒的，十三敬一杯，钱多多回敬一杯，十三一串，钱多多一串，两个人互诉衷肠，相拥泪流满面。周边的气氛很好，也很热闹，大家都是社会人，有的文着小猪佩奇，有的还文着天线宝宝。十三突然在某个时间点，当着众人的面，要求钱多多做他女朋友，钱多多答应了。

还有脑筋急转弯的，钱多多问十三墙、眼睛、膝盖，用英语怎么说，十三会说 wall，eye，knee，钱多多也说，我也爱你，这样两个人也在一起了。

十三的眼里，没有高兴，只有悲哀，甚至有点愤怒。

钱多多就笑不出来了，也想象不出来了。

接下来的日子，十三有点躲着钱多多的意思，去十三单位，单位同事告诉钱多多请假了，至于去哪里，她们也不知道。

打电话也不接，发消息也不回，去他家里，敲门也不应。

堵门，这是钱多多能想到的方法。

有一次，钱多多好不容易堵住十三，张开双手阻挡他的去向并质问：“为什么要躲我？”

十三没有理，甚至觉得钱多多很烦，被逼得喘不过气的时候，十三说：“我并不喜欢你。”

“你为什么不喜欢我？”钱多多带点怒色。

“我就不喜欢你。没有为什么。”

“是不是还喜欢那个丸子？我比她到底差在哪里？”

十三没说。

钱多多非要逼十三说。十三没有办法，甚至恼羞成怒，没有顾忌任何后果，道：“你没有文化，我不和没有文化的女生谈恋爱。”

钱多多咬牙切齿，完全愤怒了，一拳挥过去，直接把十三的门牙打掉就跑了，在跑出去的那刻，钱多多的心好似在滴血，沉甸甸的痛。

混社会的这些年，钱多多最恨别人说她没有文化，在这方面很敏感，也很反感这个问题。没有文化不是她的错，她也想读书，也想像别人那样有毕业典礼，现在连钱多多喜欢的人都这样说，这是她不能接受的，这是底线问题。

钱多多也很努力，挣扎过成人高考，也考上了，大学不错，这些年坚持边工作，边读书，是要到了收割的季节。这事一直没有对十三说，钱多多更想给十三一个惊喜，这个惊喜应该是在拍毕业照的那天，她想和十三一起享受这个独一无二的时刻。

爱情，有时候真的有点荒诞，像小说与现实的区别，小说是在一定逻辑下构思的，情理之中，意料之外，有惊喜；而现实就不一样了，是杂乱无章，不按套路出牌，情理之外，意料之外，有惊吓。

有多喜欢一个人，一个人就有多喜欢另外一个人，有多执着，就有多对别人执着，喜欢这件事，就是这么荒诞，没有逻辑，没有缘由。

钱多多终于拿到学位证了，只是拍毕业照那天，她是一个人，别人拍毕业照都是成双成对，有的还是抱着孩子，看起来好幸福。钱多多想起了一个人，那就是十三，她决定去找十三。

十三结婚了。

钱多多首先是一怔，接着心里像是被流星意外击中，火辣辣地疼。

钱多多对十三的家轻车熟路，唯独对门上那一道大大的喜很是陌生，好像刚贴上去不久，十三给钱多多开门，适时里面传出了一个女人的声音，那女人在洗澡，声音是从卫生间里发出来的，问十三：“谁来了？”

十三说：“是问路的。”

钱多多刚准备踏进门，脚还悬浮在门槛上空。

十三没有请钱多多进去的意思。

十三说：“祝你幸福。”

太措手不及了，结婚的事，钱多多一点都不知道，知道和十三结婚的那个人不是丸子，钱多多也觉得自己不差了。

这一次，钱多多终于决定放弃了。

可能对于十三来说，一直以来对喜欢的人，有明确的坚持，对于很坚持的钱多多来说，一直以来对喜欢的人，束手无策。

爱上不爱自己的人。

进一步没有资格。

退一步真舍不得。

既进退两难，也无能为力。

除了敢爱，我真的没有本事，除了敢爱过，我真的没有什么去诠释我的整个青春。

钱多多再也不纠缠十三，再纠缠就要当小三，对待感情要有自己的底线和原则，今天对方为了你可以去绿了她，明天他也可以为了别人去绿了你。

钱多多就是十三眼中的问路人。十三做得对，他有了家庭，应该这样做，钱多多没有之前的愤懑，反而开始敬佩起十三，也不枉是自己喜欢过的那个男人。

钱多多再也没有卖房了，回到了重庆，她看完七部电影，她弄清楚了重庆北站北广场、重庆北站南广场和龙头寺这个怪圈，十三也成了别人的男人。

三十岁，就这样不可避免地来到，钱多多在事业上取得了很大的成功，她成了职场上的女强人，想要的都拥有，得不到的都释怀，在三十岁这天，钱多多终于决定要把自己嫁出去了，这是一个值得庆祝的日子。

她和朋友们一起在超市采购晚上派对的美食。

那天，钱多多远远看见了十三，出现在进口食品区，拿了又放下，放下了又拿起，最后什么也没拿，就离开了进口食品区。她不知道十三什么时候回的重庆，是不是就一直在重庆，也不知道十三现在的日子过得怎么样。

钱多多心里依旧赤诚，希望十三选的每一件食品是因为喜欢，而不是因为便宜；希望十三选的婚姻，都是因为爱情，而绝不是仅仅的凑合。

“多多，快过来，我们一起选啊？”是钱多多朋友们的呼唤。

之后，钱多多再也没有见过十三。

钱多多的婚礼就快要开始了，司仪在默念台词，化妆师在给钱多多补妆，新郎则是在招待宾客，钱多多作为新娘，只负责惊艳全场。

世间的美好。

不过“如愿以偿”。

你也可以。

我也可以。

同样。

世间不是所有的努力，都有回报，爱就不是。

爱多了，会被嫌。

爱少了，会被忘。

年轻的爱情，总是那么鲜嫩灿烂，不计后果，不计代价，爱得炽热，而又被天妒英才那般短命。

离开时，十三对钱多多说的，祝你幸福。

钱多多现在该说，会的，你也是。

该结局了，再从结局中走出来，迎接新的开始，新鲜的空气，新鲜的生命。

谢谢你，十三。

愿世上所有的相遇都能长相厮守，

愿世上一切的长相厮守都能长命百岁。

终有人会住进你的心里

大学里有个专业叫物流管理，通俗说就是个送快递的，高高学的就是这个。

高高没有考上公务员，就去了一家运输公司上班，一干就是三年，经常开着大货车在全国各地到处跑，开一趟少则三四天，多则一个星期，车上吃，车上睡，在生理上成了憋尿小能手，夏天来到，高高身上冒热气儿，没有一处是干的，像瓦特时代的蒸汽机，冬天降临，靠几张暖宝贴，在风驰电掣的高速路上抵御一波又一波的妖风，像开了外挂一样。跑长途最怕堵车，却是经常堵车，遇见堵车，高高就和几个车友在车上斗地主、下象棋，以此消磨时间，饿了就吃饼和大葱，还有统一和康师傅。

跑货车不是高高的毕生追求，高高只想通过跑货车追求毕生想去照顾的一个女孩儿，八两。

八两是个主营化妆品的淘宝店主，是高高有次在跑车的过程中认识的，那次是他给八两供一批私货，叫ABC，货到了没人签收，又不能扭头把车开走，挣几个钱不容易，经不起客户的投诉，蹲在马路牙子边上的高高给八两打电话打不通，发短信也不回，甚是有些焦头烂额，正当高高急得想撞电线杆子的时候，八两适时从拐角处踩着一辆破旧不堪的三轮车吭哧吭哧朝着高高徐徐驶来。

“你就是八两？”

八两没有理高高，继续“嘿！嘿！嘿！”地踩脚踏板。

“ABC是你的吗？”

八两还是没有理高高，继续“嘿！嘿！嘿！”地踩脚踏板。

高高心里很着急，赶着送下家的货，便想先走一步，完事再折回。

谁知八两来了个急刹车，手刹坏了，车里的大包小包散乱一地，八两的膝盖受伤了。右脚已经踏上货车踏板的高高见势抽身过来扶起了已摔倒在地的八两，行动不便的八两对着大包小包号啕大哭，嘴里碎碎叨叨：

“我的补水，呜呜。”

“我的眼霜，呜呜。”

“我的口红，呜呜。”

“我的粉底，呜呜。”

…………

很赶时间的高高因为八两的哭泣心生怜悯，于是问八两：“你家住几楼，我背你上去。”

“八楼。”八两用不好让高高拒绝的可怜巴巴样看着高高。

高高望了望可以说是有点小高的八楼。

“我猜你们小区应该是有电梯的吧？”高高用一丝希望去掩盖心里扑

面而来的绝望。

“没有。”

高高又望了望八楼，又望了望风吹欲倒的八两。

高高既把八两背上了八楼，也把八两的货扛回了八楼，高高的外八字大腿瑟瑟发抖，满头大汗粒粒皆辛苦，还没有等八两倒好开水，一转身，高高就急急忙忙走了，八两心想：“你倒是喝口水了再走啊！”

没过一会儿，高高回来了，是车钥匙没拿，八两端起那杯热气儿直冒的开水，一转身，高高又不见了。

不一会儿，高高又回来了，扛货的时候顺带 ABC 也捎上来了。

当高高把 ABC 交到八两手里的时候，气喘吁吁的他只和八两说了一句话：“八两，请签收！”或许是职业素养，或许是天生的善良，高高脸上露出了宽厚的微笑。

八两特抱歉，特想感谢高高，高高像做了亏心事，脚底抹油又溜了，八两端着已经没有多少热气儿的温水，在狭长的楼道里搜索不见踪影的高高，最终八两一口气自己把水喝完了，心想：“喝口水，就真的那么困难吗？”

高高再次急急忙忙出了小区，发现有两个交警在自己货车前转来转去，由于货车是大吨位，他们没法儿拖车，高高编了一堆理由和交警套近乎，两个交警似乎不买账，高高还是老老实实交了罚款，心里暗叹，这单白跑了。

说来也奇怪，这次之后，高高经常跑这条线，每次都有八两的私货，每次都是八楼，一来二往，两个人就认识了，高高有时送完货后就在八两家里吃顿便饭，再后来，两个人就很熟了，八两给高高做他最爱吃的盐水鸭和锅包肉，还有胡辣汤，高高给八两处理订单，理货——打包装——制单——发快递。

慢慢地，高高特爱跑这条线，由心疼到疼爱。只要高高跑一回，八两的库存就饱一回，回回送货上门至八楼，这样八两也不用骑那个刹车经常坏的三轮车去数十里外的批发中心讨价还价。高高不仅给八两补仓，还经常给八两补给冰箱，这样八两就不用去菜市场了，可以专心经营网店。

大概这就是爱情，它就像被窝，是冷是暖，是甜是酸，只有自己知道，不足为外人所道。

高高有次在外地出车，拖着一车的成人情趣用品正在京沪高速公路上狂奔，突然接到八两的电话。

隔着电话，八两哭着跟高高说："高高，高高，家里被盗了，补水不见了，眼霜不见了，粉底不见了，口红不见了，我找不到它们了，我该怎么办？"

高高一听："我擦，这还得了？"当即开出高速出口，掉转车头往八两的方向开，本来要去服务区撒尿的计划，因临时改变路线，憋着一泡尿和拖着一车成人情趣用品一鼓作气就开到了八两的小区门口。

膀胱快炸掉的高高冲进八两的家里，第一时间开闸放水，那雨打TOTO的声音，让门外的八两有些难为情，高高的一泡尿足足用了四分半钟，之后就是冲马桶的哗哗水声。

"损失了多少钱？"

"还剩多少货？"

"报警了没？"

"你是不是丢在哪里了？"

…………

高高一时之间问了八两好多问题，八两都不知道先回答哪个，她完全被高高的突然出现乱了阵脚。

高高也不管凌乱的八两，满屋子去找什么补水、口红、粉底、眼霜……找了一圈，唯一的发现就是房间并没有被翻动的痕迹，门也完好无损。

高高望向八两，八两表示不知。没过一会儿，传达室的王大爷打来电话问八两："还要不要两个SB？"

八两望向高高表示疑惑。

传达室的王大爷又说："错了，错了，是SK Ⅱ。"

弄了半天不是被盗，高高把那些东西从传达室扛了回来，刚到家，气儿还没匀称，高高的电话响了，是老板威廉打过来的："你丫的，死哪儿去了？"

"我擦。"

八两望着高高消失的背影心想："你倒是吃口饭再走啊。"

高高出了小区，又看到那两个交警在车四周转悠，高高硬着头皮凑上去想刷脸混个脸熟，结果近乎没有套成，倒吃了闭门羹，交了罚款，绝尘而去。

隐约听见车尾后有人在喊："一路平安。"

那车货送到货主的手里，已经是一个星期之后，货主已然疯掉了，一边指挥人卸货，一边数落高高，高高一个劲儿地憨笑。

拥有一辆自己的大货车一直是高高的梦想，通过自己的辛勤付出，攒了点钱，再贷了点款，高高拥有了人生第一辆大货车，承接国内各种长途运输业务，自己给自己打工，没有那般生意兴隆，不过也能有饱饭吃。

新车刚提，高高又一次开到了八两的小区门口，想把这个好消息连同向八两表白的话一并说了，那天真是不凑巧，八两很忙，由于订单疯涨，一边做客服咨询，一边受理订单，连早饭、午饭和晚饭都顾不上吃，太忙了，高高也把买车的事和表白的事给忘在了脑后，想起来的时候，八两已经累到筋疲力尽，睡着了，高高心想，等八两忙过这阵儿再说也不迟。

一个星期过后，高高在大巴山里的一家养猪大王的养猪场装猪，接到了八两的电话，八两对高高说："有个男人在追我，我不知道该怎么办。"

"我擦。"

高高开着只装了一半猪的车就往八两的小区奔，结果满车的猪全晕车了，高高也管不了那么多，灰头土脸的他第一句话就问八两：“答应了吗？”

“还没。”

“哎，我问你哦，你们男的在表白的时候，是不是都想和女的那个哦？”

“哪个？哦，要分人。”

高高心里全是心碎的声音，这个声音不是“Duang Duang”，也不是“Biu Biu”而是“C哩C哩”，模糊声译过来就是“cei了cei了”。高高本想说点什么，他听见了厕所里雨打芭蕉的声音，紧接着就是哗哗的厕具冲击声，就跟当初高高冲进去的系列动作一样，只是某个环节欠缺点猛烈和持久。厕所门一打开，是个雄性，八两想解释点什么，高高没有给机会，转身就跑了，因为高高知道，除了自己可以在八两家晃荡，还会有谁可以这么随意。

大货车将要启动的时候，高高隔着风挡玻璃又看见那两个交警示意他下车接受检查。

这次高高很爽快地交了罚款。之后拖着快歇菜的一车猪又到了大巴山里的那户养猪场去装猪。

工人们一边装猪，高高在车里，眼睛像一座活火山口，喷薄出来的泪就像岩浆。等高高把那车猪送到外省的时候，已经是半个月后的事，也是半个月之后，高高又接到了八两的一通电话。说是她男朋友做生意缺点钱，看能不能找高高周转点。

“多少？”

“十二万。”

八两也吃不准高高能不能借，毕竟是个大数目，换谁也不会轻易借出来。

过了会儿。

“你给我八天的时间，不，你给我六天就有了。”高高斩钉截铁地给八两应承下来，只听见电话那头满是欣喜的声音。

高高决定把自己的大货车卖了，还完贷款，借给八两后，手里也还能剩点，高高要来八两的账号，就把那笔钱打给了八两。

之后又回到了原来的运输公司去上班。

同行们都觉得高高的钱打了水漂，高高是个傻子，八两的男朋友是个骗子。

用脚指头想，高高也觉得那个男的是个骗子，他觉得找自己女人借钱的男人不靠谱，更别指望他给自己的女人安全感了。

还是八两太单纯了。

果不其然，又隔了半个月，八两的男朋友跑了，还把八两的积蓄卷走了，八两觉得这可是自己的初恋啊！然后八两也消失了，淘宝店铺也关闭了，高高再也没有联系上八两。

之后高高每每开车路过八两的小区，遇见的再也不是八两，而是那两个交警，他们说这叫缘分，高高才不喜欢这样的缘分。就这样过了一个炎热的夏天，高高拼命挣钱，送走了夏天，迎来了冬天，高高不再跑长途运输，若不是八两，高高不会坚持这么久，没有八两的故乡，高高宁愿客死他乡。

除夕前夕，正在家里张贴对联的高高接到了一个陌生电话，是八两的，她说要见一面，高高想也没想放下贴了一半的对联，心早就飞奔到八两的身上。

八两当面给了高高八万块钱。八两消失的这段时间除了疗伤，还有就是去把老家的宅基地复垦了，说剩下的四万以后慢慢还，八两也把小区租的房退了，她说她要跟高高走，要和高高一起走南闯北。

“往哪儿走？”高高迷糊。

“和你走！”八两说。

“走哪儿去？”高高问。

“你走哪儿我就到哪儿。”八两很坚定。

“你真抓不住重点。”八两咕哝道。

“你救我于万丈思念，我从此戒烟戒酒。”高高终于 get 到了重点。

八两去高高家里过了个新年，果然，新年有新气象，年后，八两开了家实体和网上相结合的店铺，高高买了个小货车专门给八两运输配送。不久后八两的肚子就大了，店铺生意越来越好，店里也招了新伙计，高高比以前更忙了，八两退居二线垂帘听政，两个人依旧很恩爱。

有没有人曾在你心里住了很久，又因为阴差阳错，没有在一起，又因为机缘巧合，情不知所起一往而深，或许你已经忘记了与对方初相识的模样，或许对方清水出芙蓉，让你永生难忘，时刻想和她飞到最高处去晒月亮，因为不可抗力，山长水阔，对方依然住在你的心里，你一直替对方保留着那盏灯，那盏抱有无限幻想的长明灯。

愿世上所有的相遇都能长相厮守，愿世上一切的长相厮守都能长命百岁，愿世上全部的信仰和真爱都长生不死，愿有人终会住进你的心里，见众生皆草木，唯你是青山。

在一起的时候，
两人无疑是般配的，
分开的时候肯定是不配的。

老猫（上）

14 张牌顺完，俏手一理，扶了扶眼镜，牌面真不错，我打心底暗自狂欢了一把，觉得此局不出意外，摸几张就能听，既见好牌，云胡不喜。

开局第一轮就往牌池间敲了一张二筒出去。

老猫“巴扎黑”了一下，扬言要碰个，桌子还抖了几下，扣了一张九万出来。九万刚离手，老猫的手不自觉就掖了掖他的朝天门，空盒了。

老猫对我说：“丢一支烟过来。”

此话一出，我就知道，老猫捉了一手好鬼，与此同时，我十分不情不愿地打开自己的软珍黄鹤楼，递了一支过去，还丢了个打火机。

老猫使劲儿嘬了一大口，瘫软在椅子上，用吸大麻一样的表情望着我，烟雾缭绕之中，隐约看得见那张憔悴的脸。

“阿喜，是真的不要我了吗？”老猫发出绝望式的天问。

“阿喜，哪个阿喜？”

“装，真是装得一手好逼。”老猫的右手掠过烟尘，向我指指点点了几下，无奈之下，催我摸牌。

阿喜是老猫的初恋，老猫是阿喜的备胎，两个都是我的朋友。

老猫和阿喜是我撮合的，纯粹是抱着解放一个资深程序员天性的心态而去。

老猫背景成分比较简单，一直在一个公司，一直做程序员，一直老老实实做个熬夜司马，用老猫的话说，连个姑娘的手都没有拉过，键盘上字儿都秃了好久，朝做程序，晚找 BUG，深夜修 BUG，一直想谈场面朝大海春暖花开的恋爱，耳之所达是下关风，目之所及是上关花，心之所想是洱海月和枕边人。

阿喜的情况就复杂了，铁了秤砣心要饰演小三斗正宫的角色，也不是阿喜非要当小三不可，而是那个正宫是阿喜曾经的学姐，学姐横杠子舞过来，抢了阿喜当初的男朋友，阿喜气不过，抢了几轮，阿喜挨了一耳光，哭哭啼啼喊我去一个叫爱神酒吧的地方喝酒。我一听这名字不正经，心里怕怕的，特意带上了老猫一起出去见世面。

我居中而坐，老猫和阿喜在两边。

老猫悄悄在我耳根子说：“好像我女朋友呀！就是丑了点。”

此时的我在心里荡漾起一股对老猫的鄙视感，纯粹的宅男心理，既想吃鱼，还装“我不是猫”。

隔了会儿，阿喜让我附耳：“好像我初恋呀！只是又老又木了些。”

阿喜这话一说完，我在心里窃喜，转了下眼珠子，略略盘算了下，要是解决了老猫的人生问题，老猫手里那张北欧七日游的票就是我的了。拨开了阿喜的失恋迷雾，阿喜就不用深夜了还逮住我帮她梳理和开导情感迷茫问题。

我都还单身，在求最优解，我都迷茫，阴影面积颇大，是真不敢再忽悠阿喜一条胡同走到黑了。

带着功利主义的思想，权衡了来龙去脉后，我发现自己被边缘化了，两人从 C++ 和 Java，聊到村上春树和卡尔维诺，又聊到台湾尚未回归的遗憾，为了不遗憾，两个人决定先在一起到台湾统一的那一天。

在一起的理由比较苍白。

阿喜问老猫："爱情食物链最底端是谁？"

老猫说："备胎。"

"错，备胎的备胎。"

话一说完，老猫就明白了："原来你是备胎？我也是哎！"

"咦，你是谁的？"

"你的！"

我在一旁独自喝着闷酒，偶尔还能抓几只蚊子，老猫嫌我碍事，时不时向我使眼色，那次我一个人在酒吧的负一层捅了一晚上的台球。

老猫被烟屁股灼到了手后，搓了搓双手，抹了抹油腻的脸，杠个五筒后，丢了幺鸡，老猫便告知我听牌了，要我小心。

我给老猫递了一支软珍中华烟，打了火，顺便看看听的什么牌，老猫反手扒开我的脑门，牌一扣，小九九落空。

这回老猫抽得很慢，中间咳嗽了几下，捂了捂立领大衣。

"听说，阿喜要结婚了，给你发喜帖了吗？"

"是发了，还是没有发呢？"我不敢确定。

"发了也没事，我挺得住，我可爷们儿了。"

说完老猫哇哇大哭。

他说："在这个世界上，根本就不存在什么爱神，世界上的人都想着神爱世人，糊涂。"

在大学的时候，我和老猫是上下铺，那时候寝室共用一部有线电话，老猫天天炫耀自己恋爱了，次次打电话到深夜，吵得我们睡不着觉，有一天我们把寝室的电话线夹断了，老猫还是抱着电话聊了一个晚上，自此我们另外三个都陷入了沉思。

直到大学毕业，老猫也不知道这件事，谁也没有再提这件事。

阿喜的离开好似手术台上切肉突然失效的麻醉剂，阿喜的到来绝对是老猫慌乱生活里的一颗止痛药。

因为程序员的爱情价值观确实简单，一旦执行了，爱情就面临死循环，日子久了就存在内存泄漏，决定与斯人厮守一辈子的时候，承诺就是一个常量限定。

老猫和阿喜好上后，并没有兑现给我的北欧七日游，反而又买了一张票和阿喜一起去了。

阿喜穿上自己做的那套招财猫的衣服，在北欧各个国家游了七天，美滋滋。

老猫穿上阿喜做的财神来了的套装，跟在阿喜屁股后头晃荡了七天，爽歪歪。

老猫和阿喜那几天尝遍了爱情三要素：钻石、啤酒和巧克力。

他还说要给我寄很多明信片，有高山滑雪和极光的，有和安徒生铜像合影的，有在波罗的海芬兰湾上亲吻的，还有在岩石教堂做祷告的。

老猫和阿喜旅游期满就回国了，老猫人蔫儿了。我问那个招财猫哪儿去了。

老猫不理不睬。

我两手一摊，追究之前说好的明信片。

老猫不管不顾。

几天后明信片也到了，我还未来得及拆开，老猫先手夺了过去，一张一张看完明信片就冲出了门外，彻夜未归。第二天一早，我正在睡大觉，一个自称是警局的同志跟我打电话，朗朗乾坤，我以为是诈骗，骂了对方一句“龟儿子”就挂掉了。

不一会儿，电话又响了，还是那个号码，快要挂掉的时候我接通了，我本想再骂一句，却听见了老猫的声音。

等我赶到警局的时候，老猫正在接受思想教育，我为老猫做了担保，办理好了手续，就放了人。

我问老猫：“你这属于什么情况。”

“什么什么情况？”

“都到警局了，你说什么情况？”

一番盘问后，才知道老猫把阿喜的男朋友打了，别人报警了。

“等等，阿喜的男朋友不是你吗？自己打自己也犯法？”

“曾经是，现在不是。”老猫一步一步往艳阳天底下走。

警察同志招呼我们走，我说：“谢谢。”我问警察同志叫什么名字，对方态度突然骤变得不友好。心里咯噔一下，糟了，他就是那个“龟儿子”，我拔腿就跑，因为怕被告袭警。

原来老猫和阿喜一回国，在机场出口就分道扬镳了，阿喜对老猫说真心相爱的情侣，未必能走到一起，而刻骨铭心的前任，却总能在相逢不如偶遇的巧合中抬头不见低头见。

所以，阿喜喜欢前任比喜欢老猫多。

老猫觉得阿喜在说假话，是考验，那样的渣男，阿喜心里没有点数吗？

老猫觉得自己可以一直坚持喜欢阿喜，直到阿喜重新喜欢老猫。

老猫不知道的一个事实就是，自己喜欢的阿喜刚好不再喜欢老猫而已。

备胎的备胎总要承受三份痛苦，一份是甜蜜，一份是痛苦，一份是痛苦的甜蜜。

那一晚老猫在警局经历了从黑暗到黎明到有阳光的过程，漫长的一夜中，老猫在等待自由。

老猫出来的当天，我就收到了阿喜寄给我的请柬，仿若烫手的山芋，进退维谷，就和当年老猫打电话那样只字未提。与此同一天，老猫拉我一起打二人麻将，只要老猫输了就离开我，离开这座城市。

我们于是进行着“现在”的话题。

碰了老猫的九条，我也听了。我问老猫还抽不抽烟，老猫亮了下被熏黄的手，手里的烟燃了一半截早就熄灭了。

老猫问了一句：“死循环要是加上一个 if，if return，是不是每年就可以过光棍儿节了？”

老猫自答了一句：“一生太长，不能随便打脸对一个人说永远，死循环敌不过系统崩溃，说好了至死不渝，喝点热水，重启一下，还得要笑着过今年的光棍儿节。”

点了支烟，细嘬了一嘴，被呛住了，从牌搭子中摸了一张五筒回来，不是我想要胡的牌，是个弃子儿。

“哈，二五八筒，清一色。”老猫从椅子上一蹦而起。

我打牌有个习惯，不论别人胡什么，就怕别人诈胡，检查老猫的牌，是清一色不假，可真不是胡的二五八，是一四七。

“你赢了。”老猫说。

“不行，重来。”

“真天真！”

看来老猫已经铁了心要离开，当晚我和老猫在出租屋里挤了最后一晚，谁也没有睡着。

大概凌晨一点，我问老猫：“告白需要仪式，分手还需要仪式吗？”

“前任一般令人怀念，分手是再见，别贱，睡觉，你真的很吵。”

隔了不多一会儿，我就睡着了，老猫叫醒我，让我给他转五百块钱，我给他转了一千。

我睡眠浅，吵了就再也睡不着。翻了几次身，被窝里好不容易积蓄起来的暖气被我拱完了。老猫也睡不着，估计心烦意乱，兜里有两包烟，一包黄鹤楼，一包软中华，老猫拿了软中华，坐在矮衣柜上抽了一宿的烟。

边抽边说了句：“铁打的感情流水的前任，前任都是一所高等学校，交了课时费，上完课，不管你毕不毕业，迷不迷茫，转身都会投入人海，再上下一节课，要另外一个人的课时费。”

第二天等我醒来吓了一跳，屋里堆满了仙气，老猫就靠一口仙气吊着，抱着行李箱双腿盘在衣柜上不上不下。

我兜里面的黄鹤楼也没了。

一个月后，老猫在外地找到了工作，老猫说：“妈妈说得真对，不用功读书将来很难找到好工作。”

半年后老猫辞了老本行，回到了老家和几个朋友一起合伙开了间小规模的书店，类似南之山书店那样的，生意还不错。

一年后的某天，我问老猫：“为什么微信上的地区标记还是原来的地方？”

微信对话框上刘海处一直显示对方正在输入……但就是没有消息发过来。

将近过了十分钟的样子，我终于收到了老猫的回复。

“你也知道，我比较懒，若是还有其他原因，那就是比较想念老友你吧！”

至于老猫的回复是不是真心的，我无从得知，我和老猫很铁，有什么都会秒回，唯独问到这个简单问题的时候，思考了很久，一个简单的问题都需要考虑很久，问题本身就不会简单了。

我不知道老猫重新输入了什么，又删除了什么，或者又重新输入了什么，更不知道老猫是不是还对这座城市和城市里的人心有不甘。

这是一个谜，老猫心中的谜，谜底就在谜面上。

人这种动物的高级之处是不仅会展望，还会怀念，怀念旧时光，怀念旧的城，怀念旧的人，用缅怀的眼睛去打探周遭，过滤掉曾经的撕心裂肺，过滤掉那时的轰轰烈烈。

时间真的很残忍，从情感维度，它只在证明一件事，那就是这个世界上哪有什么亘古不变的爱情？它应该是一个间歇性分裂、持续性守恒的一个过程，在一起的时候，两人无疑是般配的，分开的时候肯定是不配的，时过境迁，对于有些人来说，两个人的初心未必就是不会改变的，若是重新来过，未必就真的能善终，恰恰分开也未见得就是不正确的选择。

可以找前任谈心，却不要和前任结婚，前任就是一座桥，把你摆渡给对的，过往不念。

从另外一个角度讲，陪自己睡一生的人，可能不是最爱的人，但这个是最懂自己的人，白月光也好，朱砂痣也罢，既要分人，也要认命。

年轻和喜欢，
从不过问过去、现在和将来。

老猫（下）

老猫走了，我觉得自己活得特没有尊严。

我活得有尊严吗？我问我自己。

自从老舅被有关部门调查后，我猝不及防地失业了，连块儿住的地方都保障不了，唯一庆幸自己还是985院校毕业的，不过想想也好笑，老舅一直无子嗣，把我当半个儿子养，吃穿住行都是最好的，家里还挺热闹，老有人过来串门，送东送西，帮这帮那。

被人庇护的时候还好，感觉自己就是世界的中心，人都围绕自己转；失去庇护的滋味和一句老话一样，“人走江山时，狗来占位置”。

文凭是混来的。

就业是外包的。

本领是嘎嘣儿脆的。

所以我目前一无所有且平庸无奇，扎进人堆里，辨识度几乎为零，没脸见任何人，任何人都躲我不及。

帝国早已灭亡，它又岂能哀伤?

而我自己也愿意灭亡，就像我曾经生活过的那样。

26 岁以前，喜欢在朋友圈发点深沉的宣言，来表达成长路上已知的喜悦和对未知的无限憧憬。26 岁那天，就只剩下已知的哀伤和无知的迷茫。

没敢跟任何人提起，在一家叫“小浪底”的烤串店点了一盘金针菇，两盘炒花甲，三根浪式秘制烤翅，四签儿韭菜，五串肉筋，五串牛肉，还有一瓶江小白，就算是给自己制造点轮回降临人间的仪式感，吃完一结账将近两百，又亏了，还是喝几块的老白干实在，不情不愿硬装，扫了店家的付款二维码，出门了。

要离开这座城市了，又不知道去哪儿，房东已经下了最后通牒。回到出租屋坐在老猫坐过的那个柜子上，想给老猫打个电话，脑袋发胀，眼神迷糊，胸口郁结，身体温度攀升，困意四起，翻了个身，压倒半边夜色。

半夜醒来有点冷，原来一头栽在地板上很愉快地睡了半宿，嘴里嚼着叽叽的，是吃土了，手机也快没电了，有很多未接来电和未读短信，我的事被老猫知道了。

我问老猫怎么知道的。

老猫骂我蠢得像头猪。弄了半天是自己喝高后拨通了老猫的电话，我脖子一歪闷悄悄就睡过去了，说了很多梦话。老猫让我去他的城市发展，我说得自食其力。老猫口头答应要给我介绍一个女朋友，我觉得有没有女朋友没有关系，男人要靠自己的双手解决问题，在没有半点犹豫不决中果断答应了。

霓虹在黑夜的交替掩护之下崭露光芒，火车站人来人往，脚步匆匆，有推销手机和充电宝的，有拉人住宿的，有拉人乘车的，有贴膜乞讨的，还有贩卖盒饭的，眼神里充满了祈求和贪婪。

我和我 28 寸的行李箱在风中等老猫接我们。

左等不来，右等不来，左右终于等来了。几年没见，老猫的头发染红了，穿得特别嘻哈，我以为合伙的都这样时尚，我和老猫有些格格不入，三件套加皮革，脑袋大脖子粗，给人的感觉不是大款就是伙夫。

“老铁，想死我了。”老猫按捺不住欣喜之情，在我背上使劲捶打。

“Me too too ...”我差点咽气。

出了站，老猫叫了一辆夏利，替我扛上行李直奔后备厢，牵着我的手就上了车，车在行进过程中，司机不停通过后视镜用色迷迷且猥琐的眼光打量我和老猫，我不间断抽了抽手，老猫不停歇拽得越来越紧，两个正经大老爷们儿在正经叙旧的场合显得老不正经。

久别重逢，彼此都很高兴，我和老猫喝得有些高，老猫出尽洋相，居然抱在一个马路边的电线杆子上，用狗撒尿的姿势唱歌，裤裆也破了，怎么也拉不走，泪直勾勾洒了电线杆子一片。

我以为是因为我，喜极而泣。

老猫说想阿喜了，追色忘友。

我也抱住电线杆子哭了，泪静悄悄洒在老猫脸上一摊。

老猫以为是因为他，此情此景。

我说我也想阿喜了，实在诡异。

老猫问我为什么不想别人，非要想他的阿喜。我问老猫为什么不能想别人，而非要想阿喜。

老猫答不上来，我也答不上来，可能因为爱情的确是可以让一个人得到短暂治愈的权利，又因为没有意识到爱情从来没有根治和救赎一个人的义务，而彼此密集暴露自己的脆弱。

老猫问：“什么是爱情？你谈过恋爱没有？”

“有没有谈过，你难道不知道吗？”我反诘道。

“你是不知道。”我像鸵鸟一样埋着头。

在我印象里，那是个大冬天，为了追一个喜欢的女孩儿，我送了对方三包辣条，她很感动，一边抹泪，一边擦鼻涕，传递给我的感觉是好吃，一来二往，我们就在一起了，老喜欢给她送辣条，没过多久，她因为胃病住院了一个多星期，我陪护了一个多星期，慢慢才知道胃病是不能吃辣制东西的，恍然发现自己是一个骗子，我对她很愧疚，于是我和她就分手了，是我提出的。

老猫认为这是一个笑话，认为我在骗他，老猫笑醒了，我自己也笑了，说出来实在太像个笑话，笑着笑着还能疗伤，其实我至今还挂念那个叫阿喜的女孩儿。

她是北方的，我是南方的，我想过去北方，那里有雪看。

我更想她一直住在南方，这里有春天、夏天、秋天和冬天；高山、流水、楼台和亭阁。

分手了就这样还不清不楚地来往，她没有告诉过我是否结婚，我也没有告诉过她是否成家，因为年轻和喜欢，从不过问过去、现在和将来。

的确，我和老猫在爱情面前都空虚了。爱情最伟大的地方是，它可以填补一个人的空虚，爱情最渺小的地方是，它只能填补这个空虚，男女间的怀恋，不过是童心未泯，色心又起，用新鲜刺激的爱来遮掩自己最真实的脆弱和厚重的欲望。

老猫比我爱偷懒，一周总要有几天外出，我一周只在双休外出，那几个合伙人只分红，从不参与书店管理，老猫走了我就不得不全权打理这个书店，每周更新最畅销的书，淘尽西方罕见的文学书，举办二流三流作家的签售会和日常的沙龙，以及为招商引资做策划，结交了很多人，关系网越铺越大，感觉自己能做很多事，又能把每件事做成，我便不再认为自己是个垃圾，最次也是装分类垃圾的高级垃圾桶，不像以前那么自卑了。

有次下班回家，一对小情侣问我酒店怎么走。按照以前的性格，我会毫不犹豫往书店的地方指，希望对方能在知识的海洋里找到迷失的自我；现在我不了，我会往书店旁边的酒店指，社会是宽容的，人性是渐进的，要给别人创造更多人生的机会。

日子久了，出于人性之好奇，我发现老猫一个秘密，我见过贴照片墙，贴彩票墙，从来没有见过贴火车票墙，都是同一个地方往返，时间跨度很长，我推算了下，是从老猫辞职回老家一直持续到最近，也就是说，我还没来老猫这里工作，老猫其实经常会回去。

假如是出差，没有理由不顺便过来看我。

假如是路过，又为什么只在这两个地方起止？

老猫初恋过后一直没有谈女朋友，店里有个女孩儿叫良子，只要老猫来上班，都替他准备可口的早餐，老猫从来视而不见，都给了我，我极不好意思，捡了很多便宜。

老猫还戒了烟，戒了麻将，曾经我问过老猫，微信上的地区标记为什么一直是原来的地方，他给的解释，我至今将信将疑。

心里有一个答案呼之欲出，巧合的叠加恰恰在印证不可能的那个事实，就跟撒了一个谎，需要无数个谎去弥补一样，假的真不了，真的假不了，那么唯一的解释是老猫和阿喜私下一直保持暧昧联系。

阿喜结婚我是知道，老猫过后了应该也知道。有天挂牌下班，等最后一个员工离开，我关上了门，对老猫侦问了这事，起初老猫不招，矢口否认，但最终抵不住我刨根问底，老猫认了。

“阿喜，过得不幸福。”老猫用手来回搓老板桌的沿缝。

“你呀，糊涂，都过了这么多年，还在一棵树上吊死。”

“我就是忘不掉她。”老猫又拿了铅笔胡乱在文件上涂鸦。

“你这是在破坏阿喜的家庭。”

“这样更好，这样就可以在一起了。”老猫把低下的头又抬了起来，对视了几秒又低下了。

“阿喜，她会愿意吗？”

“不知道，她说会答应离婚。”老猫的铅笔折断了。

“你也不确定？”

“谁说不确定？我的事不要你管，你很烦哎！”老猫起身对我下了呵斥，撞上了头顶的落地灯，双手抱住头颅，脸上的表情特别痛苦。

“你和阿喜的事，她老公知道吗？”

“知道怎样，不知道又怎样？出去，出去，我想静静。”老猫打开门闩，把我推了出去。

对于爱情，每个人都想靠近美好，并非想靠近残缺，老猫属于那种残缺中抱守美好的，但他不明白那些缝隙是永远的间隙。

老猫很久不来书店上班，再次出现在书店的时候，衣衫不整，满脸邋遢，他把我拉到天台，就跟警察和卧底见面那样神秘。

老猫说：“我和阿喜的事，被她老公发现了。”

“活该，迟早的。”我一副不作死就不会死的语气。

“阿喜，离婚了。”

“这不是你想要的吗？”带点鄙视的疑惑，看向没有任何气色的老猫。

“人活着真没劲儿，遇见喜欢的人，不能相互喜欢，喜欢了又不能在一起，你说……算了不说了。”

老猫拧开一个瓶子，吞下了几粒白色药丸。然后他告诉我这是治神经用的，让我经营好这家书店，良子挺不错的，是个好姑娘。老猫这是对我交代后事，我夺过老猫的瓶子，一看是安眠药，当时吓得六神无主，背着老猫二百多斤的身体跌跌撞撞下楼梯，横七竖八穿过大街，满头大汗，满脸通红到医院就喊：“医生，医生，快死了，快死了，救命，救命啊！”

“吃了几粒？”医生用听诊器不慌不忙地听老猫的心跳。

“两粒，也可能三粒，或者更多。”

“吃了多久？”医生一边写医嘱，一边叫护士出去拿个桶。

“就刚才。”

“你叫什么名字？”医生用手电筒看了老猫的眼睛。

“医生，我没吃安眠药。”

“他叫什么名字？”

“老猫。”

“放心，不会有事的。”医生拍胸脯保证。护士把桶装水提到老猫面前也说：“没什么大不了的，比这糟糕的病人多的是，不会有事的。”

看了下桶，挺大的，看了下水位，挺深的。

那天我看着老猫被护士灌了满满一桶水，喝水比喝酒都费劲，老猫断断续续把胃里的残渣全都给吐出来了，肠子都青了。

“阿喜为什么离婚了，就不能和我在一起？”老猫眼神略有呆滞。

“离了她，我真的活不下去。”老猫傻傻地看着头顶的白炽灯。

“她老公也有外遇，是我查到的。”老猫抱住自己的膝盖，像个孩子。

老猫掏出怀里的手机，打开图库，让我看证据，接着就把头钻进那个水桶里，不再和我说话。

当我看见这些图片的时候，换我瘫软了。

“阿喜不应该是这样的女孩儿啊！”我哽咽住了。

“阿喜非要用这种惩罚自己的方式惩罚我吗？”我不禁迷惑。

“阿喜不是答应我要和我在一起的吗？”我陷入混沌。

老猫钻出桶，问我口中的阿喜是哪个阿喜。

老猫的阿喜叫大喜，我的阿喜叫小喜，我和老猫都在怀念各自的阿喜，我和老猫都属于同一类人。

我把老猫的桶抱过来扣在自己的头上，不再和老猫说话。

对于女人来说，在空巢的时候想找个男人来疼；对于男人来说，在方便的时候想拥有个疼的女人，男女都一样，都需要一个枕头和负 20 厘米的爱情，来做一件事；同样，男女也都在他们寂寞的时候需要那个枕头和负 20 厘米的爱情，来怀念一个爱的人。

所谓怀念，不过是童心未泯，你玩儿我，我都觉得很好玩，色心又起，又和你玩一局，直到你宣布玩臭为止。

你有你的苦衷，
我也有我的难处，
我们做过彼此的良药，
但都不能对症。

我把你从世界里删除

喜欢有高级和低级之分。低级一点，我对你的喜欢，就跟路边贴膜的一样认真，不打一丢丢马虎眼。高级一点，我对你的喜欢，如同碰见犄角戴花的鹿般珍稀，感觉像是甜蜜暴击。

这句话翻译过来就是，癞蛤蟆想吃天鹅肉，是形容由宾的。

由宾是个贴膜的，他的手艺是他爸传给他的，他爸的手艺是他爷传给他爸的。

由宾爷爷，贴窗花膜。

由宾爸爸，贴车子膜。

由宾本人，贴手机膜。

讲真的，三代人，大概是被鬼迷心窍了，谁都不服谁，一代挤对一代，就像从前拜师学艺，师傅骂徒弟，你是我教的最笨的，真是一茬儿不如一茬儿。

不论怎么说，由宾贴得一手好膜，靠着贴膜这个逆天的手艺，顽强地在地表金枪不倒。

没有比较，就没有伤害。

由宾在路边认真贴膜，一会儿一辆卡宴，一会儿一辆宾利，一会儿一辆路虎，找由宾问路。

强压着心里的贫富差距感，由宾都特别和蔼地对他们说：“贴个膜，我就告诉你。”

就这样，靠着天时、地利、人和，由宾每天都能赚很多很多的钱。

每当由宾贴完膜，他就在思考一个问题，同样是九年义务教育，为什么别人就这么优秀？

归根结底，这是一个玄学问题，准确地说，由宾还没有理出个一二三四，仇富才上眉头，郁闷就下了心头，被突如其来的一记拍桌子给吓了个肝儿颤。

硬生生地把由宾在某宝上买的吃饭的家伙给拍得魂飞魄散，桌腿儿差点拍成粉碎性骨折。

由宾挪了挪黏在胶凳子上的屁股，吐了口晦气，抬起不屈不挠的寸头。

首先，由宾读取到对方是小姐姐的有效信息。

其次，由宾从悄无声息的凝视中，捕捉到对方眼戴暴龙墨镜，手插蕾丝裤兜，脚穿上古式水晶拖鞋，造型酷酷的，不差钱的样子，由宾由此判断对方可能会伴随点局部泼辣的个性。

然后，露得太多，三点式，一点不差，综合总结了三个特别水的词儿：漂亮，性感，可撩。

最后，由宾在心里想，是先铺垫，还是直接吹，道："我擦，小姐姐，贴膜吗？"

小姐姐也没有想到会是这样一句神来之笔的问句。

这就好比同别人聊天，聊着聊着就说："我最近手里有点紧。"我们下意识会想到肯定是个借钱的。然而对方却说："我想借你的手牵一牵。"

那位小姐姐就是这样的心情。毕竟，把别人的桌子拍坏了，过错方是自己，按照国际惯例，理赔，跑都跑不脱，即便跑脱了，牛头马面也不会放过。

"我不贴膜……"

"不贴膜，也行，留个号码，我过会儿再问你贴不贴膜。"由宾打断了那位小姐姐的陈述。

小姐姐觉得由宾很不礼貌，因为由宾直勾勾地盯着自己的关键部位，连眼珠都不带转的，要是再盯一会儿都能掉出来公转了。

要是真的掉出来了，这位小姐姐肯定要用她的上古式水晶鞋踩爆。

小姐姐想要走，由宾没有拦住。

换句话说，由宾的桌子和小姐姐，两大皆空了。

完美错过约等于人体描边。

失去了办公平台，业务不能停，由宾把旁边的垃圾桶搬了过来，把里面的王老吉拿了出来，还算整洁干净，没有异味，再把垃圾桶翻了翻，由宾嘴角意犹未尽地笑了笑，延续着他的贴膜生涯。

终于在经历了 3.1415926 个日日夜夜后，小姐姐赔给由宾一张特供金丝楠木老板办公桌，桌长 2.2 米，胡桃色，纹理清晰，坚固如磐石，稳若泰山，由宾还在桌上使劲儿拍了几下，稳稳的，妥妥的，干得漂亮。

桌子是好桌子，就是和由宾的身份极其不符合，有一种总裁在露天办公的即视感，人物和环境甚是违和。

简要介绍一下由宾的办公环境。不远处有个男女通用的卫生间，之所以介绍卫生间，是因为卫生间进门前有一副对联，左联是：天下英雄豪杰到此俯首称臣，右联是：世间贞烈女子进来宽衣解带，横批是：天地正气。

由宾的左边是卖鱼的，右边是卖丝的，他的前面是一家开理发店的，中间是一个行走在舌尖上卖糖葫芦的 。

鱼老板喊："卖鱼了。"

丝老板喊："卖丝（死）了。"

理发店老板喊："烫发了。"

"糖葫芦了（烫煳了）。"

谁都嫌弃谁。

没有灵魂深处的煎熬，没有人会随随便便改变职业的。

后来鱼老板不卖鱼了，改卖王八，卖丝的也是。

"王八啰。"

曾卖丝的放不开，附和道："我也是。"

这是一个三不管地带，人来人往，有些纷乱，岔路繁多，道路十分曲折，连百度地图都能把自己导进死胡同里，在这个通往富人区的中间地带，由宾靠着斜杠业务指路，赚了不少钱，富人们还曾联合向政府搞过"公车上书"。

由于拆迁费过高，这事不了了之。

由宾来来回回看他的总裁气质办公桌，这引来周边人的围观，有的还用手机拍照，有的还发了微博，一看就是奔着热搜去的。

小姐姐付完搬运师傅的钱，双手叉腰，觉得自己好厉害的样子，有些任性，还有些嚣张。

"我擦，那啥，你心里没有一点数吗？"由宾指着这张超浮夸的办公桌。

"你这人就是有病，赔你一个好的，还在这里挑三拣四，要就要，不要拉走。另外，我也不叫那啥，我也是有名有姓有身份证的。”

“要，凭什么不要，反正又不用我掏钱。你说你不叫那啥，那你叫啥？”由宾觉得小姐姐说话挺冲的，一定没有性生活。

“你这人，这辈子就这样了。还有，请记住，爷叫陈贰九。”陈贰九啧啧啧了三下，觉得由宾就是一个市井之徒，爱贪小便宜，而且还有点好色，完全登不了大雅之堂。

陈贰九赔完货，想要走，再也不想理由宾这种人，和他多待一分钟都有危险。

“危险”不期而至。

这回陈贰九没有走成，由宾觉得陈贰九看不起自己，有些鄙视和轻贱的意思，一米八八的由宾起身直接挡住了一米六五的陈贰九，两个人的身高差，略显尴尬和突出。

由宾说：“看人不能看上半身，还要看下半身。哦不，看人不能只看上半生，还要看下半生。”

“流氓，起开，好狗不挡道。”陈贰九仰视道。

由宾来劲儿了：“流氓和狗是有区别的，我到底是流氓，还是狗？请说清楚，谢谢！”

“流氓中的死狗，狗中的臭流氓，拿走，不谢！”陈贰九见过不要脸的，从来没有见过这么不要脸的。

由宾笑了。

在由宾眼里，陈贰九不像个女的，说话能把人噎死，不过好在性格开放，由宾决定好好和陈贰九玩一下。

不知道是不是冥冥之中的安排，由宾高中毕业就去当兵了，练就了一副钢筋铁打的身躯。两年期满后，由宾就过起了四处沦落的生活，在夜场干过保安，被几个人围攻，脑袋开了瓢；做过网管，保险柜被盗，老板报了警，由宾在局子里蹲了几天，查清楚被放出来的时候，原来钱是老板小舅子偷的，那时老板已经雇了新的网管了。

反正，由宾修过车，卖过保险，送过快递，当过人体艺术，还在剧场演过死人……

与众不同的是，由宾这个人从来不文身，不烫头，不抽烟，不喝酒。

由宾说："我这个人很能吃苦。可能，五十斤的水泥扛不动，你要是给我一百斤的人民币，我准能扛着飞起来。"

这话从由宾嘴里一本正经地说出来，在陈贰九耳朵里显得假正经。

这就好像，出家人的事，在家人可能不大懂。

不过，陈贰九认为由宾这个人挺有意思的，有意思就在由宾高大威猛，还有点小帅小帅的，看在脸的面子上，陈贰九收起了盛气凌人的架势，变得有些客气，说话从剑拔弩张式到小桥流水式。

别看由宾外表看上去很粗犷，但内心极其少女。一个黝黑的彪形大汉，曾经走进日系少女馆，吓得服务员打电话报警，以为是黑社会到店里拓展业务来了。

由宾就是一个吃软不吃硬的人，以刚克刚，能把刚干瓢了，要是以柔克刚，两手一摊。

赔桌子的当天，两人架没有打起来，嘴没有吵起来，陈贰九和由宾一起在一张桌子上吃起了大排档。

陈贰九问："路边的大排档会不会不卫生？"

"味道好的就卫生。"由宾觉得很好笑。他在脑子里脑补一条网上流传的段子，专家讲，吃泡面对人的身体健康有害。吃泡面的人就回复了，我都混得只吃得起泡面了，我还在乎它健不健康？

陈贰九开始只是扇闻了下，挺香的，接着用樱桃小嘴轻轻在一片肉的角落上撕扯，咀嚼几下，才把那整块肉消灭了。

“你以前，没有吃过大排挡吗？”

“嗯嗯嗯。”陈贰九吃相从小家碧玉逐渐进化成恶狼猛虎。一边吃一边对由宾呼唤：“加盘鸡爪，谢谢！加盘野兔，谢谢！加盘小野鱼，谢谢！加辣，加辣，加辣，谢谢！谢谢！谢谢！”

这顿下来，陈贰九比由宾吃得多得多，由宾惊呆了。陈贰九的收手是缘于由宾一直盯着陈贰九独角吃，吃得陈贰九都不好意思了，走之前还抹了抹嘴，道：“这家店的大排档真不错，我们下次还来。”

由宾倒不是心疼钱，当然钱是一方面，另外一方面，就要吃面了，方便面。

“我觉得你这个人还是挺不错的。”所谓吃人嘴软，拿人手短，两个人走在大街上，不说点话，显得突兀，陈贰九觉得。

“你看着好就好。”这句话等于在说，你开心就好。由宾心里也在想，吃掉我五六百块钱，还能错到哪里去？

“对了，你为什么叫陈贰九啊？”由宾其实早就想问这个问题，好奇心真的是人的天性。

“我一生下来就是陈贰九，户口本上是陈贰九，周围人也叫我陈贰九，身份证上还是陈贰九，所以一直叫陈贰九。”

“你确定你是亲生的？”

“有病！”陈贰九对由宾翻了个白眼。

“是呀，我就是有病。”由宾对陈贰九吐了个舌头。

“呀，我该回去了，家里管得严。”陈贰九一看表，快十二点了。

“你怎么回去？我给你叫辆车吧？”

“我有车。”

“你真皮！”

“我又不是人造革。”陈贰九笑了。

由宾以为陈贰九客气，在开玩笑。

谁知，陈贰九走向那辆红色的宝马，车开走前，陈贰九和由宾加了个联系方式。

“我送你回去吧？”

“哦，不用了，我就住在附近。”这次是由宾的面子在作祟。

车的最后一抹尾灯消失在大马路的尽头，由宾才决定徒步回家。

贫穷，很容易限制一个人的想象，这是由宾徒步行走五里路，鞋底被磨破后更加认同的一个真理。

然而这个真理跟马桶里的水一样，用完后，按钮一点，就很顺利地冲向了下水道。

是的，陈贰九说得没错，那家大排档真的不卫生。

“我们吃的那家大排档是不是不卫生？”深夜，陈贰九给由宾发了一条信息。

“没有啊？挺卫生的。”由宾回这条消息给陈贰九之前，他已经跑了五六趟厕所，肠子都青了，还火辣辣的疼。

“那就奇了怪。”说完这句话，陈贰九再也没有理由宾了。

由宾猜测，陈贰九一定度过了一个非常难忘的夜晚。

辗转反侧。

反复辗转。

不知道是认识了陈贰九，由宾不再是条咸鱼，还是在成堆成堆咸鱼里做咸鱼的时候，鱼跃过了龙门，让自己变得不再咸。

由宾就这样莫名其妙地在微博上走红了。红了的消息还是陈贰九告诉由宾的，当时由宾在认真地给人贴膜。

由宾平时都不刷微博，用由宾的话说：“我一天天连膜都贴不过来，哪儿还有心思刷微博。”

连续一周，由宾在微博热搜上居高不下，只要一搜关键词：贴膜哥，就会蹦出成片成片的相关链接，每个链接都离不开那张老板办公桌。这些链接就像抖音上的视频，似乎被有意者成批放上去的一样，有点大批量生产的意思，居然还有同行如法炮制。

陈贰九看见那些模仿者很生气，起初还会替由宾在网上骂几句，转念一想，还是算了，他们能模仿得了由宾的脸，能模仿由宾的膜，但始终模仿不来由宾的认真。

陈贰九要由宾请客。

由宾提议去大排档，陈贰九一听大排档，表示怕了，坚决不去。

商量来商量去，两个人去吃了火锅，吃得好撑，还一起在海边散了步。提议去海边散步的是陈贰九，到了海边陈贰九就后悔了，海边都是一些牵手的情侣，两个人的手，迎着海风，都不自觉地往自己的兜里收了收，一边走一边把头看向了海的那边。

至于是哪边，两个人都煞有介事。

只知道，天海尽头的晚霞，渐晚渐浓。

“你现在红了，会不会不和我一起出来了，像今天这样？”

“怎么可能？”

不过，由宾也感慨：“人生真奇妙，我也没想到。”

陈贰九在沙滩上画了一个大大的爱心，爱心刚画成，海水就冲上了岸边，陈贰九下意识用双手拼命护住刚画成的爱心，海水连同陈贰九的双手还有半个身躯都一同淹没掉，待海水退去，陈贰九身上好多沙子，爱心也消失了，陈贰九哭了。

整个动作细节，由宾一帧一帧过在了脑海里，由宾被陈贰九的单纯和善良给打动了。

回去的时候，趁着降临已久的夜幕，由宾牵住了陈贰九的手，两个人的呼吸越靠越近，什么话也没说，什么动作也没有做，感觉做了什么，都是多余的。

陈贰九问："你还会带我出来吃好多好多好吃的吗？"

由宾说："会。"

陈贰九又问："是一辈子吗？"

由宾先是一愣，接着斩钉截铁道："是一辈子。"

陈贰九还问："你怎么对我好一辈子？"

由宾想了好一会儿："请你吃好多好多好吃的。"

由宾送陈贰九回的家，陈贰九并没有请由宾上楼，说是家教严，两个人才刚开始，还没有来得及告诉家里人，等以后关系稳定了，再慢慢告诉，由宾也觉得这样十分合理，就没有上去，也没有想过要上去。

就在楼下腻腻歪歪了会儿。

那晚夜色很棒，满天星，两个人在院里聊星座。

"你相信星座吗？"陈贰九问。

"我连生肖排序都没弄懂，星座这玩意儿太遥远了。"

"出生年月肯定知道吧？"陈贰九一脸鄙视模样，在暮色的掩护下，由宾看不见陈贰九的表情。

由宾是双鱼座。

陈贰九是天蝎座。

陈贰九说："我们的星座绝配。"

"这样就绝配啦？"

"男的要是双鱼，女的要是天蝎，这样谁也逃不脱谁的手掌。"

"谁说的？"

“网上说的。”在长凳座椅上，陈贰九挽着由宾的臂膀，一起看天上的星星，流星雨划过的时候，陈贰九赶紧催促由宾许愿。

就这样，突如其来的热恋，令两个人特别有话题聊，聊明星，聊远方，聊经历，聊美食，聊到了陈贰九该回家的时间。

来的时候是坐着陈贰九的车，走的时候，由宾花了两个小时才走出富人区。平时贴膜给人指富人区的路，没想到现在在富人区里迷了路。

中间，陈贰九发来消息问由宾回去没？由宾只重复了一句话：快了，快了，快了。

其实，陈贰九已经把车钥匙给到了由宾的手里，由宾又还给了陈贰九。

原因是：不！太！会！开！

有回他爸喝醉了，让由宾开车回去，结果由宾在车里光打火就打了一个多小时，剩下的时间在车库里打转，等到他爸一觉醒来问道：“到了？”

“还没有走！”

那晚，由宾徒步走了近十里路，又磨破了一双鞋底，回到家只剩下半条命。都说春风十里不如她，在由宾看来，春风十里不如开车。

自从成了网红后，有好多好多人慕名来看由宾贴膜，原来那个三不管区域，只算作是一个东西南北中的交通咽喉，和古代兵家必争之地一样。

现在被围得水泄不通。

那时候的咽喉，现在被游客们锁了喉。

这样说吧，没有红之前，由宾贴膜，叫买了一张膜，如今叫请了一张膜。又比方，由宾放在桌上的支付宝赞赏二维码和微信赞赏二维码，搁在彼时叫被割韭菜，此时就叫随喜善缘。

因为一个由宾，火了整个一条街，人满为患，络绎不绝，出场坐堂，都有保安提前过来开道，那阵势和摩登兄弟的刘宇宁一样。

从清晨到夜晚，从床上到办公桌，真的很忙，忙到连陪陈贰九的时间都没有。

陈贰九很生气，后果很严重。最严重的时候，接连一周不理由宾，每次陈贰九气儿大的时候，由宾就去陈贰九家亲自下厨哄她，烛光晚餐和红酒，两个人在觥筹交错中急促培养温室的火苗，由宾一口一个“九儿”叫着。

由宾之所以敢去陈贰九家，据陈贰九说，她父母不习惯南方潮湿的天气，说是要到北方居住一段时间，至于是多久，陈贰九也未可知，也许是一个月，也许是一年，也许是十年，也许是一辈子。

一般由宾陪陈贰九都会选择晚上，好几次陈贰九在由宾提起裤子要走的时候就大发脾气：“当这里是旅馆是吗？”

“什么意思？”由宾有些莫名其妙。

在由宾看来，陈贰九的脾气是很差，但不至于不会体谅人，她属于那种情绪多变型女子，就是前一秒风和日丽，后一秒就可以疾风骤雨，中间还夹杂点闪电，好在这样的脾气不会持续太久，过一会儿，她就会主动黏上来，跟个没事人一样，缠着由宾给她讲故事和笑话。

由宾问陈贰九：“九儿，知道我的皮带在哪里吗？”

“扔了。”

由宾不信，以为这只是一个不大不小的玩笑，于是就将信将疑地把头伸出窗外瞧了瞧，陈贰九果然是一个言必信、行必果的女子。

那根皮带正挂在香樟树上随风飘摇，有一种脱离母体去远方的挣扎模样，还好不是裤衩子。

那天早上，由宾很生气，觉得陈贰九毫不讲理，由于没有皮带，由宾也没过去坐堂。不仅仅是皮带的问题，而是陈贰九一头扎进了由宾的怀里，闻着由宾身上熟悉的味道，告诉由宾这段时间受够了委屈，以及对由宾的十分想念，陈贰九需要陪伴。

其实，两个人在一起很久了，谁都没有提起各自的家庭成分，没有见过双方的长辈，也没有顾及是否要结婚，需要了就在一起，耍流氓大于法律保护。

反正由宾被陈贰九的温柔融化了，也就舍不得再对陈贰九生气了。就这样两个人相依相偎，拥抱着，撕扯着，嘴上说不想，身体却是诚实的，反应出卖了各自的内心。

偃旗息鼓后，各自躺在各自的枕头上，望着欧式吊顶，冷却着那经久不衰的欲望，那一刻至于在想什么，不得而知。

这一天就在几平方米的平面上，两个人让卡路里在激情中得到了充分燃烧，时间就悄悄过去了，那都是粉红色的回忆呀!

情侣之间，没有什么是不能在床上解决的，要是不能，就换一张床。

有时候，换张床，可能就要换个人了。

欢愉之后，陈贰九很意外接到了一个微信视频，脸色明显有些慌张，陈贰九掀开被子后直奔书房，那通视频，由宾估计了下时间，大约一个小时。就算由宾有时出席外地的邀约活动，晚上回酒店和陈贰九视频也不会超过半个小时。

人哭过，眼睛是会红的。

陈贰九上床又紧紧抱着由宾，过了小会儿，嗫嚅道：“对不起，由宾。”

由宾以为这个对不起，是道歉，陈贰九式的任性，这是陈贰九的套牌，由宾早就习以为常。

陈贰九又说话了：“其实，我有男朋友，他在国外，我们已经好久没有见了，这个视频是他发过来的。”

万籁俱寂。

晴空霹雳。

原来，陈贰九的男朋友叫董冬冬，和陈贰九是大学同学，大学毕业后董冬冬就去了美国留学，去美国留学是他一家人最初的梦想。

可以没有女朋友，但一定要出国留学读书。

出国前，董冬冬就向陈贰九保证只需要三年，每年回来一次，三年就是三次，三年期满就答应回国和陈贰九结婚。

陈贰九觉得口头承诺不够，她问董冬冬：“我的青春都用在了时间成本上，要是你回来告诉我另有新欢了，你叫我怎么办？换句话说，你凭什么让我等你三年？”

董冬冬把房子、车子，还有存款都给了陈贰九。

陈贰九要的的的确确不是这些，但这些的的确确在某种精神程度上能给陈贰九很多安全感。

一年。

两年。

三年。

在网络世界里，陈贰九和董冬冬不知分了多少次手，也不知复合了多少次，第二年董冬冬说临时有事回不来，两个人吵架冷战最多。

归根结底，因为胡思幻想，所以胡思乱想。

三年的时间说快，很快，快得飞起来，说慢，超慢，慢得像龟速。

前一年还好，陈贰九还能忍忍，想想结局只要是喜剧，过程怎么哭都行。到了第二年，陈贰九身边的闺密陆陆续续都已经结婚了，每次聚会谈论的焦点都是自己的老公和孩子，渐渐的，陈贰九和她们都聊不到一块儿，淡出了闺密圈儿，一个人久了，就变得有些缺爱。

缺爱的表现就在于找一个替代品，慰藉失落已久的亏欠，疯狂地在这个人身上得到点什么。

碰巧这个人叫由宾。

在陈贰九看来，由宾这个人学历低，没有文化，没有存款，比较市井，经常爆粗口，唯一的优点在于他坏坏的，和变坏了的男人比起来，他还算比上不足比下有余。

一旦一个女孩儿对异性称赞有加，那么这个女孩儿就对那个异性有那么点意思，之前的缺点，都会被唯一的优点覆盖，即便包不住，也会被四舍五入。

开始，陈贰九还有些害怕，谎称家教严，家里也没有父母居住，只是过不去心里这道坎儿，觉得这样做肯定对不起董冬冬，另一面，和由宾处久了，加上由宾也很主动，玩着玩着竟然和由宾玩出真感情了，人都是感情动物，遇到比较级或是乘虚而入，很容易移情别恋。

“由宾，你会原谅我的，对吗？这一开始就是一个错误，没想到这个错误延续得这么深刻。即便你不原谅，我也不会奢求你的原谅，这个错误，就连我自己也不会原谅。”

由宾不说话。

“由宾，还有一周他就要回来了，我们开开心心过完最后几天，就再也不联系了好吗？可能这样对我来说是自私，对你而言就是荒诞，我希望我们的爱情，这不能见光的爱情，既能始于脸红，也能终于不眼红。”

由宾不说话。

“答应我，好吗？”陈贰九又一次扎进由宾的怀里哭了。

由宾方才开口说话。

“其实，你不必这样自责和难过，感觉对我有所亏欠，可能你对不起我的同时，我也对不起你。”

陈贰九表示不懂。

“这样说吧，你有你的苦衷，我也有我的难处，我们做过彼此的良药，但都不能对症。”

陈贰九表示彻底不懂。

“说白了，我也有喜欢的人了，和你在一起，只是情不自禁。”

这下陈贰九懂了。

“如你所说，我们在一起，更多的是精神空巢，我们爱过，所爱之人并非所嫁娶之人，不存在替代与被替代，我们心中都住着一个不是唯一的你，和一个想占有对方的我。”

一席话说完，两个人竟无语凝噎。

此时，已是深夜。

万家灯火，今夜只数这家最亮。

这算是告别了吗?

两个人都吃不准。董冬冬回国的日子越来越近，陈贰九陆陆续续重置现场，像恢复出厂设置那样，清除了两个人在这间房子里所有的回忆，就连马桶背后的尿渍都刷得一干二净，不带一丝残留。

由宾撤退的前一晚，很平静，很祥和，很从容，两个人没有说一句话，两个人没有多做一个动作，就这样在沙发上把《武林外传》看完了。

先走的人，总是把影子拖得很长很长。由宾走了，走之前两个人浅浅地拥抱了下，说这是分别最基本的礼貌，关上房门的那一刻，也就预示着两个人的关系正式解除。

陈贰九大哭。

由宾坐在车上，抽完了一支烟，又抽完了另一支烟，直到抽完整包，已是凌晨三四点，由宾越来越清醒，看着 18 楼的灯一直亮着，由宾决定还是驱车驶离富人小区。

这个小区的名字叫：江上明月。

陈贰九一直躲在窗帘背后，看着最后一抹车灯消失在小区密密麻麻的丛林里，两个人的爱情，从此就睡在了回忆里。

三年期满，董冬冬，把头梳成了大人模样，如约归来。

陈贰九像抱住由宾那样紧紧抱住董冬冬，她发现这个男人身上的味道真的好陌生又熟悉，习惯了由宾，可能要慢慢适应眼前这个男人。

这次的董冬冬和一年前回来的状态不一样，陈贰九也不知道哪里不对劲儿，现在她只担心自己和由宾的事情会东窗事发，陈贰九尽量不往坏处设想。她要由宾承诺过，这件事天知地知，你不说，我不说，一辈子烂在肚子里。

“亲爱的，我们是不是该结婚了？”陈贰九满脸的期待。

董冬冬招呼陈贰九坐下。

陈贰九对董冬冬报以灿烂的微笑。

董冬冬对陈贰九说：“我们分手吧，我在美国已经有了喜欢的人了，她也是中国人，我们很相爱，我……”

董冬冬没再继续说下去，可能忘词了，可能在想怎么说，陈贰九更容易接受些。

陈贰九表情僵住。

董冬冬又说：“房子、车子都过户给你，算作我对你的补偿。”

陈贰九才反应过来，这是要诀别。

“既然都要走，为什么要让我等你？一等就是三年，难道你的青春是青春，我的青春就只能喂了狗吗？你凭什么把一句补偿说得这么轻轻松松？我们的关系还不如草芥吗？”

董冬冬一时之间无言以对，或者说，默认了陈贰九这句话的正确性，但又不能明着承认。

“既然你终究会有新欢，那我算是你的什么？备胎吗？或者我连千斤顶都不如？”

看得出来，董冬冬内心的煎熬和挣扎。他以前不是这样的，他变了。变得优柔寡断，变得不善言辞，或者这种处理方式仅仅针对分手这件事。

分手是认真的，董冬冬是吃了秤砣，铁了心。

陈贰九把欲言又止的董冬冬拼命赶出了房间，不久就收到董冬冬的一条短信，诸如“祝你幸福”此类的话。

一条短信，恰如其分地提醒了陈贰九，这时要不要给由宾打个电话，告诉他，还能不能在一起？自己已经做好了充分的思想准备接受这崭新的开始。

悲伤中居然带着一份小窃喜。

由宾的电话关机了。

由宾也不在那个熟悉的地方贴膜了。

居然连由宾住哪里，陈贰九都不知，突然查无此人，她觉得自己很好笑。

中间也有几次拨通了由宾的电话，由宾一直不接，给由宾发了很多条消息，由宾一条不回。

陈贰九恨男人绝情的同时，也恨自己的多情，一时之间，陈贰九的世界更加空虚了。

没过多久，陈贰九收到了由宾的消息，她喜出望外，接着面如土灰，原因是由宾要结婚了，不是陈贰九，有点小气的是，那并不是邀请函，准确地说连由宾是不是在结婚，在哪里结婚，新娘是否比自己漂亮都不知道。唯一合理的解释是由宾怕陈贰九大闹婚礼。

陈贰九觉得由宾真是看得起自己，把自己看得太重要了。

陈贰九删除了与由宾的一切联系。

董冬冬又出国了，走之前找过陈贰九，不过还是一些“希望余生安好”

之类好听又廉价的话。

陈贰九讨厌这个负心的男人。

陈贰九也删除了与董冬冬的一切联系。

也就是说，陈贰九生命中算是比较重要的两个男人，一下子全都从她的世界里消失了，并切除了所有的关联。

再也没有人包容陈贰九的眼泪和笑容，温柔和任性，好脾气和小孩气。

等到陈贰九再次路过那个三不管地方的时候，已经出现了很多大写红头的“拆”字，这个地方没落了，全都搬的搬，走的走，没过多久，这个地方就消失了，交通状况在百度地图上显示一路畅通。

由宾在微博热搜榜上不再有一丝余热，但凭空出现了很多以由宾打头的用户，例如“由宾是个贴膜的”“由宾由宾”“由宾 YY”，那都不是由宾本人。

每逢打雷下雨，陈贰九一个人的夜，她的心不知道应该放在哪里，不自觉会想一个问题，究竟是喜欢由宾多一些？还是喜欢董冬冬多一些？

两个都很喜欢，两个也没有那么喜欢。

陈贰九也会想：自己究竟是一个什么样的女人？无非是孤单寂寞冷的都市女人。这话是对她自己说的，出了门她打死不会认，这就是陈贰九。

还有，男双鱼，女天蝎，也犯冲，网络都是骗人的。

都在爱情里犯了错，也不是非对方不可，也不是没有对方不行，也不存在什么遇见你不容易，错过你就很可惜。能错过的注定不是自己的，能遇见的铁定扑面而来。

谁都有欢喜之人，并不是谁都能悉数得到。

一二三四后面还有五六七八。

甲乙丙丁后面还有戊己庚辛。

赵钱孙李后面还有周吴郑王。

人的出场顺序真的很重要。

既然有首先、其次、然后、最后，那一定都是特别的安排，只要不一吃一大碗，一睡一整天，余生并不孤独。

祝你的生活混得风生水起，也祝自己的窘境择日而止。

第四章

一辈子那么长，要和值得的人在一起

我在对岸，不够勇敢
海风里有千言万语，请你自己寻觅
我等风起，也等你

这世界，
唯独惊喜和你，
让我够用一辈子。

我很坏，图你一生，不轨

莉哥很酷，肩膀上文了一排的法文字母，给人的第一感觉就是出来混局的。莉哥对别人嘱咐过很多次，莉哥不是哥，就跟三哥不是哥一个道理。

莉哥的消费观简单又时尚，有钱就花，没钱就借，有钱的时候请人大吃大喝，没钱的时候找人蹭吃蹭喝。莉哥又不是那种物质女，像样的化妆品没有几件，出门基本上是素面朝天，在外全靠气场，莉哥大部分的钱都用来买书和玩摇滚。

买书，是为了写书，莉哥骨子里是个文艺青年，她家的床就是用书铺成的，所以她家准备了很多灭火器。莉哥有个缺点，张口波伏娃，闭口萨特，老喜欢卖弄，她自费出了一本励志鸡汤合集，四处向朋友兜售，看在莉哥的面子上，亲朋好友们也会应付着买那么一本，但是买了的人全后悔了，大家都觉得莉哥写的什么乱七八糟的，看都看不懂。

莉哥说：“那又如何？买都买了，我又不可能退货，有想法，可以抱怨，反正我也不会听。”

玩摇滚，是莉哥毕生的追求，她在大学时候就是摇滚队的队长，混社会后，莉哥纠集了几个志同道合的朋友，又组成了一支摇滚队，每当城市中心的夜幕降临，“动次打次”的敲击声，让莉哥接到了无数次的投诉，最严重的一次，有几个人拿着砍刀敲门，生性硬气的莉哥也被吓坏了，实在没辙儿，就把阵地移到了郊外的农居小二层，那里很偏僻，蚊虫也多，吃喝不便，出入不顺，没过一周，莉哥就坚持不下去了，钱花光了，摇滚队解散了，解散前莉哥又召集了亲朋好友们去看她独家奉献的最后一场演唱会，大家去后就表示后悔了，莉哥唱的跟周杰伦饶舌一样，根本就听不懂。

在台上的莉哥又说：“看在我最后一场的分上，都不能给个面子，好好听下去吗？”

面子是给了，大家不是起了疹子，就是被蚊虫咬中毒，那次到场的人回去后都去了医院。

文艺失败后，摇滚失败后，莉哥再也没钱折腾，连吃饭都是个问题，她不得不老老实实去上班。莉哥真正的职业是一家三甲医院的骨科医生，穿白大褂的那种，莉哥的医术超高，在医院很有名气，很多人挂号都只挂莉哥的号，上班期间莉哥是超忙的。

在莉哥众多病号中，最不想瞧见的就是郭聪明。

郭聪明第一次见莉哥是因为骨折。

只要是来瞧病的，生性纯良的莉哥都会秉着为人民服务的态度，对每位病人都特别友善。

莉哥问郭聪明：“怎么骨折的？”

郭聪明十分配合："骨折前，觉得鞋子里有沙子，就扶在就近的电线杆上抖鞋，抖啊抖、抖啊抖，有个人可能以为我触电了，不分青红皂白就给了我两棒子。"

莉哥不信，无意识地撩了下头发，要求郭聪明好好说话。

郭聪明以为是在撩他。

郭聪明就老实交代了。实际上腿骨折是因为下电梯的时候玩手机，没站稳，摔的，郭聪明爱面子，就编了个假话。

莉哥这回信了，笑得特别灿烂，一下子就把郭聪明的痛苦融化了，于是郭聪明又开始编了。

心想在这样的女孩儿面前，一定要抓紧时间表现出自己的实力。

莉哥摸了摸郭聪明的腿骨，在处方上写了几个字，道："你这是小问题，不会有大碍，骨折了，方便上夹板吗？"

郭聪明故作紧张地问："要是上夹板的话，会影响我开奔驰吗？"

"影响不大，就是吹牛逼的时候，夹板会散架。"莉哥打发郭聪明到别的科室后，心里发出一阵仰天长呵。

没过几天，郭聪明又来了，还是挂的莉哥的号。

郭聪明上来的第一句话就是："我能不能请你吃个饭？"

正在写医嘱的莉哥，抬头一看，这人有点面熟，记不起叫什么字，她打算拒绝："我一般只请患者吃药，绝不应患者的邀去吃饭。"

"你的药我吃了，我的饭，还请务必赏脸。"郭聪明摆出一副侠客的样子邀请莉哥。

"哦？我要是不从，莫非阁下，会把我绑走吗？"莉哥属于那种倔脾气，越不愿意的事情，越不接受强迫。

莉哥没有被绑走，郭聪明却待在科室不走了，还帮着莉哥叫号，做诊前咨询，郭聪明什么都不懂，上手却很快，只要是过了一遍的案例，都能记得住，就这样，郭聪明为了请莉哥吃饭，挂了一周的号，特别的坚持。

和莉哥搭档的有个实习的小护士，自从郭聪明把小护士的饭碗抢了后，小护士天天求着莉哥跟郭聪明去吃饭，再不去吃饭，预感自己就没饭吃了。

看在小护士的饭碗上，莉哥就答应了郭聪明的饭局。郭聪明高兴坏了，他对莉哥说："想吃什么随便挑。"

此话一出，莉哥心里立即就有了个主意，决定要把郭聪明吃破产，把他的信用卡刷爆。

莉哥问："怎么去？"

郭聪明说："坐我车去。"

"你真开车了？"

"嗯，真开车了。"

莉哥看着郭聪明走向一辆奔驰车，心想这小子，还靠点谱儿，至少车没骗人。

郭聪明的确是走向奔驰车旁边的一辆电动车去了，等把电动车开出来，停在莉哥的身边时，莉哥郁闷了，更加让莉哥生气的是，电动车在高架桥上坏了，面对车来车往，莉哥的脸有点绷不住，她也是有身份的人，要是被哪个开车的朋友看见了，以后自己就很难在朋友圈混下去。

等郭聪明把车修好，让莉哥上车，莉哥死活不上，郭聪明就把车开走了，只留下莉哥一个人在高架桥上喝风。面对尘土飞扬和尾气排放，还有高温炎热的天气，莉哥的三观崩塌了，长这么大还没有一个人敢这样对待莉哥。

莉哥觉得郭聪明不地道，请客不是这样请的，完全不按套路出牌，在打不到车的情况下，莉哥突然又有点怀念郭聪明的电动车，怎样也比寸步难行要好。

要是再给莉哥一次选择的机会，莉哥不会这么任性。

要是郭聪明能再回来，莉哥答应一定要对郭聪明好点。

郭聪明，你快回来，你快回来……

喊破了嗓子，莉哥也没有见到一根儿人毛，莉哥觉得郭聪明这小子肯定是跑了，她在心里预谋一件事，一件大事，那就是郭聪明下次来瞧病，不要落在自己手里，不然会把郭聪明的腿打成真的骨折。

说到骨折，郭聪明骑着那个破电动车，伴随着二哈的喘气声，又开到了莉哥的身边。

还没等莉哥发火，郭聪明先说话了："我以为把车开出去了就可以掉头，刚准备掉头，就被交警抓住了，说我逆行，是不对的，于是交警看着我绕过大半个城，重新上了高架。"

在车上，莉哥没有说一句话，郭聪明通过后视镜看见莉哥的表情像暴雨来临前的乌云密布。

车开到匝道的时候，又碰到那个交警了。

"接到你媳妇儿了？下回记住，千万不要掉头。"

郭聪明悻悻称是。

在饭桌上，莉哥很生气，后果很严重。

莉哥问："谁是你媳妇儿？"

郭聪明说自己记忆力差。

莉哥让郭聪明把话说清楚。

郭聪明说自己记忆力越来越差。

记忆力差也行，莉哥非让郭聪明证明。那么郭聪明就开始证明了。

"第一，我记忆力越来越差；第二，数数会经常数错；第四，记忆力越来越差……"

莉哥对郭聪明翻了无数个白眼，点了个鸳鸯火锅，十盘澳洲牛肉，十盘澳洲羊肉，十盘土肥牛肉，十盘土肥羊肉，五盘鸭肠子，五盘毛肚，牛鞭五个，肝蹄筋五个，扇贝二十个，大龙虾三锅，素菜不计其数，还开了一瓶五百多的干红。

郭聪明看见莉哥点的这些，有点瞠目结舌，他认为一个女的，一个女汉子是吃不完这些的，如果吃不完，肯定浪费了，毕竟莉哥点的这些是郭聪明小半个月的口粮了。

“我丑话说到前面。”郭聪明发声了。

“你丑你先说。”

“我觉得一个人的食量是先天的，后天培养固然重要，但也是有极限的。”郭聪明差点被莉哥把天聊死，堵着说不出话来。

“先天我不管，后天我放假。”

“那你觉得男女之间有纯友谊吗？”面对今天的话题，郭聪明差点束手无策，完全偏离了预期的控制，越偏越远。

“有，越丑越纯。”

干红喝了一半的莉哥问还未动筷子的郭聪明：“还有问题吗？”

“没有了，吃饭。”

“这多么好吃的，你不吃吗？”

“我已经饱了，谢谢！”郭聪明觉得自己是在自取其辱，和莉哥的几轮交锋中，完全处于下风，他在怀疑今天出门是否带了脑子。

恰好又有个不懂事的服务员过来问：“先生，我们店里的猪脑子，十分具有特色，一般客人来了都会点，可以了解一下。”

莉哥笑得全身抽筋，又煽风点火：“来一份，不，来两份，那位先生需要补脑。”

郭聪明整张脸，绿透了。

这一顿饭郭聪明吃得一点都不愉快，莉哥总算刷到了存在感，面对好吃的，之前的不愉快通通忘掉了，她决定和郭聪明握手言和。

在吃饭的过程中，莉哥发现，郭聪明其实也不是那种不着调、不靠谱的人，他会给莉哥打调料，剥龙虾，烫各种好吃的肉，大概是第一次陪女生吃饭，把整个场面弄得有些杂乱无章的样子，锅碗勺筷，叮当作响，手忙脚乱的郭聪明说得最多的一句话是：“慢点吃，烫，没人和你抢。”

莉哥很感动。唯一让莉哥过意不去的是，点的那些菜，没有吃完，花了郭聪明一千多。

事实证明，要敢于为喜欢的人花钱，花很多很多的钱，才会有女朋友。

郭聪明把莉哥追到手了，追到手不是到手了，莉哥对郭聪明说：“想得到老娘，没那么容易。”

郭聪明不信，他明明看见莉哥动心了。

郭聪明喜欢去莉哥单位探班，有次莉哥忙到晕头转向，已经是晚上八九点，饭都忘了吃，工作结束的时候，她都没有发现郭聪明是什么时候来的，莉哥准备收拾东西去吃饭，郭聪明对莉哥说：“今天我请你吃汉堡。”

莉哥把东西放下，看见郭聪明鼓捣汉堡，又是双层鸡柳，又是双层培根，又是双层生菜，汉堡做好了，递给莉哥，莉哥表示疑惑。

“你怎么知道我爱吃肉？”

郭聪明说：“上次我们一起去吃火锅，你只把肉吃光了，素菜一点没动，我就判断，你只挑肉吃。”

莉哥咬下去，吃得津津有味，再狠狠咬一口，觉得这辈子都没有吃过这么扎实的肉食汉堡。郭聪明知道莉哥食量大，又给莉哥做了一个超大型的肉食汉堡，做好了汉堡，郭聪明又到饮水机旁把莉哥的杯子接满了水，莉哥一边吃，一边对郭聪明说：“改天有空吗？不然，我请你吃饭吧？”

“不用改天，我今晚就有空。”

“今晚，是不行了，周末，就定周末。”

“你请我吃饭，你该不会是喜欢上我了吧？”郭聪明抖了一个机灵。

“是啊！”莉哥这次特别豪爽。

“你不是说，你是我一辈子都得不到的女人吗？”

“你现在不是得到了吗？”

“这话没毛病，漂亮。”郭聪明像一只蜜蜂终于采到了莉哥的蜜那般喜悦。

郭聪明觉得这是一个值得纪念的时刻，它的重要性，足以和文艺复兴、攻占巴士底狱、萨拉热窝事件相提并论。

那天，莉哥吃得很撑，回家的路上，郭聪明推着电动车，开着车灯，径直把莉哥送到了家门口。两个人在路上聊了很多。郭聪明知道了莉哥安静的外表下有一颗躁动的心，自费出过书，自费办过摇滚乐队，要不是经济基础撑不住上层建筑，她也不会老老实实来当医生。

说白了，缺钱。

缺钱最严重的时候，把满屋子的书全贱卖了，卖了大概五百多块钱，那是半个月的生活费，乐队里的二手乐器，转让给了一个朋友，没值几个钱，也就一千多。莉哥感叹，那些引以为傲的，到最后都变得一文不值，这就是现实。

要真有一天，有钱了，她一定会拾起曾经丢掉过的梦想，哪怕只是为了重温年轻时候的经典。

说起钱，很久以前，莉哥也存了不少钱。莉哥生在一个重男轻女的家庭，这么多年，莉哥一直憋一口气向家里证明，女儿也是可以很能干的。

于是，莉哥就拼命挣钱、攒钱，拼命证明自己的能干。

没过多久，机会来了，家里来电话说，要换个大一点的房子，换房加装修再加结婚少不了三十万。莉哥说自己有十五万，家里人说正好，毫不犹疑全都打过去了，房产证写的是哥哥的名字，莉哥也毫不介意，心想都是一家人，不必计较得那么细。

让莉哥有点扬眉吐气的是，以后回家应该可以不用看脸色了，毕竟莉哥出了大头的钱，家里人多少会看在钱的面子上，对莉哥好点。莉哥很期待家里的装修，家里宽了就可以练瑜伽，家里亮点心情就会格外顺畅，家里卧室多了就再也不用睡沙发了。

带着满心欢喜，终于熬到了春节，看到了新家，和莉哥想的一模一样，家里很宽、很亮，三室一厅，一厨一卫，客厅超大，沙发超软。再看看卧室，主卧是哥哥嫂子的，次卧是老人的，小卧室是寄读在家里的侄女的。

所以，莉哥还是睡沙发。

最让莉哥伤心的是，她爸说："反正常年不在家里住，隔不了几年也要嫁人，要什么卧室，浪费空间。"

一家人整整齐齐把春晚看完后，躺在沙发上的莉哥觉得有点冷。卧室不是莉哥的，沙发不是莉哥的，被子不是莉哥的，鞋柜不是莉哥的，就连碗筷都不是莉哥的。

莉哥觉得不值，一心为了这个家，这个家却把莉哥拒之门外，把她当外人。

这个世界太坏了，坏到不给人一点容身之地。

自那以后，莉哥每年春节都不回家了，借故单位加班忙，走不开。其实哪里是忙，要不是找不到回去的理由，谁会过年待在一座空城，吃饭吃不到，买菜买不到，天天喝粥下咸菜，肠子都差点脱油了。

那个晚上，在莉哥的楼下，伴随着蝉鸣，莉哥对郭聪明说了很多，还邀请郭聪明上去坐坐。

郭聪明肯定不会放过这个机会。

莉哥的房子是租的，装扮得很好，宽敞、明亮、整洁。莉哥的房间不见一本书，除了当年自费出版的那本叫《拼尽全力，活出更好的自己》到现在还在角落里，码了半人高，没有半点灰迹。

从卧室到客厅，张贴的不是摇滚乐队就是摇滚歌手的照片。

郭聪明那晚也是睡的沙发，不过一夜没睡着。

就给莉哥发消息："你失眠的时候在想什么啊？"

莉哥隔了会儿才回："想睡觉啊！"

又隔了会儿，莉哥给郭聪明发消息："你失眠的时候在想什么啊？"

郭聪明立马回了过去："在想你。"

莉哥就再也没有回郭聪明了。

第二天，郭聪明早早就起床了，给莉哥做好了早餐，然后叫莉哥起床。

莉哥很懒，一般人叫不醒，她说能叫醒的都不是一般人。

郭聪明对莉哥说："这几天有事，要外出几天，不要太想我。"

莉哥问："有什么事，能说吗？"

郭聪明没有告诉莉哥，而是说："等我回来了，你就知道了。"

莉哥也就没有再问郭聪明了。

走之前，莉哥亲了下郭聪明，郭聪明回亲了下莉哥的额头。

郭聪明这一走，就是一个星期，莉哥给他发了好多消息，都没回，打电话对方不是关机，就是不在服务区。莉哥的心里很忐忑，上班无精打采，好几次都把病人的名字写错了，还好有细心的实习护士提醒，不然就酿成了医疗事故。

下班了莉哥也不知道该去哪儿，郭聪明在的时候，老喜欢带她去一些文艺氛围浓重的地方，演唱会、歌剧、电影、画展，郭聪明在的时候，莉哥老觉得他讨厌，总在眼前一晃一晃的，很烦，郭聪明不在身边了，心里总感觉空落落的，在的时候不觉他的存在，不在了便加重了心里的失落感。

莉哥病了，还是那种不轻的相思病。

在一个雷雨交加的深夜，躺在床上的莉哥隐约听见门外有人在敲门，透过猫眼，在夜色的交替模糊之下，还能断定那是郭聪明。

郭聪明全身湿透了，他怀里护着一个东西。

莉哥担心郭聪明感冒，就先让他去浴室洗澡，等到郭聪明洗好了，莉哥一下就扑到了郭聪明的怀里，久久没有松开。

“我以为你这一去就再也不会回来了。”

“我这不是回来了吗？”

“能告诉我，去做什么了吗？我想知道。”向来有骨气的莉哥，此时居然带着哭腔。

郭聪明把那护着的东西慢慢打开，那东西包裹得很严实，四四方方的，一层一层又一层。

那是购房协议。

莉哥打开房产证的那一刻，首先看到的是自己的名字。

郭聪明说：“我没有很多钱，买不起大房子，但我买一套小二居的房子还是绰绰有余，这就是我们未来的家，我们未来就在这个家过年。”

莉哥一时之间不知道说什么，但她已经相信，眼前这个男人，就是她的安全感的来源。

原来，郭聪明离开的这些天，接到了老村长打来的电话，说农村的宅基地要复垦，让他抓紧回去跑手续，过了这趟政策，就再也不会有更好的机会了，正好郭聪明家有两套宅基地，复垦完毕也能有些钱。

农村信号不稳定，那时候村村通工程还没有普及，没法接到莉哥的电话，更谈不上回莉哥的信息。郭聪明心里也急，担心莉哥吃不好、睡不好，想着抓紧时间把事办好了，就能早些回去给莉哥个惊喜。郭聪明四处走关系，才把复垦的事敲定，事一敲定，就抓紧回城托朋友把走之前预订的那套小户型现房买了下来，签了购房协议，又第一时间到了莉哥家。适逢那晚天黑路滑雨大，一路上车抛锚了好几次，比预定到莉哥家的时间晚了许多，好在安全抵达，人平安无事。

没过多久，郭聪明又给了莉哥另外一个惊喜。

在莉哥休息的那天，郭聪明把莉哥带到了一处空旷的地方，那个地方莉哥很熟悉，是她曾经办最后一场演唱会的地方，只是不知道来这个地方的意义究竟是什么。

莉哥重回故地，还是有点伤感。

当那座农居小二层里响起熟悉的摇滚乐时，莉哥再也控制不住被点燃的激情，要去寻找那个失落已久的世界。

人，还是熟悉的那几个人，乐器还是熟悉的那几件乐器。

人是郭聪明求回来的，乐器是郭聪明去莉哥朋友那儿买回来的。

当天，莉哥唱了一首李志的《黑色信箱》，这歌由女声唱来，有些不好听，但令人感动，郭聪明听流泪了，莉哥唱流泪了。

两个人的心，暖暖的。

莉哥好像敞开发挥了前所未有的疯狂，用不恰当的比喻，像一只野狗。

尽管没有一个听众，莉哥已经很满足，因为郭聪明就是她最好的听众，因为郭聪明懂她，郭聪明爱她，爱她胜过爱郭聪明自己，爱本身就是最好的听众。

大概又过了一个月，出版社来电话告诉莉哥，她的书市面需求量突然变大，要求加量刊印，自费合同可以转化为商业合同，稿费方面可以商量。

莉哥从来没有想过自己自费的书会大卖，也不相信有人会读懂自己的书，以为是个骗子，就跟对方说：“来，你出书，我给你加量刊印，付你稿费。”

说完就把电话给挂了。

莉哥还把这事跟郭聪明绘声绘色地讲了一遍，郭聪明说她傻。他说：“那出版社是托大学同学联系上的。”

他大学同学毕业后就一直运营微信公众号，现在已有十万粉丝量，郭聪明就求大学同学把莉哥的文章在上面做推广，没想到数据很好，转载量特别高，陆续把莉哥写的文章发布一些后，莉哥居然火了，随便在网上搜莉哥的文章，都是成篇成篇的转载。

碰巧那位大学同学和那家出版社的一位编辑认识，那位编辑也很有意向把自费出版转化为商业出版，就联系了莉哥，问莉哥有没有出版意向。

“啊？那不是错过了几百万的感觉？”莉哥后悔莫及。

“那可不！”郭聪明两手一摊。

“不行不行，我要回个电话过去，表示诚挚的歉意。”

郭聪明拿过莉哥的电话，告诉她：“已经和出版社解释了，对方说没事，书照常会出的，到时补个合同就好。”

“你怎么对我这么好？你说，是不是图谋不轨？”

“图你一生，不轨，我快乐。”

我快乐，并不是我真的拥有了很多快乐，而是，拥有和填补了之前想要又不曾拥有的满足感。这份满足，不是喜欢一个人就拥有，恰恰是喜欢的这个人也喜欢自己。

其实，在这个世界上，谁都能做到一些事，谁都能得到一些人，就看谁愿不愿意为某人做得更好。好多人拿发誓当放屁，也有一些人默默放屁，发誓只爱一个人，然后把一些事做好。

爱情，就是为了你，我一再破例要把更多你想做而没有做的事，做出来，给你惊喜。

这个世界本来就糟糕透了，唯独你的惊喜和你，让我够用一辈子，你就是我的一辈子。

不必说谢谢！

有几分惊喜。

就有几分自愿。

两个会撩的人，相遇了，
像两个傻子，
一起活在有趣的套路里。

我愿做你的欢喜，套路你的余生

上海给苏儿厘两种感觉。

一种是“阿拉上海伲”。

另一种是十里洋场，繁花似锦。

两种感觉相互交织的时候，苏儿厘在大柏树地铁站下的一条大马路上喝风。她的头发和假睫毛在风中凌乱地跳起了海草舞，苏儿厘索性掰下另一只断了跟儿的高跟儿鞋，光着两只大白脚丫子，艰难地走在柏油路上，像极了一只无家可归的流浪狗。

在这座被视为东方明珠的大城市里，苏儿厘是没有多少安全感的，初来乍到，还是大学同学子墨收留的，刚过一个星期，子墨就要卷铺盖走了。

子墨走前对苏儿厘说：“我来大城市已经五年了，这不是什么值得纪念的事，广告里常说，来了就是上海人，从本质上讲，来了五年的人，跟来了十年的人，和来了二十年的人，并没有什么区别，一样会挤地铁，一样会挤公交，一样会在邮件和会议中度过忙碌的一天。当然，不出意外的话，还要加个班。加班，对于我来说，稀松平常，尤其是午夜 12 点来点啤酒小龙虾，犒劳这忙碌的一天，算是惬意。这就是大上海，日子过得跟上海的土地一样紧凑。”

顿时，苏几厘前面的路黑了，后面的路也黑了，心里有一种下水道被堵住的心塞，苏几厘也要卷铺盖走人。

苏几厘，重庆妞儿，是个宇宙级不闻名的设计小白，她到上海除了追梦就是追梦。其实每一个口口声声嚷嚷着要追梦的人，都是从租房开始的。

仅仅到上海几天的苏几厘，依然对上海一无所知，主要指租房。她想到了新公司设计一部的颜卤煮，他是上海人，苏几厘请教了颜卤煮。

颜卤煮说：“我用关东煮的性命起誓，通盘观看整个上海，只有淞发路的逸兴家园合适，地段偏，租金便宜，只需要这个数。”

苏几厘问：“安全吗？”

颜卤煮像开了天眼一样说：“安全。”

苏几厘又问：“安静吗？”

颜卤煮兴奋得像踩了七彩祥云一般道：“逸兴家园的夜，就像开了飞行模式，安静得很。”

听了颜卤煮正儿八经的忽悠，苏几厘就这样搬进了颜卤煮所在的小区，苏几厘住在颜卤煮的楼下。

恰逢颜卤煮家心血来潮在装修，雇了一个不靠谱的装修队，白天，工头们的锤子、钻头上下其手，晚上，小区旁边的火车一辆接一辆呼啸而过，苏几厘是白天不能睡，晚上不能寐，好多次想提把菜刀上去把颜卤煮乱刀砍死，然后喂狗，她觉得颜卤煮就是个满嘴跑火车的骗子，尿惪她交了一年半的房租，现在连半点后悔的余地都没有。

阻止苏几厘痛下杀手的根本原因是，当初租这个房子的钱是颜卤煮垫资的，万一哪一天不爽了，就把这笔钱当作是精神补偿，看在钱的面子上，颜卤煮侥幸逃了一命。

颜卤煮肯定不知道借给苏几厘的钱，在苏几厘的砍刀下已经呈火箭般的速度贬值了，这就导致颜卤煮很多次想请苏几厘出来吃个饭，苏几厘每次都会说："今天太困了，我做个面膜就要睡觉了，要不然，下次吧！"

接着发个微笑过去，尴尬而不失礼貌，还道了声晚安。

真正的苏几厘在干吗呢？

她去超市买了点菜准备做晚饭，提着菜，哼着《Зая》路过一家叫马得利的水果店时，准备进去买点水果，刚进水果店，就碰见了颜卤煮，正往嘴里塞又粗又黄的香蕉。

苏几厘仰望着颜卤煮。

颜卤煮俯察着苏几厘。

两个人的眼神都直勾勾的，颜卤煮看苏几厘的眼神是天雷勾地火，苏几厘看颜卤煮的眼神是针尖对麦芒。

这样的局面只持续了十秒钟，破冰者是卖水果的王婶儿，她咋咋呼呼对颜卤煮说："侬都试吃了一地的水果了，到底还买不买啦？"

在颜卤煮的安利下，苏几厘买了过敏的杧果，买了很臭的榴梿，买了最贵的车厘子，颜卤煮在店里吃饱后，打了个消音嗝儿，最后什么也没有买。

临走时，王婶儿差点哭着跟苏几厘说："以后找男人，千万不要找这样抠门儿的，是真心抠，回回来试吃，回回不给钱，回回都想放狗咬他。"

苏几厘问："那干吗还让他试吃？"

王婶儿找了苏几厘的零钱，有点高深莫测道：“不存在的，谁让我想招他做女婿来着。”

苏几厘：“……”

一路上，苏几厘也很郁闷，买了最不喜欢吃的水果，遇见了最不想见的人。

苏几厘沉默了。

颜卤煮沉默着苏几厘的沉默，也沉默了。

率先打破沉默的是小区跳广场舞的一群老大妈，颜卤煮正好借此机会，凑上前想邀请苏几厘一起跳，颜卤煮也不会跳，万一苏几厘答应了，就一起群魔乱舞。

苏几厘却说：“腿骨折了，不想跳。”

颜卤煮眼睁睁地看着苏几厘从自己面前加速逃匿掉，快得跟手游加速器一样。

“腿都骨折了，你还跑这么快？我可没有黑玉断续膏。”颜卤煮一边追，一边在逆风中传音，俨然一幅好关心苏几厘的画面。

苏几厘也没有想到颜卤煮是个有文化的流氓，气不打一处来，提着蔬菜和水果一边跑，一边在顺风里回音：“我腰椎间盘突出，行了吧？”

“同样是腰椎间盘突出，为什么你的就这样突出？”颜卤煮停在了苏几厘的房门口，单手撑墙，耳鼻喘大气，观摩着苏几厘掏钥匙开门的整个过程。

苏几厘的钥匙插了很久也没有插进去，毛手毛脚就掉地上了。“要是杀人不犯罪，真想一刀儿‘笼死’颜卤煮这龟儿子。”这是苏几厘此时内心最黑暗的独白。

“你一定爱吃鱼吧？”苏几厘问。

“不喜欢。”颜卤煮说。

“不应该，我看你挺会挑刺的。”

“那你肯定爱吃铁板烧吧？”苏几厘又问。

“为什么？”颜卤煮疑惑。

“我看你挺会火上浇油的。”

还没完，苏几厘又对颜卤煮说：“我带你去工地吧？”

“不回家吗？”颜卤煮问道。

“我看你挺会抬杠的。”

是苏几厘把这事想简单了，以为反驳几句，心理上占个便宜就可以让一个直男知难而退。

没想到颜卤煮的脸上露出了弥勒佛般的微笑，还带着光环的那种。

颜卤煮收起死猪不怕开水烫的表情包，一本正经问苏几厘：“你为什么要害我？！”

换苏几厘紧张而困惑了，歪着脑袋，道：“我害你？”

颜卤煮双手放在苏几厘的肩膀上，苏几厘下意识后退了一步就被门抵上了，颜卤煮把眼神落在苏几厘的眼仁儿上，用一种特别温柔的语气，告诉苏几厘：“害我好喜欢你呀！”

那次邂逅，颜卤煮的“咸猪手”反正是上了半个月的夹板，苏几厘对他说的最后两句话是：“请管好你的嘴。”另一句是：“小心我随时抽你。”

通过那次不欢而散后，苏几厘和颜卤煮渐渐就熟络起来。苏几厘是个特别能吃苦的女孩儿，为了能在上海迅速立足，迅速搬出逸兴家园，她每天第一个到公司，半夜才打卡下班，于是另外一个隐患就出现了，女孩深夜回家，不用脑袋用脚指头想就知道不安全，颜卤煮就是那个脚指头。

反而在苏几厘看来，比起不安全的午夜，更不安全的是颜卤煮这个人。

颜卤煮作为土著上海人，没有代步车，以前出行全靠11路，现在出行仰仗共享小黄车。

那天颜卤煮是第一次送苏几厘，公司楼下恰巧只有一辆小黄车，倚靠在歪脖子树下，从电梯下来到抵达小黄车所在的现场，苏几厘对颜卤煮特别冷，冷冻点同冰川时代数据一致，苏几厘本想抢了那辆孤独的小黄车，扫码上路，扔下颜卤煮一个人，幻想中途谁能替天行道打劫了才好，令苏几厘没有想到的是，颜卤煮扛起车一边扫码一边跑，眼睁睁看见颜卤煮成为一个黑点，消失在长江西路的尽头。

苏几厘终于感受到了不安全感，终于认识到颜卤煮的重要性，与此同时，她心里骂颜卤煮不是人，不是男人，绝望中还对自己的处境进行了假设，假设出现一个色狼，在想要不要拼命喊，用左脚踢，还是用右脚踢，假设出现两个色狼，要不要先色诱一个，再拿下另一个，实在不行就妥协……越假设，苏几厘把自己的身体抱得越紧，站在一个有摄像头的路灯下不敢往前走，身体瑟瑟发抖，事实上，颜卤煮逃跑后苏几厘寸步未离。

没过一会儿，颜卤煮带着另一辆小黄车来到了苏几厘的身边，一路上颜卤煮问苏几厘："我走了，你有没有在想我？"

苏几厘也没有给颜卤煮好脸色，淡淡地说了句："滚！"

说完两个人跟狗一样在长江西路上欢畅淋漓，大喊大叫，直到骑回家。有时苏几厘到家会顺口喊颜卤煮要不要进屋坐坐，颜卤煮是真的脸皮厚，一喊即来。

颜卤煮有个特长，除了腿特长，厨艺很好，他会做苏几厘最爱吃的山药、土豆、笋、芹菜，还有大腿骨，硬生生给苏几厘惯成了爱吃夜宵的习性。

苏几厘的体重也因颜卤煮的手艺有了明显回升。颜卤煮经常问苏几厘："你最近是不是胖了？"

苏几厘对胖没有概念，两手一摊，就是不知道的意思。

颜卤煮坐下，双臂拉弓式搭在沙发两肩之上，饶有兴致地说道："那你为什么在我心里的分量越来越重了呢？”

听完来自颜卤煮不经意间的调戏，苏几厘都会毫不客气地把颜卤煮连同鞋子踹出去，并会骂一句：“老淫棍。”

颜卤煮是个会居家的人，每回在苏几厘家，不是帮苏几厘把客厅的节能灯换掉，就是把油烟机上的陈年老油刮掉，时不时还会把厕所苏几厘掉的长头发给清理干净，使老房子看起来跟翻新的一样。

苏几厘家里有好多好多设计手稿，床上有，沙发上有，地上也有，电脑旁边更是铺天盖地，苏几厘在上海没什么朋友，一个人喜欢宅在家里做设计稿，每次都是颜卤煮过来替苏几厘收拾，有几幅设计稿特别醒目，引起了颜卤煮的注意，标题是《未来的家》系列，其实，很多次在护送苏几厘回家的路上就听她说起，她说她来上海就是为了奋斗一套房子，房子里面全是自己的设计，住在这样的房子里面，才有人间烟火的气息，不过一想到上海十几万一平的房价，她对未来似乎充满了不确定。

趁苏几厘不在，颜卤煮偷偷用手机把《未来的家》系列拍了下来。苏几厘看颜卤煮这么会操持，也会不好意思，感觉自己就是雇了个小时工，看着满头大汗的颜卤煮，母爱泛滥，会问句：“想不想喝点什么？”

颜卤煮这个人真是三天不打上房揭瓦，抹了额头上的汗，秃噜一句：“我想呵护你！”

正在喝姜茶的苏几厘突然被呛得七魂六魄出窍，紧接着抄起撑衣杆就把颜卤煮架出了门儿，骂他：“老色狼。”

颜卤煮深夜送苏几厘回家，深夜给苏几厘做夜宵，再深夜被赶出去，这样的日子持续了大概一年多，不是一天，不是一个星期，不是一个月，不是一个季度，不是一年，而是天天。

颜卤煮知道苏几厘不喜欢吃胡萝卜，但她又缺维生素，所以总是逼着她吃。不知道从哪里挖掘过来的信息，颜卤煮竟然知道苏几厘宫寒，做的菜特别讲究，时不时做些核桃、大枣、花生、洋葱、番茄为主题的餐菜，色香味俱全，晚餐都会给苏几厘煮一杯姜茶，化解苏几厘体内的寒气，还逼着苏几厘戒掉了吃苦瓜和凉瓜的习惯，有时馋到不行了，苏几厘都想和颜卤煮拼命。

好几回，苏几厘在回家的路上跟颜卤煮说："你知道吗？加班有一个好处。"

颜卤煮觉得苏几厘肯定有精神病，得此病特精神。他决定还是配合下苏几厘："什么呀？"

苏几厘说："我每个月例假特别准，肯定是加班加出来的。"

颜卤煮笑而不言。

自从这个梗流传开来后，单位里好多女同事都要求加班，结果一个个全都月经紊乱，有的都便秘了。

好几次深夜回家的路上，苏几厘都会问颜卤煮："你家什么时候能装修好啊？这都一年多了，我都快要失去听觉了。"

颜卤煮就是那句话："快了，快了。"

之后两个人又聊到吃的方面去了。

苏几厘的拼，公司上下都是知道的，苏几厘凭着手里的几单大项目，一跃就成了设计二部的负责人。

过了不久，颜卤煮也成了设计一部的负责人。领导有时开完会了就会开玩笑说："你们俩是不是在谈恋爱啊？"

苏几厘为了氛围，也会开玩笑说："正在谈。"

颜卤煮这个猪头，跳出来唱反调："扯淡。"

领导笑了，走了。

苏几厘脸上完全挂不住了，说道："我配你，你还觉得委屈是吗？你凭什么拒绝我？去跟领导说清楚。”

“我和你，真不适合谈恋爱，只适合结婚。”

苏几厘用五厘米的高跟儿猛踩了下颜卤煮的脚，咬牙切齿，攥紧拳头对颜卤煮说：“你这种人，真的很欠揍。你脑子是不是进水了！”踩着高跟儿咯噔咯噔地走了。

颜卤煮追上前去悄悄在苏几厘耳边说了一句：“我脑子里的水，只有你能倒。”说完就跑得无影无踪。

欢喜冤家天生是适合在一起的。因为懂得，所以慈悲；因为相知，所以懂得。

促使苏几厘对颜卤煮心动是在一个周末的晚上，苏几厘照常去马得利水果店买水果，这次是颜卤煮陪着去的，自从颜卤煮和苏几厘成双成对后，王婶儿就再也不让颜卤煮试吃，买完水果回来路过一个广场，有一群年轻人在跳 seve 鬼步舞，苏几厘拉着颜卤煮一起跳，颜卤煮不会，提着水果就在一旁嗑瓜子儿，看苏几厘跳，跳着跳着就有一个女生上前伸手想邀请颜卤煮一起跳舞，苏几厘是亲眼看见那个蠢货，给了那个女生一把瓜子儿……

苏几厘知道，那一刻自己稀罕上了颜卤煮。

苏几厘和颜卤煮好上之后，颜卤煮家的装修也好了。没过多久，房东上门了，说是苏几厘住的这个房子要出售，限定五天内搬出去，苏几厘感觉又要流落街头了。

女人的底气很大一部分原因是来自物质上的富足，说白了手里要有钱，喜欢的话可以选择住套间，不喜欢的话可以选择住独栋，不会因为房东涨价而降低自己的生活品质。

当天晚上，颜卤煮得知苏几厘要搬家，颜卤煮对苏几厘说：“听说你治家有方，愿闻其详。”

“一生无定，遇你之所，是为家。”苏几厘说。

跟颜卤煮认识这么久，苏几厘还是第一次去他家，中间几次说着要去颜卤煮家看看，颜卤煮都顾左右而言他，岔开了，当苏几厘第一步踏进去，先是惊讶，其次是惊喜，接着是欢笑，然后是狂奔，最后是感动，像个小孩子，像只麋鹿，像头黄牛。

没错，这是颜卤煮专门按照苏几厘喜欢的风格做的装修，苏几厘终于住上了自己理想中的房子。

颜卤煮把另外一把备用钥匙交到了苏几厘手上，苏几厘抱住颜卤煮，脸上布满老泪。

刚住进没多久，楼下原来苏几厘住的那间房，又雇了个装修队，每天早上六点，工人们拿起钻头和锤子，又开始了一天繁忙的钻探和敲击，自从装修队来了后，苏几厘感觉颜卤煮没有以前那么爱自己了，陪伴越来越少，中间有几次还和颜卤煮发了脾气，颜卤煮也都全部笑纳，最严重的是苏几厘生日这天闹离家出走，走到一半，颜卤煮竟然没有追上来，心里又生气，又难过，心想不过是说了个气话，颜卤煮竟然还不来追自己。

苏几厘心里快要失望到绝望的时候，颜卤煮出现在了她身边，像道瘦瘦的闪电。颜卤煮往苏几厘手里放了另一把钥匙，一直牵着苏几厘的手，往前走。

那把钥匙居然能打开那道门，苏几厘做梦都没有想到还能回到原来住的这间房，也就是颜卤煮的楼下。

里面的装修，也和苏几厘理想中的一模一样，和设计手稿分毫不差，上下楼层也被打通了，擦了好几次眼睛，苏几厘以为自己是瞎了。

原来，苏几厘设计手稿上有两部分，上面是用欧式古典风格，下面是用美式乡村风格，中间需要复式相通。

当初颜卤煮为了实现苏几厘的梦想，也花了很大的力气，一边四处筹钱，一边瞒着苏几厘，为了尽快完工，自己也投入到施工队伍中，终于赶上了苏几厘生日的这天。

苏几厘再次抱住颜卤煮的时候，发现颜卤煮头上已经有白头发了，而且还不止一根儿。

在那一瞬间，苏几厘觉得自己任性了，觉得自己很不懂事。

颜卤煮是巨蟹座，特别顾家，为了成全苏几厘的梦想，他满足了苏几厘几乎所有的贪婪。

不贪财，不贪色，只贪对方一辈子。

也就是在苏几厘生日那天，颜卤煮对她说了句掏心掏肺的话，特别动人，他说："套路是我学的，撩你是真心的，我也不会撩，因为爱不是撩。"

苏几厘问颜卤煮："那你错了吗？"

颜卤煮一脸严肃地说："你这是什么话？难道我没错，你的余生就不能撩了吗？"

苏几厘告诉颜卤煮，她也撩过他。颜卤煮问哪一次，苏几厘说就是跳舞的那次，撩到了真心。

颜卤煮说："我知道。"

两个会撩的人，相遇了，像两个傻子，一起活在有趣的套路里。

然而爱情本身就是个套路，要么男的出手，套路女的真爱，要么女的出手，套路男的真心，不然都会孤独终老。

女的又不傻，怎会看不出男的是在套路，男的又不是呆子，又不是不懂世间套路，因为有点意思，彼此心照不宣，又因为满心欢喜，彼此都在享受这种套路带给自己的乐趣。

我愿做你的欢喜，套路你的余生，逗你开心，逗你到老。

从此低头看鱼，抬头看云，都不如你好看。

这个世界怎么会有“我想见你”
这种人间疾苦?

世间哪有巧合，不过是天生一对

恋爱，通常是在“舌头疼”那一刻就完成了，两个人的盖章确认，而伟大的爱情，则是在“压住我头发了”之后完成的。

闻多多是个沉默男，不喜和人说话，同事们都觉得他性格孤僻，也都不喜欢和闻多多说话，主要是嫌弃闻多多人丑，话少，疑似爱装“金”。丑也不算太丑，就是脸上有些痘痘痕，形状古怪，像月球表面的坑。

与闻多多一样沉默的人，是同他一间办公室的尼采采，这个女孩儿也挺普通的，脸普通，声线普通，身材普通，穿着普通，也不爱与人说话，没有交好的同事，也没有追求的对象。

每当午间休息的时候，同事们都出去逛街吃饭，这两个人都是自己带饭，各自躲在一个没人的小角落，一边看动漫，一边吃饭，各自享受空气中的沉默。

两个人距离很近，但两个人从没有说过一句话。

有点你不动、我不动的意思。这句话既准确又不准确。不准确的是，两个人之前一点关系都没有，准确的是，两个人之后就有了关系。

是什么时候心动的呢？

是闻多多先心动的。

是因为什么心动的呢？

尼采采每天提前半个小时到单位，烧好开水，拖好地，给窗台上的绿植挪位、浇水、修枝，这些事做完，那些睡眼惺忪、呵欠连天提着豆浆油条的同事也就陆续到位了，其中就包括闻多多。

按照惯例，闻多多到单位第一件事就是给绿植松土和浇水，看着那些湿漉漉的、形状姣好的绿植，闻多多心生奇怪，谁会这么好心？这些绿植在闻多多心中的地位很高，相当于女朋友，这些绿植陪伴了闻多多很久，其中有的死去，也有的被救活，还有的被新的代替，但自从被别人打理后，这些绿植好像发了春一样，生机勃勃。

按之前的想法，闻多多本打算养一只乌龟，他怕养好了，送不走乌龟，反被乌龟送走，就养了几盆绿植，植物就跟人物一样，都讲究个灵气，人有人语，物就有物语。闻多多每天都跟它们说话，有高兴的，有失落的，也有自言自语的，日子久了，陪伴就成了习惯。

它们从来不说话，但它们似乎比谁都更懂闻多多。

究竟是谁？这个问题令闻多多百思不得其解，不论如何，一定要解了这个烧脑的疑惑。

第一天，闻多多提前五分钟到单位，没有找到那个人，只见尼采采在自己的位子上埋头整理资料，一边咬着油条一边喝着豆浆的闻多多，脑子里飞快地在想一件事，油条是干着好吃，还是蘸豆浆好吃，想好这个问题后，油条豆浆都没了。

第二天，闻多多提前十分钟到单位，依旧没有找到那个人，他还是看见了尼采采，但是尼采采没有碰绿植，而是在烧水，心思缜密的闻多多依旧在思考一件事，优乐美要不要就着尼采采烧开的水冲着喝？冲了的话，有点不好意思，最后还是不好意思地冲了，因为千层饼吃得齁得慌。

第三天，闻多多提前了半个小时到单位，这次顶着黑眼圈的他有个重大发现，他躲在门外不敢进去，亲眼看见了全过程，尼采采先照顾闻多多的绿植，接着拖地，然后烧水，最后整理资料。整个过程中，闻多多发现了一件事，尼采采和闻多多一样，也把绿植当作倾诉的对象，有高兴的，有失落的，也有自言自语的。

她说："大米先生家的小米粥很好喝，我一口气喝了五碗，喝到第二碗的时候嘴被烫了个泡，当我喝到第五碗的时候，泡就没有感觉了，因为嘴里全是泡，不过粥好好喝，下次我还要去。"

她又说："总监昨晚发短信批评了我，说我连订机票这种小事都做不好，说我笨，骂我蠢，被批评完后，我还去网上做了智力测试题，结果显示在120以上，我觉得自己好聪明。"

她还说："这个月胖了，好多衣服都穿不了，这个月又要给家里寄钱，房东也在催房租，我要努力工作了，天天向上……"

因为尼采采的有趣和爱心，闻多多开始留意起尼采采。

从这以后，闻多多每天都会提前半个小时到单位，享受和尼采采这种适当距离中的温暖，之前这种温暖是绿植带给闻多多的，现在绿植温暖了尼采采，尼采采温暖了闻多多。

在这段短暂的陪伴中，尼采采虽然有很多怪癖，但她一点也不普通。

闻多多发现，尼采采喝白水时会加泡腾片，摇晃杯子三下再喝下，一边喝一边挠自己的鸡窝头，喝完，头就不鸡窝了。尼采采喜欢穿白鞋，不过鞋带经常系成死结，走起路来特别像个大白兔。尼采采和别的女孩儿一样，也会困，她就经常掐自己的耳朵，左一下，右一下，不灵了，就掐自己的大腿，“呲呲”声不绝于耳。

闻多多很开心，别人没有发现这个秘密，这个秘密除了天知地知，就是闻多多知。

闻多多从最开始的留意，过渡到了留心。

真正让闻多多有一种“心之所在，念之所住”的感觉，是在某天的午饭时间。两个人都习惯自己带饭，一般用餐时，大家都喜欢安静，所以人们就创造了“雅间”，碰巧那天有两个同事也带饭了，抢先占据了闻多多和尼采采曾经各自的空间，尼采采的“雅间”和闻多多的“雅间”没了。

尼采采想到了一个地方。

闻多多也想到了一个地方。

两个人不约而同地在楼道里碰上了，两个人的眼神只碰了 0.001 秒，尼采采没和闻多多说一句话，闻多多也没有和尼采采说一句话，但闻多多的心跳莫名地加速，小鹿乱撞。

尼采采在仓皇而逃的过程中，怀里的保温桶掉了，里面的粥和咸菜撒了一地，尼采采不知所措，想找地缝钻进去，尼采采用惊慌的眼神环顾四周，钢筋水泥，油漆地，连土行孙看了也想哭。

所以，尼采采默不作声地就哭了。

这一哭，把闻多多吓得六神无主，由于自己的不善言辞，他怕被别人误会，说自己在楼道里欺负一个女孩子，他更怕招来不分青红皂白的一顿暴打，把自己的脸再打成一个猪头，自己成为猪头不要紧，就怕今后连猪都不认识。

闻多多赶紧把自己的饭递到了尼采采手里，转身就逃离了案发现场，只留下余惊未消的尼采采。

不多一会儿，满头大汗的闻多多拿了杆拖把、一柄扫帚和垃圾铲再次出现在尼采采面前，这次换尼采采吓坏了，像个惊弓之鸟，以为闻多多要对她动手，下意识地自我保护，尼采采手里的饭也掉了，松仁玉米、小炒黄牛肉、花生汤，遍地开花，菜香四溢。

尼采采推开闻多多就跑回了办公室。

闻多多一个人把楼道来来回回打扫个遍，老腰酸痛不已，心里是满满的欢喜，既觉得尼采采是近处的灯火，也是遥远的星河，近了显远，远了显近。

那天过后，闻多多决定要去守护尼采采，他把自己的绿植全部悄悄送给了尼采采，尼采采的桌上像是开了花店，同事来来去去都会忍不住摸一下、揪一下，心疼死了尼采采，闻多多就给尼采采买了几个仙人球放在绿植中间，后面就再也没有人去动尼采采的绿植了，闻多多像打了胜仗的将军一样，江山是他打的，美人也是他救下的。

闻多多每天都会带两份饭，一份普通饭菜，一份营养荤菜，营养荤菜是专门给尼采采的，尼采采很瘦，有几次加班加着加着就突然晕倒了，医生反馈说是营养不良，闻多多就摸准了尼采采的饮食规律，尼采采喜欢吃烧鸡饭、梅菜扣肉、蟹黄粉丝煲、回锅肉、红烧鱼……闻多多给尼采采准备了赤橙黄绿青蓝紫七个饭盒，一天一送，一天一收，两个人像是说好了似的，饭盒总在绿植的中间放着。

一定是有特别的缘分，两个人加班回家乘坐的地铁是在同一条线，闻多多在车门的不远处一直偷偷看着尼采采，尼采采手里提着保温桶，一眼没有看过闻多多，两个人下车也是在最后一站，不过闻多多是看着尼采采出站后，再乘坐反方向的地铁到终点站回家，这样的情况持续了很久，不是一两天，不是一两个月，更不是一两个季度，而是天天，不论昼长夜短和昼短夜长。

闻多多的心，像澎湖的浪打浪，一浪比一浪高，因为尼采采而变得澎湃，积极性很高，整个人变得很自信，既能自嘲，也能自嗨，他对生活的理解源于他对尼采采的喜欢，喜欢得越深，便越热爱这翻来覆去被吊起打的生活。

那种暗恋的滋味，就像在闻多多的天灵盖上盖了个戳，既光荣，又独一无二，想幸福地大叫，又害怕别人知道。

没过多久，闻多多桌上也多了赤橙黄绿青蓝紫七条鱼，每天上班像个渔夫。他一直想不明白鱼是谁送的，问遍了周围所有的同事，同事们均吃了摇头丸一样不停摇头。那么会不会是尼采采送的？一定是尼采采送的。

闻多多下这样的结论是有根据的。

彩色鱼儿 = 七个彩色饭盒。

鱼儿 = 饭盒？

会不会是尼采采暗示自己下次给她做红烧鱼？一定是这样，闻多多在心里这样推敲盘算着。

很快，闻多多要被自己蠢哭了，他觉得尼采采不是这个意思，那她会是什么意思？闻多多决定先把这几条鱼养着，养大了再给尼采采做红烧鱼，一定是这个意思。

不管是什么意思，只要是尼采采送的，都是闻多多超爱的，只要是尼采采超爱的，都是闻多多要去维护的，所谓爱屋及乌也不过如此。

闻多多的一厢情愿被天降的雷神锤醒了。

照旧是早晨，闻多多依旧在门外，尼采采对着闻多多送的绿植说：“我喜欢上了一个男孩儿。”

“我不知道那个男孩儿会不会喜欢我。”

“我要是向他表白，他会答应吗？”

“我挺普通的。”

“你知道那种喜欢而不能直言的喜欢吗？”

“我就是那种。”

“万一被拒绝，好尴尬的。”

闻多多以为尼采采说的是自己，心里像遍地的小鞭炮那般，炸开了花。

不停接尼采采的对话，一个劲儿地往杆子上爬。

“我一直都喜欢你。”

“快来向我表白吧！”

“你一点都不普通。”

“你说的那种，我也是那种。”

“好尴尬，有多尴尬？我拒绝不了你。”

自从尼采采对绿植说了很多后，闻多多就再也没有在地铁站遇到尼采采了，尼采采也没有提前半个小时来打理那些绿植，闻多多看着桌上那几条鱼有些惆怅，什么红烧的、清蒸的、水煮的，已经提不起闻多多任何兴趣。

上班不在状态，喝脉动都不管用，整个人又恢复到了从前。有天下了个早班，闻多多决定跟踪尼采采，尼采采到了一家蛋糕店，后来闻多多经常在那家蛋糕店晃荡，尼采采在那里跟一个叫冷吃兔的男孩儿学做蛋糕，冷吃兔是那家蛋糕店的老板，长得有点小帅，素颜都甩开闻多多二十条街。

在冷吃兔的指导下，尼采采笑得很甜蜜，两个人有说有笑，这时在蛋糕店马路对面的那个电线杆子下，突然有个声音对闻多多说：“惊不惊喜？刺不刺激？意不意外？”

那一刻，无声胜有声，眼见胜耳听，万籁俱寂。

懂了，像陈年老锁，突然“崩儿”的一声，锁死了。

闻多多很难过，但闻多多没有哭。

他觉得尼采采和冷吃兔挺般配的，尼采采找到了自己的幸福，闻多多抬头看看天，蓝蓝的天空，有腾格尔的微笑，又用脚测量了地，地上都是艾青的深沉。

闻多多的心要死了，就像鱼消失在水中，转眼又浮在了水面，接受太阳的曝照，成了咸鱼干。

尼采采送给闻多多的七条鱼也死翘翘了。

本想简单挖个坑把那七条鱼埋掉，再给它们立个碑，闻多多左思右想觉得不妥，那是尼采采送的，虽然尼采采心有所属，喜欢而不得，起码那是曾经喜欢过的人，失去了也要失去得有仪式感，于是闻多多又把那七条鱼挖了出来，让它们接受火葬，没想到在接受火葬的过程中，鱼越烤越香，烤出了万州烤鱼的味道，只差一点孜然和啤酒就可以饱餐一顿。

闻多多没有舍得动它们，眼睁睁看着它们化为灰烬，到西天极乐，这才是它们应有的归宿。

如今，闻多多一无所有了，他对生活的理解就像做阅读理解和完形填空，蒙对一道是一道，走一步是一步，放眼过去，四大皆空。

不再给尼采采送饭了。

不再陪尼采采坐地铁。

不再早早就到单位了。

闻多多不是不想，是不想因为自己的多此一举让尼采采为难，有人替闻多多守护了，尼采采就不需要别人的守护了。

直到闻多多 28 岁生日的到来。

要是没人记住这个特殊的日子，连闻多多本人都会忘记。他还做了个梦，梦里有个小屁孩儿拿弓箭射他，加上心里莫名的烦躁，闻多多有点看不惯他，一把薅过来就是 pia pia pia 三个嘴巴子，打完之后，心里爽多了。

爽完后，闻多多就开始后悔了，因为在梦里，那个小孩儿告诉闻多多他叫丘比特，闻多多不信，还跟丘比特抬杠，说自己是月老，丘比特觉得这个二皮脸没救了，认命了，对闻多多说的最后一句话是：“别打脸。”

闻多多当天去上班也不顺，不是忘了带地铁卡，就是手机没电了，还有就是上厕所上一半了才发现没！有！纸！

摸摸兜里那几个钢镚儿，还是早上乘地铁换下的，此时嗡嗡作响。

惹了丘比特，不仅爱情不顺，生活也不顺，迷迷糊糊上了一天班后，闻多多拖拖拉拉收拾完桌上杂乱无章的东西，精神明显有些涣散，进了电梯，门快关上的那一刹那，尼采采出现了。

电梯里只有两个人，尼采采站在闻多多的前面，闻多多有些紧张，尼采采也有些紧张。

电梯快要到 1 楼了，尼采采突然转身对闻多多说：“可以跟我去一个地方吗？”

闻多多还没有搞清楚状况，就被尼采采拖着跑。

这个地方闻多多知道，这辈子都不会忘记，就是冷吃兔的蛋糕店，闻多多不知道的是尼采采为什么要带他来这个地方。

闻多多想了无数种假设。

假设一：尼采采会不会要介绍她的男朋友给他认识？

“我不能表现出喜欢过尼采采，不能，一定不能。”

假设二：尼采采会不会给自己介绍女朋友认识？

“不会有这样的好事，不会，一定不会。”

假设三：尼采采是不是要让自己替冷吃兔消费蛋糕？

“那不是又要吃成个大胖子了。”

假设四：冷吃兔的店是不是黄了，尼采采出面让自己接手？

“为了尼采采，只能卖房子了。”

闻多多还在演算更多假设时，眼前一黑，伸手不见五指，有一道光亮由远到近，有一个声音熟悉得不能再熟悉。

“Happy birthday to you...”

这是尼采采为闻多多准备的生日歌和生日蛋糕，闻多多心想，是谁今天过生日？

生日蛋糕上，还有一行字：闻多多，我喜欢你。

尼采采说：“闻多多，我和你可以谈一下吗？”

闻多多丈二和尚摸不着头脑，道：“谈什么？”

“恋爱。”

说完，店里的灯就亮了。

那天是尼采采鼓起勇气表白的，她从人事部的档案里知道了闻多多的生日，为了筹备这一天，尼采采决定给闻多多惊喜，就去冷吃兔的店里学做蛋糕，尼采采手脚笨，重复了很多次，失败了很多次，过程很艰辛，却一直很用心，尼采采每天下班都会准时去培训，然后赶最后一班地铁回家，只为了快点把技术学到手，让闻多多生日的时候吃到自己亲手做的蛋糕。

尼采采是因为什么喜欢上闻多多的？

原来，尼采采是离异家庭，没有朋友，没有亲戚，从小到大生活得很孤独，她也想像别的孩子那样拥有很多很多玩伴，有很多很多亲戚给压岁钱。但是没有，都没有。

直到尼采采遇见了闻多多，一样喜欢沉默，话少，一样喜欢带饭，在安静的地方和自己独处。

尼采采照顾闻多多的绿植，是因为尼采采觉得闻多多很有爱心，她也愿意替闻多多分担，没想到闻多多就把那些绿植送给了自己，还送了仙人球，仙人球扎手，绿植反而长得更好，尼采采开始喜欢闻多多的细心，有一种被偏爱的有恃无恐。

之后就是七个颜色、七种菜系的便当，尼采采知道是闻多多送的，每次吃完，尼采采都会假装去上洗手间，腾出空，眼睁睁让闻多多把便当盒拿走，她觉得闻多多对自己很有耐心。

尼采采决定每天下晚班后，都要陪闻多多去乘地铁。在地铁上尼采采很紧张，保温桶都捏出汗了，距离有些近，尼采采根本没有办法让自己平静下来。到了终点站，尼采采假装下地铁，再进站乘地铁换乘另一条线路回家。尼采采这样做觉得值得，一想到未来可期，吹过脸上的热风，都是幸福的亚热带。

在冷吃兔店里学做蛋糕的那段日子，闻多多不再给自己送饭了，不再乘坐那条地铁了，也不再早早出现了……

尼采采满脑子都是闻多多。

有些难过，有些高兴不起来，说不出的五味杂陈。

这个世界怎么会有“我想见你”这种人间疾苦，中意一个人太久，都有错觉了，都以为对方是自己的了。

不知是丘比特待尼采采不薄，还是月老待闻多多宅心仁厚，尼采采对闻多多很执着，执着和偏执只有一字之差，不是偏执，偏执的人是不会有人记得生日的。

事情就是这样。

“尼采采，我也喜欢你。”闻多多对尼采采的喜欢，像一座活火山一样喷薄而出，特别有张力，那一刻，尼采采无法呼吸，闻多多也无法呼吸。

尼采采说：“咬住我的舌头了。”

尼采采还说：“我还是黄花大闺女。”

闻多多说：“我还是木耳大小子。”

旁边的冷吃兔终于看不下去了，咳了很多声，差点都咳成肺炎了。

你喜欢我，我喜欢你，相互喜欢，可以说是这个世界上最幸福的事情了。幸福的事情降临时，不幸的事情也会应运而生。

不幸的是，两个人谈恋爱的事情被单位知道了，单位要求两个人之中的一个离开单位。

对于尼采采来说，这是一个十分艰难的抉择，她很需要这份工作，家里需要钱，但她更喜欢闻多多，那是她一辈子想要的港湾。

对于闻多多来说，在哪里工作都没关系，一起工作只是为了靠尼采采更近些，多在一起一秒钟，就赚了世界一个世纪。

于是，尼采采辞职了。她觉得，闻多多比自己更有前途，不能因为谈情说爱束缚闻多多，工作而已，在哪里都能找。经过垂死挣扎后，尼采采决定好了。

然后，闻多多也辞职了。他觉得，尼采采需要这份工作，每天那么拼命，就想证明自己在这座城市的价值，说白了，尼采采很需要钱，闻多多直接给，尼采采又不会要，闻多多唯一能做的就是让尼采采继续工作。

于是，两个人都没有了工作，不久后两个人又都有了工作，闻多多出资金，出技术，出勤劳，开了一家外卖店取名叫面禾饭，一天 24 小时营业，尼采采是做后勤出身的，专门管理，店的服务宗旨也很有指向性，专门为 CBD 白领递送高级套餐，生意很好，很多回头客，开始是老同事传帮带，后来是远近闻名。

事业步入正轨了，两个人也到了谈婚论嫁的地步，从恋爱到结婚，两个人用了两年的时间，而暗恋到恋爱两个人却用了三年，每次尼采采都嫌闻多多枕头垫低了，把她的头发压住了，还说要为他生一堆的猴子。

罐头在1810年被发明出来,而启开罐头的利器在1858年才被发明出来。终将属于自己的东西，会迟到，但不会缺席。

爱情也是这样，谈恋爱的人多了，很多人很少有耐心，往往时间给有情人最大的宽容是在对的时间让你遇见对的人，然后对上加对；往往时间给浪子最大的惩罚是在错的时间遇见了错的人，然后错上加错。

人一生最幸运的有两件事：

一件是很久很久以前，我遇见了你。

一件是很久很久之后，我才遇见你。

人一生最遗憾的也有两件事：

一件是时间将我和你变得油尽灯枯。

一件是时间将我和你斗得相爱相杀。

有了恋爱，好好谈，谈了恋爱，要好好的。

认定是你，
冷门是你，
热门也是你。

你来了，就是唯一

大学毕业了，邹旦还是单身。

在拍毕业照的时候，寝室室友们给邹旦拉了一条横幅“恭祝邹旦同学大学四年一直单身”。

邹旦的颜值、学历、人品都不低。通常一句话说，始于颜值，陷入才华，忠于人品。

颜值，酷似古天乐。

学历，985。

人品，刘备方向。

美中不足的是，邹旦的专业是考古，用邹旦自己的话说：“平时见过最多的异性就是女干尸了。”

又应了那句话，上帝为你关上一扇门，是为了打开旁边那扇窗。

邹旦以优秀毕业生的身份去了国家级考古研究所接受面试，与之一起面试的还有一个女孩儿，叫好红。

正如好红这个名字一样，身穿一袭大红裙，红高跟儿，真的好红好红，若不是在场考古人员久经墓场，也能被吓个一二三四。

在那次面试中，面试官问了同样的一个问题："你们觉得考古是什么？"

好红语出惊人。好红说："毫不避讳地讲，考古就是合法去挖坟盗墓掘棺出土。"

面试官惊呆了，没想到，这个女生这么耿直。

邹旦也惊呆了，真没想到，这个女生说出了他多年不敢说的事实。

话锋一转，好红用相当娴熟的语言功底，又做了一番解释："考古就是为了研究历史，将真正的文明公之于众，什么殉葬、不朽、不腐、永生那都是虚无的，要从虚无中抽丝剥茧，了解到我们工作的神圣使命。"

邹旦觉得好红说得好有道理，不禁被好红圈了粉。

面试官又问邹旦："你怎么看？"

邹旦也不知道怎么看，该说的，好红说了，不该说的，好红也说了，只能托着腮帮子看了。这个问题肯定是要回答的，就对面试官说："我和好红看法一样。"

等到面试结果公布了，邹旦被录取了，和邹旦一起录取的还有好红。邹旦知道好红被录取是在报到的时候，当时两个人被分在了一个考古小组，报到的当天还没来得及培训，就被考古队的车拉到了一处大墓。

初来乍到，两个人什么都不懂，什么也不会，前辈们都在埋头进行各自的工作，根本没有时间搭理这两个新人，邹旦就和好红四处走，看看亭台楼阁、雕栏斗拱、青铜建筑、刀剑戈戟、玉石珍宝……

邹旦对好红说："墓主人生前一定是达官显贵，身份显赫，这阵势，逆天了。"

这样的场面，好红也是第一次见，答道："不拍照留念，有些遗憾。"

这个照，刚拍完，就被保安队的捉住，带到了考古队负责人那里，当时考古队有规定，所有工作人员在考古期间，未经允许，不得擅自拍照。好红就顶撞了考古队的负责人几句，两个人被关进了小房间，小房间与小房间是用普通的三合板隔开的，只要隔壁发出一点声音，都能听得一清二楚，这两个人就在这房间里写检讨，反省。

这事还真不怪邹旦和好红。因为来现场前，没有任何人交代任何注意事项，到了现场也没有任何人解说任何注意事项，连基本的工作流程都不知道。

大家都是同事，同事何苦为难同事。

邹旦和好红感到好委屈。

检讨写了一半，好红隔着三合板就问邹旦："你还在写吗？"

"写啊，不写，交什么？"

"我不想写了，我觉得我没错，你也别写了，他们这是限制人身自由，出去了我要告他们。"好红的声音很大。

"嘘，小点声，别让他们听见了。"邹旦还在一边写，一边劝阻好红收住锋芒。

"胆小鬼。"好红说得很直接。

邹旦不服气，为了证明自己不是胆小鬼，就给好红讲了一个鬼故事。

故事的前奏，邹旦故意铺垫了下阴森森的氛围。

一年前，有个男孩去世了，女孩跑遍了所有闹鬼的城市去寻找那个男孩，都没有找到，女孩很伤心，哭喊着："你为什么不肯见我？还是你不打算让我找到你？又或是你早已不见了？"

这时，女孩身后冒了一阵白气，发出了幽冥般的声音。

是那个男生，那个男生对那女孩说：“傻瓜，要不是我，你怎么可能从那些鬼地方，一次次平安脱险呢？”

好红听完这个故事，第一反应不是害怕，而是延展到了另外一个问题：“邹旦，你是不是没谈过恋爱？”

邹旦纳闷儿，这怎么和单身扯上关系了？于是就问好红：“你怎么知道？”

“因为我也没有谈过。”

正当两个人要深入交流究竟是什么耽误那逝去的青春时，考古队就来人说，检讨不用写了，反省也不用做了，念这两个人是新分的大学生，发生的一切，作罢。

考古队所住的生活区，很简陋，四周几乎荒无人烟，没有网络，没有娱乐，除了看风吹石头和狗尾巴草，雨打远方的森林和山头，剩下的就是半夜野兽出没的声音。

生活区没有女同志，住的都是清一色的男人，好红走过的时候显得有些另类，无数双眼睛都聚焦在了好红一个人的身上，像盯猎物一样盯着这块到嘴的肥肉。但是这样的情景，比监狱劳改犯要好十倍，因为这里的男人不粗鲁，没有野哨，更没有什么不优雅的动作。

按照住宿分配，邹旦是要去和别的同事住混合宿舍，好红是女生，多有不便，是可以单独住的，好红一个人住，很害怕，除了邹旦，周围一个人都不认识，万一有人对好红见色起意，那自己不是很危险？好红也观察了，隔壁正好还有一间空房，邹旦可以搬过来。

想了半天，好红也没有想到名正言顺的理由，最后用了什么借口呢？好红向生活区的领导申请，说两个人正在谈恋爱，能不能考虑不要把两个人分开。

生活区的领导也很豁达，心想你们不是不想分开吗？那就成全你们，于是就把邹旦和好红安排在了一间宿舍。

这下好了，打乱了好红所有的计划，这和她的初衷是背道而驰的，心里有苦又不能言明，调宿舍这事搞得整个生活区都知道了，好红实在是太扎眼了。

这事又让邹旦误会了，他觉得自己还没有做好心理准备，不要，还好，万一好红要，到底给不给？好纠结。

真正等邹旦搬到好红的宿舍，就不是那么回事了，好红码着个脸，对邹旦很不友善，邹旦突然觉得好红是个母老虎。

邹旦有点摸不透眼前的好红。

要他搬过来的是好红。

搬过来不给好脸色的也是好红。

中间隔了一道帘子，邹旦就这样在焦虑和迷茫中度过了漫长的一夜。

等到天要亮不亮的时候，有个声音在邹旦的耳畔飘荡。邹旦以为是做梦，耳朵边有明显的灼热，邹旦睁开眼睛，吓了他一大跳，是好红揪住他的耳朵不放，想上厕所，一个人出去又害怕，憋了很久，实在憋不住了。

好红催促邹旦穿衣起床，说邹旦占了便宜，邹旦就要陪好红去厕所。

邹旦还没有搞清楚占了什么便宜，就被拉出了门。

那晚在皎洁的月光下，邹旦坐在一个大石头上睡着了，醒来的时候，也没有见好红叫自己。

邹旦打算再睡一觉，还没有睡下去，好红就回来了，在月光的探照下，好红的表情有些难受，有点不好意思，她说：“用不惯旱厕。”

接下来的好几天，好红都没有上过厕所。

邹旦看出来了，就给好红修了一个专属的厕所，四周用塑料泡沫板围起来，在整个荒野中，显得十分突兀。

好红十分感动，刚修好后的那天，好红就跑了五六趟。

考古计划终于分配下来了，好红和邹旦在一起。

好红第一次去考古现场就被吓得大呼小叫起来，不同于在学校时见过无数次的道具模型，面对那些鲜活的骨殖和不明物体，她有些神经脆弱，无法静心工作，但好红又是那种要强的女孩，她不想拖累和麻烦所有人，于是对所有人说没事没事没事，还好还好还好。

不得不说，好红的到来，给死气沉沉的考古队带来了生机和动感，像一道鲜活的光，好红走到哪里，光就照亮哪里。

在整个考古的过程中，最遭罪的是邹旦，好红看见邹旦就像条件反射想吐，吐了邹旦一身。

每回好红吐了，邹旦都要陪好红出去走好久，散散心，看看远方，好红才能平复内心的汹涌和澎湃。

邹旦问好红："为什么要选考古专业？"

正如好红问邹旦："为什么要选考古专业？"

邹旦说因为热爱。

好红说也是因为热爱。

邹旦望向远方的夕阳，双手抱头枕在石头上，感慨道："我们这个专业，还挺让人误解的，就跟社会上总结的是一样的：考古专业是盗墓的，心理学是算命的，会计是做假账的，新闻学是当狗仔的，地质专业是挖煤矿的，土木工程是搬砖的，电子商务是开淘宝店的，计算机是修电脑的，电力工程是爬电线杆的，物流管理是送快递的。"

"但行其事，莫问前程。"好红看得很开。

好红问邹旦："相信来生吗？"

邹旦说：“我只相信当下。”

每回散心回去了，同事们都会笑这两个人，旁边的同事也会笑别的同事说：“别吃不到葡萄说葡萄酸。”

有些感情，就是笑出来的。

平时，邹旦和好红吃穿住行都在一起，两个人都对对方互有好感。两个人分不清是精神寂寞，还是身体寂寞，但两个人就是爱了。

在确定爱的前一天晚上，好红把之前被人打断的话题又捡了起来。

好红想知道邹旦是怎么没有谈过恋爱的。

比起好红想知道邹旦为什么没有谈过恋爱，邹旦更想知道好红怎么就一直不谈恋爱。

邹旦不谈恋爱，是没有对象喜欢他的专业，就算谈了也没有结果，索性就不去祸害别的姑娘了，一个最最重要的原因是邹旦嘴笨。

读大三的时候，室友介绍过一个女生给邹旦，吃饭约会都安排好了，只要邹旦现身说几句话就可以成的那种，那个女生主要是冲着邹旦帅似古天乐去的。结果那天，邹旦和那个女生在饭店，嗑了一下午的瓜子，之后就再也没有联系了。

好红没有谈，是没有找到让她不顾一切去爱的那个人，根本原因是好红有恋爱癖，她喜欢干净的男生，换句话说，她身边的男生都不干净，是渣男。

好红出生在一个书香门第，父亲是大学教授，母亲是专栏作者，报考考古专业完全是为了和家里人赌气。当时班上就她一个女生，班上十几个男生追求她，好红本来还在心里犹豫和谁交往，决定好了的时候，那十几个全都有了女朋友。这对好红刺激很大，觉得男的都花心，没一个好的。

所以，好红爱的男生必须刚烈挂，没有前女友的纠缠，没有女同事的不清不楚，不和不认识的女的搞暧昧。他对所有人可以狼心狗肺，但一定要对她掏心掏肺，既要带得出去，也要带得回来。

说白了，两个人没有恋爱的原因都一样，就是没有遇见足够喜欢的人。

好红又问邹旦：“你知道为什么穿山甲一直在挖地吗？”

“难道是在寻找穿山乙吗？”

好红说：“要不我们试一下？”

邹旦明白好红的意思：“那就试一下。”

就这样，两个人在这一片墓地上过起了好日子，白天一起在墓地里挖掘和考古，晚上邹旦和好红跳起了《小苹果》，还伴有篝火晚宴，邹旦和同事们的关系越来越好，主要看在邹旦厨艺很好的分上，考古队每周都会供给新鲜活泼的小龙虾，只要小龙虾到货了，都会让邹旦操刀做好吃美味的小龙虾。

邹旦每次把做好的小龙虾分给同事们后，又会专门自留一碗小龙虾，加好多好多蒜泥，私自给好红开小灶。

好多回，大家还奇怪，做小龙虾的人，居然不吃小龙虾，跟会做小龙虾的人谈恋爱的人，居然也不吃小龙虾。

当小灶越开越大的时候，有天同事们就抱怨：“以前一个人吃七八只龙虾不在话下，现在能吃到第三只，就算是口福了，考古，看来是考不下去了。”

邹旦使出一副“就是你个吃货”的表情。

好红回馈邹旦一个“就偷吃了，来咬我呀”的表情。

两个人的表情，就像是在斗图，在外人看来那就是在秀恩爱，不过也给这个枯燥的团队注入了许多的欢乐。

在这个考古团队中，大家都是一些成熟老练的考古学者，60后，70后，80后居多，在好红和邹旦没有到来前，可以说几乎是没有娱乐活动，不用说，也没有性生活。大家从墓地里钻出来，去澡堂洗洗澡，然后到食堂吃吃饭，有的回到办公室查阅相关文献，继续做文字研究，有的就到空旷有信号的地方和妻儿通完电话就回到宿舍，养精蓄锐，迎接第二天的重大发现。

很多人都羡慕邹旦和好红神仙眷侣的日子。好多人也遗憾自己的另一半怎么不考古。

两个人在一起生活后，邹旦变得圆滑了，情商越来越高，求生欲特别强。每天晚上好红都会准备一个问题问邹旦，起初邹旦觉得没什么，问题当娱乐，慢慢地，邹旦发现不对头，只要回答令好红不满意，好红都会变着法儿来修理邹旦，不准上床，不准睡觉，抽他，揪他。

在好红的恩威并施下，邹旦准备了一套标准答案。

“邹旦，问你个问题？”

“我可以不回答吗？

“不可以。”

“那你继续。”

“邹旦，问你个问题？”

“嗯，说吧。”

“邹旦，如果你……”

“爱过，明天有事，没多少钱了，这题不会，保大，不知道安利，吃酸奶舔盖儿，吃小龙虾不舔手指，不约，刚才那一巴掌对脸的作用力是32牛。”

这毕竟是送命题，不管邹旦怎么回答，邹旦的结局是一样的，好红想打他，只需要一个借口，不管有理还是无理。

邹旦经常埋怨好红不讲理。

好红反击道:“睡我床的时候就觉得我讲理？睡醒就觉得我不讲理了？”

邹旦觉得好红又不可理喻。

好红没有半点饶邹旦的意思，觉得邹旦不爱她了，肯定是有了别的女人了。

她在怀疑未来。

会更好吗?

会更坏吗?

谁知道呢?

非要来生吗?

也许是当下。

两个人大吵了一架后，好红就跑出去了。当时邹旦也在气头上，根本没有想到好红跑出去了就不会回来这事，以为她跟小孩子那样出去撒气了，过一会儿就会好的。

黑暗像撒网一样铺在了这块大地上。晚上考古队开会，讨论挖掘方向，好红也没有参加。同事们都在问好红去哪里了，平时都出双入对的，今天邹旦落了单，私下好多人都在议论纷纷，邹旦心里有些忐忑。

有那么几个瞬间，邹旦都在怀疑，自己这样做是不是过于自私了，万一好红有个三长两短，那邹旦就是罪魁祸首。

外面有野兽。

外面有野人。

外面有陷阱。

外面有荆棘。

…………

只要是脱离了人的势力范围，外面总是充斥着不干净和不安全。

邹旦慌了。

开会开一半，邹旦也不知道台上在讲什么，起身就跑了，出门时拿了一把安保室的手电筒。

邹旦第一个去的地方是东草丛，那是两个人第一次打啵儿的地方，为了打个啵儿，邹旦都被蛇咬了，卧床了小半个月。

没有。

邹旦第二个地方去的是西坟头，在那个地方，两个人联手出土过一件凤冠霞帔，好红说这象征着吉祥和喜庆，预示着两个人有美满结局。

没有，没有。

邹旦第三个地方去的是南溪口，好红在那里洗过澡，是邹旦放的风，洗的时候好红不小心把衣服全打湿了，邹旦漫山遍野跑，等衣服干了，好红也泡脱皮了。

没有，没有，没有。

邹旦把希望放在了第四个地方，北望坡，这个地方意义十分重大，地势险要，很可能在以前是各路兵家争夺的要塞咽喉，最重要的是这里瞭望下面，一马平川，进可攻，退可守，在这里偷吃小龙虾就很安全了。

没有，没有，没有，没有。

四个地方跑完，心急如焚的邹旦，有点急火攻心。电筒只剩下微弱的光亮，估计只有百分之五的电量，已不够回程，等待最后一米光熄灭的时候，邹旦正好走在上次陪好红去厕所的那块石头边。邹旦实在走不动了，他觉得自己快要死了，有点脱氧，就摊在了那块石头上。邹旦做了个梦，梦见自己在母亲的怀里，吮吸着甘甜的乳汁，软软的，像棉花糖。

等邹旦醒来的时候，发现四处光亮，有点像医务室，四处都是白的，还有个醒目的十字加号，隐约还能听见窸窸窣窣的磨刀声，邹旦以为有人要对自己做人体解剖，于是拼命挣扎。

把邹旦制住的那个人是好红。

邹旦不相信自己的眼睛，擦了擦眼屎再看，还是好红。

其实，好红一直都没有跑远，在跑出去的那一刹那，好红就后悔了，她恨自己的小性子和无理取闹，不过又在跑的过程中埋怨邹旦的不来追。

明显是不给好红台阶下，男人就该让着女人。一边让邹旦得到点惩罚，一边验证邹旦最终是不是会去找自己，好红就躲在了一处石头缝观察。

可能是被气晕了，好红就在石头缝里睡着了，等到好红醒来的时候肚子已经咕咕叫，她觉得自己快撑不住了，而且天色已经很晚，好红穿得很少，再加上周围鬼叫声不断，好红被吓回去了。

回去了同事就问："邹旦没和你一起回来吗？"

正在气头上的好红在心里疑惑："邹旦？有出去过吗？"

那晚，几乎所有的同事都没有睡觉，只有一个任务，那就是务必找到邹旦。好红意识到玩笑开大了，这回换好红着急上火，漫山遍野去寻找这个大活人。

那天晚上好红找遍了，东草丛，西坟头，南溪口，北望坡，没有，统统没有。

试着回去碰碰运气的心态，就在那块石头上，找到了邹旦。那时邹旦已经人事不省，好红就用母亲的姿态，把邹旦抱在了怀里，等待救援的同事前来。

一个人在这个世界上活着，是需要另外一个人保证自己的位置。

邹旦是好红的位置。

好红是邹旦的位置。

如果没有对方，两个人都不知道自己在哪儿，不知道自己该去哪儿，不知道自己将会做些什么，不知道自己做的那些将会带来什么影响。

有了定位，自己所做的一切，都有了方向和意义。

没过多久，邹旦和好红都调回研究所了，原因很简单，好红怀孕了，邹旦要陪好红。

在闹市区，邹旦拿着一束玫瑰花跪在好红面前说："嫁给我吧！"

好红有点不乐意，回道："你的表白就这么简单吗？"

群众看了邹旦的勇敢，都劝邹旦多说几句，邹旦想了想，说：“我们一起考古两年，交往了半年，睡了你一年半，还有了我们的孩子，我不想不明不白地睡下去，我不想孩子出生没有爸，我决定要给你个名分，让我正大光明地继续睡，让我做孩子的爸，嫁给我好吗？”

也不知道好红是答应，还是不答应，邹旦腿都跪麻了。

“答应你也可以，你把小龙虾的做法告诉我。”

“小龙虾若干。啤酒2罐，生姜6片，大蒜2头，香果1个，草果2个，五香八角若干，花椒一把，辣椒一把，豆瓣酱2汤匙，甜面酱2汤匙，糖、盐、醋、黄酒适量。”

“哎呀，太复杂了，记不住，记不住，你给我做一辈子的小龙虾。”

群众纷纷在交头接耳小龙虾的做法，同时也在感叹，求婚不具备一项祖传技能，女神是不会轻易跟着走的。

你就是那个对的人，让我有颠沛流离的勇气，也让我有面对复杂人生的毅力，因为你是那个对的人，让我坚信，开始是你，生命结束的也是你，遇见你，不是巧合，爱上你，没有意外。

我可能一开始就是那个预言家，对你早已验明正身，你就是我爱对的那个人，那个吵不离、打不走、骂不散的人。

认定是你，冷门是你，热门也是你。

认定是你，富贵是你，贫穷也是你。

我对你的爱，已昭告天下。

所谓真爱，
不论从哪个角度开始，
你都会是对方最喜欢的那道风景。

爱你这件事，我早有预谋

谈过恋爱和没有谈过恋爱，请用一个词，进行区别。这是苏苏第一天进入杜蕾斯，策划总监问她的第一句话。

“表白。”这是苏苏的答案。

总监说：“不对，是杜蕾斯。”

接下来的事情，完全刷新了苏苏的三观，哦，是五官。一入杜蕾斯，深似海，这里有一个会搞事情的策划团队，一个个似王小波和徐志摩同时上身，下流和风流兼备的超级合体玛丽苏。

苏苏做过最丢人的一件事，是拿着曾令这个团队骄傲不已的文案《我不是一个没有感情的杀手》，用谦卑的姿态去请教她的老师 Tony。

南方的阳台，
是个残酷的地方，
过年没吃完的鱼干还在晒，
至少要花一个小时才能泡开。
正午我从那里路过，
想起身体某一处的柔软，
是遇见你这样的阳光，
才硬朗了起来。

苏苏一脸正经地说："这首诗，从文学的角度来讲，好是好，就是某个地方太硬了。"

Tony 笑得不能自已，道："你也别从文学的角度讲，直接点，用生物学的角度深入，但是你有一点说得很好，关键在于某个地方，重点是硬。"

苏苏似懂非懂。

真正让苏苏害臊的是来自于身边同事的倾囊相授，他们就像一群衣冠禽兽的诗人，还用泰戈尔的诗作引子。

你软软的温柔，
在我青春的肢体上开了花，
像太阳出来之前天空的一片曙光。

大谈尺寸、姿势、体位，有时还不分时间、地点、场合。苏苏以为能在这样的环境下找到自己的同类，没想到，都被"禽兽"同化了。

说苏苏单纯，不为过。

苏苏的确没有谈过恋爱，在她的恋爱认知里，爱情是很神圣的，灵肉分离的。

唯一一次暗恋还得追溯到大学。那个男孩儿叫马文，比苏苏大一届的学长，一直是苏苏的偶像。

马文有两大爱好，一个是健身，一个是写文章。

为了能看见马文，苏苏参照马文的健身排班办了一张会员，有几次发烧了都还坚持去举了一组铁……

苏苏离马文很远，都是远远看着马文抖动他的八块腹肌，特别迷人，就算一起在跑步机上跑步，马文一回头，从跑步机摔下去的苏苏，也能淡定地假装在做俯卧撑。

知道马文特爱读书，苏苏就去翻了马文的豆瓣主页，然后把马文文章里提到的书统统买回家慢慢读，读完了就在空间发表书评，苏苏坚持发到第十二篇的时候，马文就开始给苏苏点赞了，后来马文很顺利地和苏苏分道扬镳，原因是马文毕业了。

直到现在工作，差不多已经四五年了，苏苏对那段暗恋，至今都有些意犹未尽，她觉得这段暗恋很好，只是时间不凑巧。

苏苏和马文的距离就欠一个表白，苏苏始终固执地认为，谈没谈恋爱，就看有没有表白。

所以，苏苏认为自己不适合在杜蕾斯工作。

辞职那天，天气不乖，下起了暴雨，没有雨伞，苏苏抱着好大一箱子东西，从大楼跑到公交站台，在狂奔的过程中，右脚的鞋跑掉了，弯腰找鞋时，又被呼啸而过的凯迪拉克溅了一身泥水，鞋也被凯迪拉克拐跑到了远方，反正糟糕到了极点。

淋着滂沱大雨的苏苏，在雨中大哭了起来，一辆车突然停了下来，苏苏被这突如其来的幸运吓弯了腰，有点受宠若惊，但是她不敢做任何的迟疑和停留，管它三七二十一，用博尔特的秒速钻进了车舱内，这时旁边一棵小树苗遭雷劈了，晚一步劈的就是苏苏。

“刚下班吗？这个点下班很难打到车的。”

一直在后座打理凌乱头发和湿衣服的苏苏，方才注意到司机的问话。

“啊？哦……是的。”

在后座的苏苏这才警觉起来，上车忘了看车牌号，联想起前几天有个女生约车被害，苏苏的心一下就提到了嗓子眼儿。

玛丽，放心好了，安全得很，记得放好洗澡水，哀家一会儿就回家了。

玛丽，大卫的狗粮怎么可能在冷冻室呢？冷藏室的第二格，一小包，你找找看。

玛丽，你上次说去泰国，还是去韩国啊？泰国人妖多，韩国泡菜多，我们要不去吃泡菜吧？

玛丽，玛丽，玛丽……

反正，苏苏一个人分饰多角，在后座和“玛丽”聊得热火朝天。

手机拿倒了不说，手机居然响铃了。

这就尴尬了。

讲着讲着，苏苏实在编不下去了，把自己也逗笑了，苏苏通过后视镜，看见前面的司机，捂住口鼻，笑而不语，估计是看穿没有说穿。

车终于到了地方。

让苏苏意外的是，这个司机特别友善和绅士，或许是觉得苏苏比较可怜。

当司机决定要帮苏苏搬东西的时候，一抬头，苏苏肝儿颤了下，乍一看是马文，仔细一看有点像马文，和大学时候的马文相比，多少有些改变，脸不再那么光滑，皮肤有些松弛，法令纹变深了，鱼尾纹，笑或不笑，它都在那里。

时间真是把杀猪刀，往往会杀掉那些让我们引以为傲的东西，比如容颜。

但是，马文的背头还在，明亮的印堂还在，双眼皮儿还在，还有那若隐若现的八块腹肌。

马文任何角度的微笑，都可以让苏苏回味十年。

苏苏的少女心泛滥了。

这是一个玄学问题。

就像妈妈用擀面杖打自己的孩子一样，那样的不讲理，打完之后一切都是那么合理，这事说不清楚的。

那晚，苏苏整晚都沉湎在和马文的遇见里，感觉就像抻面，越抻越有劲道。

碰巧那晚，苏苏从大学同学那里得知，马文辗转到这座城市工作了，苏苏确信，那就是马文，感觉就像中了五百万，原来那天蓄谋已久的倒霉，都是为了接住这猝不及防的馅饼。

转眼，苏苏又有些失落，光顾着怦然心动，忘了问马文的电话，忘了问他住哪里，在哪里上班，忘了，忘了，通通忘到九霄云外了。

因为苏苏从小记忆力就不好，记忆力大概是被狗吃了。她家曾养过一只小泰迪，有次带去宠物店洗澡，泰迪没回来，只拿了根狗带，妈妈说苏苏肯定是傻了。

苏苏也觉得自己可能是傻掉了。

她家的小泰迪当时很绝望，它是眼睁睁看着苏苏丢下自己走的，就像凝望深渊，深渊也在凝望小泰迪，反正之后小泰迪和苏苏就不亲了。

比起狗来，显然马文更重要。

苏苏从杜蕾斯写字楼出来，又回到了杜蕾斯写字楼楼下一家做房地产的公司，那是一份正儿八经的文案策划工作。

苏苏想在那里去碰马文。碰条子，碰筒子，碰万子，碰谁都会碰到爱情。

马文大概是消失了。

他很有可能碰东风，碰发财，碰红中，碰谁都感觉会碰到鬼。苏苏开始胡思乱想。

他是不是换工作了？

他是不是觉得我那么可怜，就不想再见到我了？

他是不是觉得我对他有非分之想？我一个女生都不怕，他一个男生怕什么？

他是不是结婚了？或是有女朋友了？那我不就是小三了？

…………

直到想破脑袋，想得近乎人格分裂。

苏苏在上次上车的地方碰了近三个星期，碰了一鼻子灰，倒是和旁边卖煎饼果子的老大爷混熟了，每次去碰马文，老大爷都会给苏苏摊一个煎饼果子吃。

苏苏真的不想吃煎饼果子，不为别的，就为了心甘。

三周过后，在一个电闪雷鸣的夜晚，苏苏没有带伞，和三周前的那天如出一辙，末班车收班了，老大爷收摊了，苏苏感觉自己要遭雷劈了，雨越下越大，降水量都快把心里的那个世界给淹没了，这时一辆车停在了苏苏的身前，车里下来一个人，给苏苏撑了一柄伞，苏苏一抬头，没忍住，就哭得稀里哗啦。

是马文。

苏苏想过一万种和马文的擦肩而过，也想过一千万种和马文的不期而遇，偏偏后者比较虐。

马文说：“你总是在下雨天没有伞，还找不到工具回家？”

再次见到马文，什么没有伞，什么回不了家，通通都是浮云，马文在哪儿，哪儿就是家。

苏苏决定要把喜欢说给马文听，她怕这次不说，就再也没有下次了，因为不可能天天都会有遭雷劈的天气，而马文不会总是在遭雷劈的天气里出现，这真是一个遭雷劈的糟糕问题。

两个人，从风雨交加、电闪雷鸣聊到云散见月，蚊虫四起，根本就停不下来，最后两个人都湿透了。

苏苏觉得和大学时代的马文比起来，现在的他更加平易近人。这些年错过，就跟错过了几百万一样，甚是遗憾，苏苏喜欢马文，就像买六合彩，全凭运气，只是这回运气到家了，中了。

“我可以做你女朋友吗？”苏苏说完一脸的期待。

怕马文不答应，苏苏殷切地搬出自认条理清晰的来龙去脉，从大学暗恋，到今天暗恋，已经五年了，苏苏说得一通稀碎，马文听得一愣一愣的。

“马文，我喜欢你。”这是苏苏全程说得最明白的一句话了。

马文脸上先是蹦出了二次元的惊愕，继而莞尔，脸上堆满了微笑。

两个人的男女朋友关系就这样建立了。

苏苏得到了来自马文无微不至的照顾，这是苏苏多年以来梦寐以求的。

早上，马文会到楼下给苏苏买最爱吃的 biang biang 面和永和豆浆，送她去上班。晚上，马文会接苏苏下班，不论多晚，然后牵手一起去吃云吞，苏苏最爱吃云吞，结果把云吞都吃涨价了，云吞热乎着吃更好，马文每回都会换掉冷透了的云吞，或者用保温杯装好了带回家吃，因为苏苏胃寒，吃不得冷的。

苏苏又是那种饥饿体质的女孩儿，早上一顿饭吃一个苹果，一杯酸奶，一碗面条，一个吐司夹蛋不嫌多，不到中午就会饿得呱呱叫，一盘肥牛，一根黄瓜，一个胡萝卜，一碟瘦肉，还要喝玛奇朵，她自诩是吃货界的马赛克。

为什么是马赛克?

苏苏说吃货的世界从来不要脸。

曾有几次，苏苏只是在朋友圈里发个心情，说自己要吃杧果，要吃钵钵鸡，要喝一點點，没过一会儿，门铃声就响了，是满头大汗的马文送过来的。

好心的马文办了件坏事。

杧果吃得苏苏过度过敏，脸像京剧里的花旦，红一块儿，紫一块儿，青一块儿，马文在医院照顾了苏苏三天三夜。

吃钵钵鸡，苏苏胖了五斤，苏苏天天拉着马文做瑜伽练劈叉，马文走了一个星期的外八字步。

喝了冰镇的一點點，闹了血崩，就晕倒了，严重的时候差点休克，一般情况下，苏苏的痛经都会延长，在床上痛得打滚，马文劝苏苏多喝热水，苏苏对马文爱理不理，马文把苏苏背到医院后，医生劝苏苏多喝热水，苏苏信了。以至于以后每次大姨妈来了都会被确认延期，马文再也不劝苏苏喝热水，反正有医生。

总体上讲苏苏是幸福的，苏苏的不幸是因为太过幸福，老天看不下去，于是制造了点麻烦。

苏苏想要对全世界说她有一个男朋友，一个叫马文的男朋友。

苏苏带马文去见了她的同事，她的朋友，她的同学。

她同事说：“马文，挺 OK 的。”

她朋友说：“马文和苏苏，天造地设的一对。”

她同学说，哦，她同学没说。因为那次苏苏想要带马文去见同学，那同学也是认识马文的，马文说自己临时有事忙，苏苏就单刀赴会去那个同学面前秀恩爱了。

失败了。

彻底被那同学完爆。

因为那同学告诉苏苏：“老马的女朋友不可能是你，老马女朋友的正确打开方式应该是我。”

苏苏表达了三种高级不相信。

巴洛克式白眼。

修拉之鄙视。

卡拉瓦乔式嫌弃。

那同学脸上有些挂不住了，很明显带些狐疑，估计是在猜她家老马在外搞破鞋，当即打了个电话给她家老马，开了免提，让老马到现场来认领凭空出世的女朋友。

这个叫老马的人，真的很像，很像大学时期苏苏喜欢的人，即便这么像，苏苏不认为这个长得很像老马的人就是马文。

眼前的这个老马，有点啤酒肚，圆嘟嘟的脸，还有点小娘炮。令苏苏自信决堤的是，在那同学的描述和佐证下，这个长得有点像老马的人就是马文。

那么问题来了，自己身边那个自称马文的人，又是谁？同自己说早安晚安的，又会是谁？

这件事该怎么看？马文一直是一个人，没有见过他的同事，没有见过他的朋友，也没有见过他的同学，关于马文的一切，苏苏没有任何资料。

这个人出现得有些蹊跷，这件事发生得有些诡异。

甚至马文没对任何人说起，苏苏是他的女朋友，自始至终，从头到脚，都是苏苏在一枝独秀。

苏苏是傻，但能分得清真假，感觉快被假恋爱了。

回到家，苏苏要求马文带自己去见他的同事，去见他的朋友，去见他的同学。

马文有些迟疑，不过还是答应了。

见前两种人物时，马文和苏苏之间，还挺愉快的，反正一个人都不认识。见第三种人物的时候，苏苏失望了，那是一个同学会，一个苏苏不认识任何一个同学的同学会。

苏苏明白了，苏苏什么都知道了。

马文说："对不起，是我骗了你。"

苏苏说："你不爱我，你骗了我。"

马文说："不，我爱你，我才骗了你。"

苏苏说："骗子和爱情，没有半毛钱关系。"

苏苏想要撒手跑的时候，一个声音刺穿厚厚的阴沉，落到了苏苏的耳郭边："我不是马文，我的真名叫李海。"

马文，哦不，李海跑到苏苏的跟前。

"欺骗你是真的，爱你也是真的。"

李海在很早以前就对苏苏一见钟情。

李海是个电力工程师。他第一次见到苏苏是在杜蕾斯。当时整个杜蕾斯都在进行电力局域检修和调试，苏苏的部门是最后一个检修和调试的对象。

碰巧遇见苏苏的同事在讲泰戈尔的诗，鹤立鸡群的苏苏和那些同事显得格格不入。

苏苏脸红了。

李海也是听得老脸一红。

之后李海经常借口以检修和调试的名义，到杜蕾斯苏苏所在部门蹲点。

直到苏苏辞职那天，天下起了瓢泼大雨，苏苏打不着车，李海决定是时候现身去拯救孤立无援的苏苏了，计划没有偏差的话，是可以和苏苏说上几句话的，慢慢就认识了，李海由于当时很紧张，就忘了要说什么，怕自己说得稀碎，怕留下坏印象，李海自然而然就错过了那次机会。

基于身份的特殊性，李海总是会在遭雷劈的时段出现，因为晴空万里的时候不是培训就是训练。

李海自然不知道苏苏是在等马文，李海知道自己一直在等苏苏。

那晚，两个人聊到斗转了天象，变换了物设，话题无穷无尽，春风吹又生，李海知道要表白了，不料被苏苏抢先一步表白了。

被喜欢的女孩儿表白应该是一件值得骄傲的事，不过令李海的骄傲碎一地的是，苏苏把李海当作了马文。

李海说过马文和苏苏般配，他更想说李海和苏苏更配。

李海的二次元错愕，一是疑问马文是谁？自己要不要做马文？如果解释自己不是马文，他会立即失去苏苏，但他是真的很喜欢苏苏。

残酷的事实摆在李海面前，苏苏喜欢的是那个叫马文的男孩，而不是叫什么李海的。

李海不可能叫马文。

不可能的。

这辈子都是不可能的。

为了和苏苏在一起，李海还是成了马文。

更残酷的事实就接踵而来了，一个谎言需要另一个谎言去覆盖，就像滚雪球，越滚越大，最后包都包不住。

除了勉强见见苏苏的同事和朋友外，根本没有办法去见苏苏的同学和带苏苏见自己的同学。

这两组同学根本不是一个学校不是一个专业的。

苏苏的同学会怀念文学和浪漫。

李海的同学会怀念机器和线路。

两路同学只会证明一个真相：马文是马文，李海就是李海。

李海做马文那天内心是痛苦的。

李海不想做马文这一刻也是痛苦的。

其实在和苏苏交往的时候，李海就想告诉苏苏，她喜欢的人是李海而不是马文。

又怕真正告诉苏苏后，苏苏接受不了这个被欺骗的事实，最后竹篮打水一场空，李海对苏苏毕竟已经从喜欢变成了真爱，再从真爱到虚无，接受不了。

从另外一个角度讲，李海认为自己从来没有欺骗过苏苏任何一件事，除了自己不是马文。

为苏苏做的每一件事都是心甘情愿的。

杧果是李海买的。

钵钵鸡是李海买的。

一點點是李海买的。

陪苏苏去医院的是李海。

给苏苏当陪练的更是李海。

劝苏苏喝热水的还是李海。

马文，并没有为苏苏做过任何一件事。李海知道总有一天会失去苏苏，他愿意在失去那一天前，一天比一天对苏苏更好，等哪天机会合适了就向苏苏坦白，或许能得到更大的原谅。

李海也不知道机会什么时候合适，然后就被苏苏逮住合适的机会，识别出马文这个终身无法修复的漏洞。

“你还会爱我吗？”苏苏问。

“一直。”

“你还会骗我吗？”苏苏又问。

“不骗了，不，没有第二次。”

“我们还有机会吗？”李海也不确定自己是否还有机会，他觉得这次彻底完蛋了，苏苏说得很对，骗子和爱情，真的没有一毛钱关系。

李海问完这句话，苏苏也没有给答案。只见跑出去的苏苏，又跑回来了，当着李海同学的面儿高呼：“我戴苏苏，从今天起，就是李海的女朋友了，老娘天下最美。”

“你……真的答应做我女朋友？”

“毕竟不是每个人都天真如我，容易动真情。”

“我以为你不要我了。”

“傻子才会不要你，你骗了我，我要你一辈子当牛做马，所以，初次爱你，请多指教。”

那天苏苏决定原谅李海，以那天为分水岭，和过去告别，和马文说拜拜，和李海谈恋爱。苏苏心里跟个明镜似的，李海是苏苏喜欢的样子，只有李海才能让苏苏的生活声色犬马，懂得照顾苏苏的，只有李海，那就是爱情本该有的模样。

李海还见了苏苏的同学，认识了马文，苏苏觉得马文真没有李海有男子气概，甚至觉得那时候是不是脑子进水了，怎么会那么迷恋马文？

李海认识了马文后，觉得自己挺 man 的。

苏苏后来又回到了杜蕾斯工作，总监都已经开始秃头了，又问苏苏谈恋爱和没谈恋爱的区别。

真想一锅盖戳死他，是理智让苏苏有了从容的选择。

“先表白，后用杜蕾斯。”这是苏苏的答案。

秃头总监表示很欣慰。

苏苏又问李海："初恋是什么味道？"

李海说："口水的味道。"

"是杜蕾斯的味道。"苏苏指着满抽屉的杜蕾斯对李海说道。

女人能把男人的一切都变成风景，每道风景都是女人最喜欢的样子。

男人最神奇的地方，就是对自己真爱过的女人的每个角度都认得，不论黑夜与白天。

女人要真心爱你，你才是她最喜欢的样子。

男人要真心对你，你才是他要辨识的角度。

所谓真爱，不论从哪个角度开始，你都会是对方最喜欢的那道风景。

因为懂得，所以慈悲。

因为相知，所以懂得。

所谓遇见对的人，
就是平淡的岁月里，
在彼此眼里，皆不平淡，
我守你四季无忧，你陪我山河变迁。

一辈子那么长，要和值得的人在一起

毛台行走在冬夜的冷风中，心里一直在想一个问题，喜欢一个人究竟是什么样的感觉?

乍见心欢，小别思恋，久处怦然。

那么另外一个问题来了，失去一个人究竟又是什么样的感觉?

一恨鲥鱼多刺，二恨海棠无香，三恨《红楼梦》未完。

等毛台把两个问题想明白了，闸门刚好合上，晚班地铁由慢到快从毛台绝望的眼神中呼啸而过，毛台发挥 11 路精神，徒步走了两里路，累得像狗喘大气后，终于在一个叫“爱而不得”的公交站歇了口气，刚歇匀称，眼前来了一辆深夜公交，车上空无一人，司机招呼毛台上车。

毛台心里有些发毛，脑海里迅速铺开的全是些港式鬼片的画面，第一个想到的就是“英叔”，不过，眼前的这个司机年轻且皮肤白嫩有光泽，身着制服显魅力，一脸的微笑，感觉不像坏人，有出车编号为证，是5201314。

“师傅，深夜了还出车呢？”毛台试探性地问了一句。

“深夜都还有开食堂的，深夜出车咋啦？”

毛台一想，对方说得很对，自己几乎无言以对，人邹北业睡不着半夜开个辉腾都能在城里瞎转悠，人师傅开个公交这真不算什么。

“那师傅，你到五棵松吗？”毛台底气足了，窃喜好人出没。

“别说五棵松，六棵松、七棵松、八棵松，都能到。”

“哈哈哈，就到五棵松。”毛台心想这师傅真逗。

毛台投了币，一路上和开车师傅聊得很欢，他说他叫开路僧，毛台说自己叫挡路佛，他说他是神仙，毛台说自己是仙人板板，他说他有法力，毛台说不信。

萍水相逢的人，聊些天南地北博君一笑的话题是一件特别功德无量的事，跟基金做慈善是一个道理，只要钱到了你口袋，管人家背后是不是在洗钱，有些玩笑和逢场作戏的事真不必细究和较真。

车摇摇晃晃真的开到了五棵松，车门打开了，公交师傅冲毛台微微一笑，特别倾城的那种，毛台陡然全身一抖，鸡皮疙瘩差点掉了一地，公交师傅叫住了毛台，正想说点什么，毛台夺门一跃，裤裆没有迈利索，就摔进了污水坑里。

“其实，我想说，当心脚下。”公交师傅用特别无辜的眼神提醒了下已经入坑的毛台。

公交师傅伸手一拉，这一拉不要紧，毛台浑身充满了力量，身体隐隐有光，Bling Bling，这种异象没有持续多久就消失在毛台的身体里面。

毛台问公交师傅：“这是怎么一回事？”

“我传给了你一种恋爱技能，这种技能很特殊，说完一句话要加上后缀#你一定会爱上我#，那么对方就真的会爱上你两天，两天后就自动消失。”

“真的这么神奇？你一定会爱上我！”毛台将信将疑地冲公交师傅就说了句。

说时迟，那时快，公交师傅进入意乱神迷的模式，以公狗追母狗之攻势把毛台扑倒在地，毛台又一次掉进了污水坑，一股臭烘烘的发酵味在空气中弥之不散。没过多久，公交师傅恢复正常，清醒后发现自己抱着公交车上的扶手立杆，动作特别暧昧，看了看毛台，脸红了，失态窘容在脸上无处遁形。

毛台认定公交师傅所言不虚。

临别前公交师傅嘱咐毛台此技能不要乱用，对同性使用，不出片刻，气场弱的一方从此虚弱不堪，对异性使用，不出两日，只要说#我爱你#加后缀，此技能立马失效，至于后果则因人而异。

“你脸色怎么这么难看？看起来很虚弱，要不要去医院？”毛台很关心额头冒大汗的公交师傅。

公交师傅摆摆手，示意可能发功过猛。

说完，公交师傅连同他的公交一起消失在了黑夜更深处，对于毛台来说，这就像是个梦。

更大的困扰带给了毛台，他在九寨沟对歌，九寨沟顾名思义，有九个寨主，那里的女寨主很疯狂，靠对歌寻找自己的结婚伴侣，毛台用同一首歌加后缀的方式，一不小心把九个女寨主的歌都对上了，被九个女寨主哄抢，她们很粗暴，会对男人大打出手，经过九次轮回后，毛台差点连贞操都不剩。

毛台不喜欢这样野蛮的恋爱方式，于是毛台对玩抖音的、直播的发功，她们很温柔，也特别善解人意，唯一不好的地方就是她们都有行话，有自己的暗号，每次到了公主抱抱、举高高、要亲亲的时候，搞得跟地下接头一样，她们说这样很浪漫。

两天下来，毛台就记住了两句暗号。

抖音的是“确认过眼神，我遇见对的人”。

直播的是“排好队形，双击666，礼物走一波，谢谢老铁哥的游艇”。

她们尤其不喜欢吃金拱门，喜欢出入马迭尔之类的高档场所。

毛台认识到和她们谈恋爱不仅心累，还特别烧钱，以为有了这项技能自己就是个王者，原来没钱不论和谁谈，都是扶不起的青铜。

是的，谈恋爱也是需要资本的，不仅要认清生活的真相后继续努力，还要认识到，努力后生活也并不一定不痛苦。

毛台为了减轻这种痛苦，决定发功去找那些富姐姐，分手前再向她们要一笔高额的分手费，这个技能最闪光的地方在于，只要在两天之内，她们对毛台的话都是言听计从的。

不幸的是，毛台有次发功失误，发到了一个50多岁、丧偶、有钱的老姐姐身上，那两天毛台吃的、穿的、住的、行的都是来自大资产阶级式的顶层设计，唯一的缺憾就是需要用一具年轻的肉体去陪一具半夜特别能作的枯萎肉体，有一种令毛台作呕的不快之感。

毛台觉得昔日精壮少年已死，瞬间进入油腻中年，少时还能顶风尿三丈，如今顺风竟然要湿鞋。

在这两天里，那位老姐姐对毛台爱得死去活来，毛台有些生不如死，终于在第二天晚上的夜里，毛台准备向老姐姐要一笔巨额的分手费，然后分道扬镳。但毛台在不经意之间吃了一记来自老姐姐的皮鞭，皮鞭在肉体上所到之处皆是疼痛和灼热，老姐姐突然清醒说：“小白脸，还想要钱，你这种货，一文不值。”

说完，几个男人从暗处挪向明处，四海八荒走路带风，一上来就把毛台按在地上，一顿狂揍，把毛台打得奄奄一息。

在被打的过程中，毛台只想明白了一件事：老少恋都是尘归尘，土归土，感情归感情，金钱归金钱。

庆幸的是毛台认识到自己是一个风流的人，所谓的爱恋，不过是靠换不同的爱人，惩罚自己的前任，放纵自己的私欲，刷自己仅剩的那点可怜的存在感，在替代与被替代的操作过程中，自己曾是别人的前任，别人也做过自己的前任，现任和前任或许也有过很多段感情经历，而彼此不过是彼此同时进行的十分之一或百分之一不等。

毛台就想，是谁把自己变成这个样子，又是谁在心里放心不下。毛台思来想去，什么玛丽，什么露丝，什么莉莉连个名字都记不全，唯独初恋腿腿印象深刻，要不是腿腿当年脚踏两只船，现在自己也不会落下心理阴影和滥交的病根儿。

毛台的手又一次伸向了正在和男朋友逛街的腿腿，并向腿腿发功，腿腿瞬间再一次爱上了毛台，当众和她的男朋友决裂，心肠硬如铁石，场面令人撕心裂肺，毛台想起了起初和腿腿分手的场面，几乎是如出一辙。

等到腿腿和她男朋友不再藕断丝连的时候，毛台对腿腿提出了分手。

腿腿当时人都蒙了，一把鼻涕一把泪地用双手挽住毛台的手臂，毛台往前走一步，腿腿就往后拉一把。两个人最后都筋疲力尽的时候，毛台问腿腿：“当年为什么要分手？你可是我的初恋！”

腿腿说：“你知道的，我爸是道上的混混儿，他说我要是还和你在一起，就断了你的腿。”

“好吧！我原谅你了。”毛台对腿腿说。

失而复得的感情，让腿腿笑得很灿烂。

“和你在一起，我连死都不怕，还怕断腿吗？”毛台问腿腿。

“是的，我爸也说，连断腿都怕的男人，以后保护不了我。”

毛台被呛得七窍流血，没想到她爸是考验他。

“我们分手吧！”毛台在腿腿满脸微笑的时刻，不合时宜地又作了一把。

就这样，毛台把分手——复合，复合——分手重复了一天，一天就干两件事，分手和复合。

毛台扭曲的心得到了弥补和修复，很爽，爽过之后又有一丝空虚和堕落，这一切都是源于被抛弃和不甘，现在的自己和当初的腿腿完全是同一种类型的人格在重复同一种类型的事件，区别在于主动权在谁的手中。

毛台已经经历了那么多段感情，他不想再折腾了，也不想折腾腿腿了，年轻的时候没有认真对谁有过承诺，总以为世界上任何一段感情都是架台上琳琅满目的商品，任君择选，人嘛，总是想拥有一些不属于自己的东西，怕失去自己，就不断地想拥有别人，真正有了所属机会，却不知道该怎么选择。

第二天，毛台为腿腿做了她超爱吃的蛋挞，每一只龙虾都是毛台亲手剥开的，每一个笑容都是毛台发自内心的，久违的甜蜜恍若当初，甜到让毛台都产生了幻觉，一旦幻觉被惊醒，腿腿就会离开。

毛台算着技能失效的时间，他把腿腿拉到了游乐场，游乐场下个月就要拆除重建，假如现在不去，以后永远都没有机会了，毛台想在这里开始，也在这里结束。

最坏的结果已在毛台心里，腿腿走，毛台放手。

游乐场今天张灯结彩，腿腿喜欢坐旋转木马，毛台和腿腿手牵手转完一圈又一圈，毛台突然从自己的马上跳到腿腿的马上，大声地在腿腿的耳边说：“腿腿，我爱你。”

时间到了，技能从毛台身上消失了。

毛台虚弱了，从马上掉下来后，身体里的隐隐之光像泄了气的皮球一样往外溢出，没过多久就恢复了平静。

没想到的是，毛台苏醒后把腿腿忘得一干二净，彻头彻尾，腿腿对毛台深爱不已，全心全意。

“你是谁？”

“腿腿。”

“我们很熟吗？”

“我是你女朋友，你忘了吗？”

“神经病，离我远一点，我才被甩，别耽误我去坐地铁。”

腿腿死死地拽住毛台的身体，毛台这次连人带腿被拖出数丈远，嘴里大喊：“救命！救命！”

等毛台醒来，他发现周围有多双眼睛盯着他，主编说：“龟儿子，给我改剧本，改不好今天别想下班。”

同事说：“你中邪啦？”

毛台看了看手表，都午夜十二点多了，最近剧组加班频繁不经意睡着了，自己好像做了一个很长的梦。

毛台感叹道：“人生其实有三个词很好：一个是久别重逢，一个是失而复得，一个是虚惊一场。”

人间多健忘，唯不忘相思。

毛台给腿腿发了条微信：“腿腿，你先睡，我加完班就回家，不会太晚。”

毛台专心修改剧本，把梦里的前因后果，左进右出的情节一个不落地加了进去，妙手生花，行云流水。

终于合上了笔记本，松动下酸硬的身子骨，关上灯，离开了剧组，那时已是凌晨五点半，毛台到陈记油条铺买了腿腿最爱吃的油条，又到辉记甜品店买了腿腿爱喝的糖水，到家时已是六点多。

腿腿睡得正香，毛台亲了下她额头，找了件浴袍，直奔浴室，嘴里吟唱：“朝与同歌，暮与共酒，只争朝夕。”

等毛台在浴室磨蹭完，已是早上七点多，拉开很长的落地窗帘，阳光洒在了木地板上，同样也洒到了腿腿的被子上，腿腿翻了翻身，揉了揉惺忪的眼袋，看见地上的小狗在追逐猫咪，猫咪嗖地一下就钻进了腿腿的被窝，催促腿腿起床，腿腿用了毛台给她挤好的牙膏和打好的洗脸水，出来就看见桌上的油条和糖水，还有一盘儿水果沙拉。

所谓遇见对的人，就是平淡的岁月里，在彼此眼里，皆不平淡，我守你四季无忧，你陪我山河变迁。在这么纷乱的世界，是缘分也是定数把我送到你身边，扎根在你身旁，从此，目之所及，思之所至，皆是你的影子。